빨간

양철

지붕

아래서

빨간 양철지붕 아래서

초판 1쇄 발행 2005년 5월 17일
  4쇄 발행 2020년 8월 24일

지은이 오병욱
사진 오병욱, 안기천
펴낸이 고영은 박미숙

펴낸곳 뜨인돌출판(주) | 출판등록 1994.10.11.(제406-251002011000185호)
주소 10881 경기도 파주시 회동길 337-9
홈페이지 www.ddstone.com | 블로그 blog.naver.com/ddstone1994
페이스북 www.facebook.com/ddstone1994
대표전화 02-337-5252 | 팩스 031-947-5868

ⓒ 2005 오병욱

ISBN 978-89-5807-132-7 03810

이 도서의 국립중앙도서관 출판예정도서목록(CIP)은 서지정보유통지원시스템
홈페이지(http://seoji.nl.go.kr)와 국가자료종합목록 구축시스템(http://kolis-net.nl.go.kr)에서
이용하실 수 있습니다. (CIP제어번호 : CIP2013000213)

빨간

양철

지붕

아래서

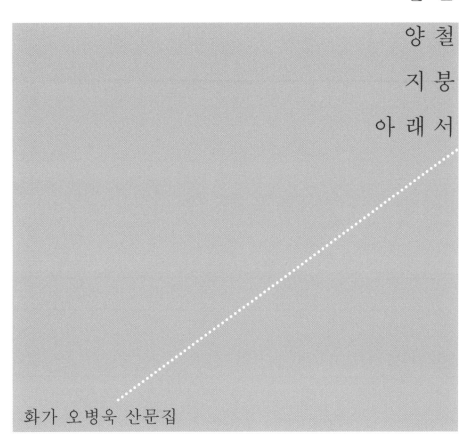

화가 오병욱 산문집

뜨인돌

가슴 떨리는
아름다움을 전해주는 화가,
오병욱

*

큐레이터로 평론가로 활동하면서 무척 많은 작가들의 작업실을 찾아다녔다. 전시 도록을 통해서, 또는 전시장에서 직접 작품을 만나면서, 혹은 풍문으로 작가에 대한 소식을 전해 듣다가 어느 날 계기가 되어 작업실을 찾아가는 여정은 적당한 호기심과 기대감을 동반하면서 이루어진다. 돌이켜 보면 작업실에 가서 만나고 온 것은 작품이 아니라 미처 알지 못했던 한 예술가의 삶의 모든 것이었다. 그 치열하고 열심히 사는 삶에 마냥 숙연해지면서 한편으론 이렇게 사는 것은 나밖에 없다는 자괴감이 생기기도 한다. 물론 모든 작가들이 다 그렇게 치열하게 사는 것은 아니다. 도시를 떠나 전원생활을 하면서 작업하는 작가들 중 상당수는 그 여유로운 시간과 자연의 힘에 압도당해 은근한 나태에 빠져 작업보다는 유유자적한 시골생활, 낭만적인 예술가적 삶에 도취해 있다.

그런 의미에서 오병욱은 진정한 의미에서 도시를 떠나 도시에게 다시 반향과 반성, 눈부시고 가슴 떨리는 아름다움을 전해주는 작가다. 그는 진정으로 자연과 생의 조화를 추구하고 이를 체득하는 자다. 그리고 그 삶이 즙이 되어 자연스레 작업으로 나온다. 그는 현대미술이 논리와 언어의 게임이 되면서 잃어버린 감동과 순수, 아름다움, 떨림 등을 미세한 점의 집적과 숭고한 풍경으로 환생시켜 주고 있다.

나는 얼마 전에야 비로소 상주에 있는 오병욱의 작업실을 가보았다. 미안하고 부끄러운 마음이 들었다. 오래전 그가 큐레이터로 활동할 때 그의 글을 읽고 그의 전시를 보면서 개인적으로 좋아했었는데, 이후 고향 상주로 내려가 어렵게 작업에 전념하는 그를 늘상 의식하면서도 선뜻 내려가 보지 못했다. 다 나의 게으름 탓일 것이다. 특히나 그가 큰 수해를 입어 작업실이 통째로 떠내려가는 사건이 있었을 때도 도움을 주지 못해 그게 늘상 마음에 걸렸었다.

말과 글을 버리고 온몸으로 살고 싶어 상주로 내려간 그가 그린 그림들은 아름답고 황홀한 별과 바다였다. 그 그림은 별과 바다를 자기 눈과 마음으로 보고 안 이들의 눈에 들어와 비로소 풍경이 되는 그림이었다. 보는 이들의 가슴에 들어와 밝혀져 환하게 부서지는 별, 말과 수식을 넘어서서 그대로 하나의 감탄사로 머무는 바다 그림을 보면서 그가 보낸 그 긴 시간과 세월이 이런 아름다움으로 결정화되고 있음을 깨달았다.

그는 그렇게 상주에서 자연과 살면서 열심히 그림을 그리고 틈나는 대로 자신의 일상을 소박하고 진지하게 글로 썼다. 그의 문장이 뛰어남은 미술계가 모두 다 아는 일이지만 새삼 이렇게 한 권의 책으로 묶으니 그 진가가 그의 그림처럼 맑고 밝다.

아직도 우리 미술계에 이런 낭만과 순수를 지니면서 세속의 이해와 명망으로부터 홀로 떨어져 나와 자신에게 최선을 다하는 미덕이 존재한다는 것이 마냥 놀랍다. 갈수록 각박해지고 인심이 사나워지는 이 미술계 사람들이 그의 글을 읽고 진정한 화가, 예술가의 삶과 행동이 어떠해야 하는지를 생각해보았으면 한다. 꼭 다시 들러 그를 만나고 싶다. 문득 그의 상주 집과 작업실 풍경이 오롯하게 떠오른다.

박영택(미술평론가, 경기대 교수)

차례

글머리에

1. 말과 글을 버리고 선택한 시골생활 13

2. 세속과 떨어져 사는 예술가의 삶의 풍경 105

글머리에

창밖에 앵두나무 꽃이 활짝 피었다. 겨우내 앙상한 가지가 찬바람에 흔들리고 참새가 또 내려앉곤 하였는데, 오늘은 늘어진 연분홍 꽃가지가 은은히 봄바람을 타고 있다.

시골에 내려온 지 15년이 지났다. 아장아장 마당을 돌아다니던 18개월 꼬마가 지금은 180cm가 넘는 고등학생이 되었다. 우리도 시골에서 이렇게 오랫동안 살게 될 줄은 몰랐다. 그저 가벼운 마음으로 소풍을 나왔던 것인데 그새 꽃이 열다섯 번이나 피고 지다니.

나는 혹시 한 마리 나비를 잡겠다고 길을 나섰던 게 아닐까? 아내랑 아이까지 데리고? 언제 꽃이 가득한 풀밭을 지났는지, 어두운 숲속에서 길을 잃고 헤매던 날이 어제 같은데, 반짝이는 시내를 몇 번이나 건넜을까? 어쩌다가 지금 이 언덕을 올라오게 되었는지도 모르겠다. 안개 자욱한 저 아래 기슭을 내려다보면 지난 일들이 모두 꿈속같이 아득하다.

2003년 가을부터 〈국민일보〉에 칼럼을 쓰게 되면서 큐레이터 시절 이후 오랜만에 글쓰기가 시작되었다. 칼럼을 대여섯 번쯤 썼을 때, 뜨인돌출판사로부터 책을 내자는 제의를 받았다.

「스타타워갤러리」 개인전이 끝난 작년 여름까지만 해도 작업실에 나가는 틈틈이 밤에만 글을 썼으나 가을부터는 되든 말든 하루 종일 컴퓨터 앞에 붙어 있었다. 안 쓰던 글을 한꺼번에 쓰려다 보니 쓸 게 없어서가 아니라 오히려 쓸 게 너무 많아서 골치였다. 먼지 속에 뽀얗게 삭아가던 추억들이 한꺼번에 들고일어나 '저요, 저요' 난리를 치는 바람에 어느 걸 먼저 써야 할지 종잡을 수가 없었다. 무슨 글이 어디에서 시작해 어디로 튈지 나도 알 수 없었다. 길들이지 않은 말을 타고 숲속을 달리는 것처럼 종횡무진 날아다니는 생각을 얌전히 한 줄로 엮어내기가 무척 힘들었다. 좌충우돌 닥치는 대로 쓰다보니 변화도 있고 스릴도 있었지만 내용은 뒤죽박죽 엉망진창이 되고 말았다. 책으로 모양새가 갖추어진 것이 신기할 따름이다.

그림에 대해서는 별로 이야기하지 않았다. 말과 글로 자신의 입장을 강화하고 선전할 수도 있겠지만 그 효과는 언제나 침묵과 행동만 못 하리라. 나는 말과 글을 버리고 그저 온몸으로 살고 싶었으나 말과 글을 완전히 버리지 못해 이런 시끄러운 글까지 쓰게 되었다. 지금도 여러 선배들의 담담한 침묵 앞에 부끄럽다.

2005년 상주에서

오병욱

말과 글을 버리고
선택한
시골생활

1

우리 집 대문 밖 좁은 골목길에는 가로등이 없다.

우리 집 대문 밖 좁은 골목길에는 가로등이 없다. 일부러 가로등을 안 단 건 아니지만 구태여 달 필요를 못 느낀다. 골목을 이용하는 사람이라곤 우리 식구밖에 없으니 별로 답답할 것도 없다. 그나마 내가 개들을 데리고 산책할 때나 다닐까, 특히 밤에는 거의 다닐 일이 없다. 멀리는 차를 몰고 가고 가까이는 개를 몰고 가니 혼자 다닐 일이 별로 없어서일까? 달이 없는 밤에는 얼마나 어두운지 돌담도 안 보이고 땅바닥도 안 보인다. 심지어 바로 내 눈앞에서 흔들리고 있는 내 손도 발도 안 보인다. 난 그게 우습다. 번번이 손을 쳐들고서 내 손이 내 눈에 안 보인다는 걸 확인해보는 버릇이 있다. 음, 정말 안 보이는구먼. 그래, 이 정도는 되어야 어둡다고 할 수 있지 않을까? 적어도 시골이라면 이렇게 어두운 골목길도 좀 있어야 하는 게 아닐까? 돌아가신 우리 할머니도 텃밭 담장 밖에 있는 가로등을 싫어하셨다. 들깨가 잠을 못 잔다는 것이었다. 할머니 성화에 못 이겨 몇 번인가 가로등을 꺼놓은 적이 있었는데, 그때마다 술꾼들이 어두운 도랑에 처박히는 바람에 다시 켜두곤 했었다. 캄캄한 하늘에도 늘 희미한 빛이 있어 방향을 잃어버리는 일은 없다. 밤하늘의 별자리를 보고 다녔던 그 옛날 뱃사람들처럼 나도 하늘을 보며 길을 간다는 게 퍽이나 즐겁고 대견하다. 어디 멀고 낯선 길도 아니고 겨우 집 앞의 골목길일 뿐인데도 별을 봐야 방향이 나온다는 게 재미있다. 나는 가로등을 달기보다는 그 새까만 어둠을 즐기는 편이다.

빨간 양철지붕 집

*

우리 집은 오래된 빨간 양철지붕 집이다. 상주 동쪽 병풍산 기슭에 자리 잡아 동네 앞 버드나무 사이로 낙동강 지류인 병성천 제방이 훤히 내려다보인다. 재작년에 칠순을 넘긴 내 아버지가 다섯 살 무렵이었을 때, 내 할아버지께서 직접 목수들을 데리고 이 집을 지어 증조할아버지 집에서 분가를 했다고 한다. 일제시대에 '동네 최초로' 양철지붕을 씌웠다며 아버지는 은근히 힘을 주신다.

할아버지는 1980년에 돌아가셨고, 혼자 살던 할머니는 우리 식구가 내려온 1990년 봄부터 일곱 달쯤 같이 살다가 그 해 겨울에 돌아가셨다. 젊은 사람은 다들 떠나는 시골에 내려와 할머니 모시고 사는 게 고맙다고, 동네 어른들이 나만 보면 인사를 건네셨다. 강남 화랑가에서 잘나가는 큐레이터였지만 무명화가로 다시 시작하겠다고, 말과 글을 버리고 온몸으로 살고 싶어졌다고 이야기하자니 사람만 우습겠고, 나는 그냥 머릴 긁적이며 웃었다.

마을 동쪽에 있는 작고 동그마한 선산 중턱에 할아버지 할머니 산소가 있어서 가끔 올라가 본다. 금잔디 촘촘한 예쁜 봉분 사이에 누우면 그렇게 아늑할 수가 없다. 세상 어느 산에 이보다 아늑한 자리가 있을까. 팔베개를 하고 흰 구름을 보다 눈을 감으면, 두 분 사이에 누워 옛날이야기를 듣던 겨울밤으로 돌아간다. 눈보라가 덧문 고리를 흔드는 소리가 들리고, 뜨거운 아랫목이며 흔들리는 호롱불이 눈앞을 지나가고, 할머니가 다락

ⓒ 오병욱

양철지붕 집이라 여름엔 덥다. 그래도 우리 집에 다녀간 사람들은
여름이 제일 좋단다. 양철지붕 아래서 듣던 소나기 소리 때문일까?
여름날은 언제나 짧은 꿈같이 지나간다.

에서 내어온 홍시며 곶감, 꿀떡들이 지나간다. 지금도 다락문을 열면 옛날 그 다락방 냄새가 그대로 나는 것 같아 신기하다.

산소 앞에선 우리 집이 어디 있나 늘 찾아보게 된다. 감나무 사이로 빨간 양철지붕에 하얀 회벽이 돌담이나 담쟁이랑 제법 어울려 보인다. 여기서 보면 집 뒤의 텃밭에서 어쩌다 한번 일하는 게으름뱅이가 보이겠다. 집은 좁지만 집터가 넓어 할머니가 돌아가신 이후로는 잡초가 제압이 안 된다.

사랑채에는 흰 회벽에 푸른 담쟁이가 보기 좋아서 그냥 두었더니, 담쟁이가 지붕을 타고 올라가 물 홈통을 막고 함석이 삭아내려, 아쉽지만 몽땅 걷어내 버렸다. 양철 물받이 바닥 고운 앙금 위에 작은 발자국을 남긴 새는 누굴까?

소나기 소리에 놀라 낮잠을 깰 정도로 날카로운 빗소리가 듣기엔 좋지만, 칠을 새로 하라는 경고음이 아닐까 찜찜하다. 올해쯤 한 번 더 지붕에 페인트칠이라도 해야 조금은 마음이 놓이겠다. 태풍 때마다 지붕이 날아갈까 노심초사하다 보니 지붕에서 나는 작은 소리에도 극도로 민감해진다. 요놈 참새들은 물받이에서 웬 장난을 그리 치는지 귓구멍이 간지럽고, 저놈 까치들 발소리는 제법 육중해 심란하다. 그래도 사랑채 지붕은 칠이 아직 두꺼운지 빗소리가 조금 부드럽게 들린다. 대구에 사는 이영석 형은 우리 집에서 듣던 빗소리를 아직도 잊지 못한다니, 다음 장마 때 영석이 형이 왔다 가면 지붕을 새로 칠할까? 그땐 양철지붕이 펄펄 달아오를 텐데 누가 지붕에 올라가지?

고향에는 동구나무에 걸린 연처럼 여기저기에 추억이 널려 있고, 고향집엔 반질반질한 다락 문고리처럼 구석구석 손때가 묻어 있어서, 꼼꼼히 살펴가며 늘 새로운 것을 찾아보는 재미가 있다. 여기서는 추억이 구체적인 장소와 손때 묻은 사물과 함께 존재함으로써 더욱 완강해진다.

강력한 추억은 객지생활에 지친 사람들을 따스한 이불처럼 감싸고 위로하는 힘이 있어서 사람들을 연어 떼처럼 자꾸만 되돌아오게 만드나 보다. 고속도로 위의 빽빽한 귀성 차량은 모천을 빽빽이 거슬러 올라가는 연어 떼랑 닮았다. 그러나 구체적인 장소를 회복할 길이 없는 추억은 어마어마한 크기의 감당할 수 없는 그리움으로 자라나 고향 잃은 사람들을 괴롭힌다.

결국 이런 종류의 생각에 약간의 가난과 적당한 게으름, 상당한 고집과 엄청난 아내의 희생이 겹쳐져야, 오래된 시골집에서 제일 불편한 겨울을 15년씩이나 견딜 수 있게 된다.

딱새네

우리가 상주로 내려와 얼마 안 되었을 때니 벌써 십수 년 전의 일이다.

당시만 해도 우리 동네에는 늦은 오후가 되어야 오토바이를 탄 우체부가 우편물과 조간 신문을 가지고 왔었다. 요즘은 오후 서너 시로 당겨졌지만 그때만 해도 깜깜할 때 조간 신문을 받아보기도 했다.

어느 날인가, 대문 앞에 우편함을 달아주면 고맙겠다는 우체부의 이야기를 듣게 되었다. 우체부들은 일이 많은 데 비해 사람은 모자라 어마어마한 격무에 시달린다는 걸 처음 알았다. 자기들로서는 우리 집 대문에서 마당으로 올라오는 길만큼이라도 이동거리를 줄이고 싶다는 것이었다. 지극히 당연한 논리에 공손한 건의에 즐거운 제안이 아닐 수 없었다. 진작 미리 알아서 우편함을 달아두지 못한 게 오히려 미안했다.

즉시 나무를 고르고 연장을 꺼내어 우편함을 만들기 시작했다. 잘 드는 톱으로 향기로운 송판을 자르는 즐거움을 아는 사람은 안다. 손때 묻은 망치의 익숙한 무게감이나 청명한 망치 소리도 봄날 오후에는 때로 즐길 만하다. 전람회 도록들이 많이 오는지라 넉넉하게 만들고 싶었지만 너무 커도 보기에 싱거울 것 같아 고만고만하게 만들었다. 비가 와도 우편물이 젖지 않게 처마를 달고 문에는 경첩을 달고 걸쇠를 달았다.

그리고 얼마나 지났을까.

하루는 우편물을 가지러 갔는데 우편함에서 딱새 한 마리가 포르륵 날아간다. 무슨 일일까 궁금해 우편함을 열어보니 낯선 풀 덤불이며 마른 풀잎 조각이 어지러이 흩어져 있다. 둥지를 만드려나? 설마 우편함에다 둥지를 만들까 싶었으나 빨리 예식을 올릴 필요가 있었는지 딱새는 며칠 걸리지도 않고 둥지를 재빨리 만들어놓았다. 겨우 한 움큼이나 될까. 작고 하얀 깃털이랑 노란 털실 조각까지 섞어가며 동그랗고 매끈하니 예쁘게도 엮었다.

그러던 어느 날 우편함을 들여다보니, 드디어 둥지 안에 작고 푸른 옥색 알 한 개가 들어 있었다. 아내를 부르고 아이를 안아 올려 새끼손톱만 한 딱새 알을 보여주었다. 우린 신기해서 벌어진 입을 다물지 못했다. 나도 딱새 알은 처음이라 깎은 옥같이 귀여운 색깔이며 그 앙증맞은 크기에, 낯선 보석을 들여다보는 느낌이었다. 새 집만 해도 귀여워 죽겠는데 그 속에 더 작고 더 귀여운 새 알까지 들어 있으니 그야말로 살아 있는 보석이 아니고 무엇이랴. 설마설마 했는데 진짜로 여기까지 찾아와 알을 놓다니 아내와 난 가슴이 뭉클했다.

부랴부랴 우편함을 새로 한 개 더 만들어 단다고 그날 몹시 바빴다. 무슨 일이 있어도 딱새 둥지를 털어낼 수는 없고, 그렇다고 피곤한 우체부를 자꾸 마당 안으로 올라오게 할 수도 없으니, 번거롭더라도 우편함을 하나 더 만들어 다는 게 최선이었다. 무심한 우체부가 신문을 밀어 넣다 보면 알이 다칠지도 모르고, 엽서나 편지들이 둥지를 덮을지도 모르는 일이니 서두를 수밖에 없었다.

비슷한 크기로 만들었지만 두 개의 우편함은 확실히 구분해놓을 필요가 있었다. 딱새

ⓒ 오병욱

ⓒ 오병욱

우편함에 붙였던 절연 테이프는 접착력이 약해
    한철을 못 넘기고 떨어졌다. 딱새집도 마찬가지로 한철이다.
  딱새가 날아가고 나면 상자야 아무렴 어떠랴.

둥지가 있는 쪽에는 '새집'이라고 검은색 아크릴 물감으로 크게 써서 우편물 투입을 금지시키고, 새로 만든 우편함에는 당연히 '우편함'이라고 검은색 절연 테이프를 오려 붙여 우체부 눈에 잘 띄게 만들었다. 그래도 미심쩍어 다음날 오후엔 오토바이 소리만 기다리고 있다가 우체부를 직접 만나 주의를 부탁하고 나니 그제야 안심이 되었다.

딱새 알은 어김없이 하루에 딱 한 알씩 여섯 개까지 불어났다. 이젠 알을 품겠지 싶어, 보고 싶은데도 한 며칠 억지로 참았다. 그렇지 않아도 예민한 어미의 신경을 잘못 건드렸다가 어미가 알을 버리고 떠나기라도 하면 어쩌나 싶은 마음에 우편함 근방에는 아예 얼씬도 안 했다.

그런데 며칠 뒤에 우편함을 열어보고 아아, 난 알이 그만 썩어버린 줄 알고 얼마나 놀랐던지. 연한 회색 솜털이 보얗게 덮여 하늘거리는 새끼들이 꼭 곰팡이가 핀 것처럼 보였던 것이다. 장마철에 떨어진 풋감에는 꼭 저런 모양의 허연 곰팡이가 피는 걸 익히 보았던지라 내가 착각할 만도 했다. 새끼들이 모두 알을 까고 나와 있었다. 새까만 눈은 아직 떨어지지도 않았고 빨갛고 조그만 날개는 정말 한심했다. 다시 보아도 깃털 비슷한 건 한 자락도 없고 영락없이 보얗게 곰팡이 핀 살코기 덩어리로 보였다.

언젠가 태어난 지 얼마 안 되어 꼬무락거리는 쥐새끼들을 본 적이 있는데 그때의 느낌과 상당히 비슷했다. 녀석들의 빨갛고 투명한 몸통과 짤막하고 형편없는, 그 말도 안 되는 꼬리가 생각났다.

딱새 새끼들을 만져보고 싶어하는 아이를 말리고 달래느라 혼났다. 만지기에는 아직 너무 어려 보였다. 게다가 암수 딱새가 이쪽 감나무 가지 사이에서 저쪽 전깃줄 위로 왔다 갔다, 불안해하는 기색이 역력했다. 빨리 문을 닫아주어야겠다는 생각이 들었다. 함부로 만지면 딱새네 엄마 아빠가 싫어한다고, 우리 허락 없이 누가 너 만지면 우리도 싫다면서 울먹이는 아이를 겨우 달랬다.

암수가 번갈아가며 열심히 벌레를 물어 나르더니 불과 며칠 만에 딱새의 덩치가 몇배나 커지고 깃털이 수북이 자라 서로 머리 위에 올라앉아야 할 정도로 둥지가 비좁아졌다.

우리는 자기네 집이 어딘지 무슨 일이 벌어졌는지 식구가 몇인지 형편을 이미 다 알고 있는데도, 딱새는 여전히 우리가 모르는 줄 아는 모양이었다. 푸른색 애벌레를 물고 와선 바로 둥지로 날아가지 않고 괜히 딴전을 부리며 엉뚱한 데 가서 앉았다. 마치 우연히 지나가는 딱새처럼 위장하는 버릇이 있었다. 내가 그쪽을 보고 있는 한, 딱새는 절대로 제 둥지에 들지 않았다.

딱새는 끝까지 자기 집이 여기라고 밝히기 곤란한지 내가 딴 데 보는 척 고개를 돌리면 그제야 기다렸다는 듯이 포르르 날아드는 것이었다. 하지만 딱새는 나한테 속았다. 딴 데 보는 척하면서 사실은 저를 보고 있었는데 말이다. 그렇다면 내가 안 보는 척하면서 다

보고 있다는 걸, 딱새도 알면서 일부러 모른 척한 것 아닐까, 혹시.

이제는 새끼를 한번 만져봐도 될 것 같아 아이를 대문께로 불렀다. 비눗방울이라도 만지듯이 조심조심 새끼 한 마리를 꺼냈다.

"꼭 쥐면 안 돼."

두 손을 꼭 붙이고 기다리고 있는 아이 손바닥에 살며시 내려놓았다. 아이의 눈이 점점 커지면서 입이 천천히 벌어지더니 침이 주르륵 흘렀다.

"어때?"

"……."

아이는 새한테 정신이 팔려 대답이 없다. 새끼한테 살짝 입맞춤을 시키고 나서 딱새네 엄마 아빠가 걱정한다며 새끼를 둥지에 도로 넣었다. 아이는 무척 신기했는지 제 손을 한참 동안 들여다보고 있었다.

"어땠어?"

"응, 간질간질했어."

다음날이었던가? 아침에 우편함을 열어보니 둥지가 텅 비어 있었다. 벌써? 언젠가 날아갈 줄 알았지만 이렇게나 빨리? 허망하였다. 이별은 언제나 생각보다 빨리 오는 법이다. 그래도 그렇지, 이렇게도 성장이 빠를 줄은 미처 몰랐다. 부화된 지 이제 한 일주일

ⓒ 오병욱

남짓 되었을까? 아직 제대로 날지 못할 텐데? 그러니 멀리 가지도 못했겠지?

집안을 여기저기 둘러보니 과연 딱새들은 뒤뜰 살구나무 아래에서 열심히 나는 연습을 하고 있었다. 암수는 살구나무 가지에 높이 앉아 감독을 하고 있고 새끼들은 웃자란 명아주 대공 사이를 이리저리 서툴게 날아다니고 있었다. 얼마나 반갑던지. 그렇지 그렇지, 우리 새끼 잘한다는 소리가 귀에 들리는 듯하였다.

새끼를 잡는 일은 별로 어렵지 않았다. 다시 한번 새끼를 손에 쥐어볼 기회가 온 것이다. 어떻게 이렇게 가벼울까. 무게를 거의 느끼기 힘들었다. 따스하고 보드랍고 정말 믿을 수 없을 정도로 가벼웠다. 살구나무 가지 사이로 안절부절 날아다니는 딱새네 움직임이 또다시 느껴졌다. 새끼가 날아오르기 좋도록 팔을 쭉 뻗고 가만히 손을 폈다. 손바닥을 차고 날아오르는 순간에 약한 무게감과 가슬가슬한 발톱을 느낄 수 있었다. 좋겠다. 쟤네들은 하루만 연습해도 저 정돈데 우린 이게 뭔지 모르겠다.

그날 오후에 살구나무 아래에서 딱새네 식구들과 헤어진 이후로는 슬프게도 누가 누군지 전혀 구분이 안 간다. 새들은 너무 똑같이 생긴 게 문제다. 마당이나 텃밭에서 더러 딱새들이 보이긴 하지만 기껏해야 암수를 알아보는 게 고작이다.

올 봄에도 딱새는 바쁘다. 집터도 알아봐야 하고, 집도 새로 지어야 한다. 그래야 참한 색시 얻어 장가도 들고 알도 많이 낳을 게 아닌가.

우리 집 부근에 사는 딱새들은 아마도 그때 그 딱새네 후손들이겠지. 그래서 지금도 딱새를 만나면 이렇게 인사를 하곤 한다.

"할아버지 할머니 요새도 안녕하시냐?"

나는 한때 신비주의자였다

난 무한한 상상력―나에겐 영감과 동일시되었다―의 소유자가 되고 싶었다. 상상력은 어디서 오는 것일까? 나의 내부에서 오는 것일까? 전파처럼 외부에서 오는 것일까? 상상력의 근원을 찾아서, 또한 삶의 의문에서 오는 인간적인 고민을 해결하기 위해서 자연히 영혼과 종교의 세계에 발을 들여놓게 되었다. 이러한 예술과 인생의 문제는 신비주의(mysticism)에서 하나로 통일되었고 그 속에서 인간이 가질 수 있는 가장 커다란 감동의 형태를 발견하게 되었다. 그것은 신비적 황홀감 (mystical ecstasy)이었다. 그런데 어느 순간 자아와 세계, 자아와 우주, 자아와 절대와의 순간적인 합일에서 온다는 이 황홀감의 경험도 또 그 표현도 불가능한 것으로 여겨졌고 난 절망하였다. 그러나 길은 너무나 가까이에 있었다. 내가 '있다', 그것도 '살아 있다'는 바로 이것이야말로 신비의 시작이며, 여기에서 비롯되는 감동이야말로 인간이 존재하는 어느 시대, 어느 장소를 막론하고 가장 아름다운 감동이라는 확신을 가지게 되었던 것이다.

―첫 개인전(1984년) 카탈로그 서문 중에서

대학을 졸업할 즈음엔 누구나 그렇듯이 난 내가 해야 할 예술과 내가 살아야 할 인생이 도저히 화해할 수 없는 방향으로 갈라져 간다는 느낌 때문에 무척이나 고민하였다. 어느 한쪽을 선택하거나 포기할 수 없었으며 어느 쪽을 택하더라도 불행은 불을 보듯 뻔

한 것이었다. 결국 어떤 방법으로든 삶과 예술을 한데 묶어 화해시키지 않으면 난 그림을 그릴 수도 살아갈 수도 없으리라는 강박이 오랫동안 계속되었다.

신비주의에 빠져든 것은 일찍이 대학 3학년 때부터다. 종교학과의 윤이흠 선생으로부터 '신비주의' 강의를 듣고 난 뒤부터 선생의 연구실을 들락거리며 차를 얻어 마시고 이런저런 원서들을 빌려보게 되었다. 그 무렵, 종교학과의 '신화학(mythology)' 강의를 듣고 주로 엘리아데(M. Eliade)의 책을 많이 찾아 읽었다. 신비주의와 신화학은 그럴듯한 화해의 구실이자 처방이었다. 그 속에서는 그토록이나 날카롭게 마주 서 있던 동양과 서양의 문제뿐만 아니라 인간 · 자연 · 우주 자체의 모든 구분을 이미 의미 없는 것으로 본다. 그것은 애당초부터 '하나'였으며 그것을 나누어 생각하는 데서 모든 대립과 갈등과 모순이 시작된다는 것이다. 신비주의적 관점에서 본다면 예술과 인생도 마찬가지가 아닐까? 예술은 인생이고 인생은 곧 예술이어야 하지 않을까?

그런데 나는 그저 운이 좋았던 것일까.

대학 졸업 후 잠깐 서울 둔촌동에 살던 때였다. 5월 초, 혼자 아파트 주변 논둑길을 걷다 말고 갑자기 '아아, 내가 아직 살아 있구나'라는 생각이 들었다. '내가 이렇게 살아서 이 아름다운 논둑길을 걷고 있구나'라는 생각이 들면서 갑자기 너무나 행복해졌다. 거의 울음을 터뜨릴 지경이었다. 이유는 알 수 없었다. 이제 막 졸업한 데다 앞날도 분명치 않아 머릿속에는 오만 가지 고민이 부글거리고, 아직 감기 기운이 남아 온몸이 으슬으슬했는데도, 단순히 살아 있다는 그 이유 하나만으로 혼자 감격에 겨워 몸을 부르르 떨었던 것이다. 아직 모를 심기 전, 5월 햇살에 데워진 무논, 잔바람에 흔들리는 그 얕은 물가, 촉촉한 논둑길에서. 아아, 이 바람과 햇살! 순간 갑자기 깨달았다. 신비적 합일은 자연과 자연, 자연과 우주의 합일이 아니라, 항상 '나' 와 자연, '나' 와 우주, '나' 와 신과의 합일이라는 당연한 사실을, 합일의 반쪽에는 항상 '나' 가 있다는 사실을, 그제야 갑자기 깨달았던 것이다. 그 쉬운 걸 왜 여태 몰랐을까? 길이 보였다. 내 앞으로 엷은 안개 속으로 뻗어난 구불구불한 길이 보였다. 난 가까스로, 공중 분해되고 말 지경에서 스스로를 구제하고 진정시키는 데에 일단 성공하였다.

1982년 겨울, 대구에 계신 어머니가 좋은 작업실 자리를 봐두었다며 내려오라기에 대구로 내려갔다. 집 근방에 널찍한 작업실을 얻어 아이들을 가르치며 나름대로 작업을 열심히 하였다. 1984년, 당시 대구 「수 화랑」 관장이던 황현욱 선생과 모교인 대구 대륜 고등학교 미술반의 김기동 선생의 권유로 「수 화랑」에서 첫 번째 개인전을 열었다. 오프닝 때 젊은 작가들끼리 신비주의와 현대미술을 놓고 열띤 논전이 벌어졌다. 최근에 만난 어떤 평론가는 그 당시가 대구 현대미술의 최전성기라고 말했다. 그림을 반도 넘게 팔았지만 수입은 형편없었다.

그러던 어느 날 사랑이 시작되었다. 난 애당초 사랑과 결혼을 별개의 문제로 구분하고

상주 시내에 있는 '커피가게' 주인한테 삭발한 전시 포스터를
한 장 주었더니 다음날 바로 액자에 넣어 벽에 걸어놓았다. 흑백사진에
담배를 물고 있어서 재즈 뮤지션 사진들과 대체로 어울린단다.

있었으나 갑자기 그 구분이 모호해졌고 아내랑 둘이서 결혼이냐 예술이냐의 대논쟁이 벌어지고 난 후 아내랑 결혼을 약속하였다.

그런데 대구에서는 달리 결혼자금을 마련할 방법이 없었다. 그래서 1985년 봄, 서울로 올라와서 지금은 고인이 된 최병기 형 화실에서 데생 강사를 시작했다. 그 넓은 대구 작업실을 버리고 서울서 돈벌이에 나섰다는 죄책감 때문에 몹시 우울했다. 더 부수고 넘어가야 했는데 결혼이니 뭐니 겁이 나서 돌아섰다는 자책으로 괴로워했다. 보수와 관계없이 자진해서 화실에 나가 매일 늦게까지 아이들을 가르쳤다. 청소도 하고 아이들 연필도 깎아주고 내가 할 수 있는 모든 일을 찾아서 했다. 입시가 끝나고 난 뒤 최병기 형은 강남에서 가장 유명한 그 입시 화실을 나한테 물려주고 싶어 했다. 그러나 나는 화실을 물려받고 싶은 생각이 전혀 없었다. 나는 한시바삐 입시계를 떠나 작가로서의 내 갈 길을 분명히 하고 싶었다.

그 해 겨울, 데생 강사 노릇이 따분해 대학원이나 가볼까 하고 원서를 내러 갔다. 학부도 지겨워 억지로 다녔는데 내 발로 대학원을 찾아가다니 내가 생각해도 내 자신이 참 한심했다. 마침 서울대 미대에 처음으로 미술이론전공이 개설된다는 공고가 붙어 있었다. 서양화보단 재미있겠지라는 생각에 덜컥 원서를 냈다. 평소 인문대 수업을 가끔 들어온 데다, 독서량과 글쓰기에 나름대로 자신이 있어서 이론이라는 말에 별 거부감이 없었던 것이다. 그 따위 나약한 정신으로 무슨 그림을 그리겠느냐고 자신을 힐책하며 정신 재무장의 필요성을 통감하고 있던 나에게 이론전공은 오히려 안성맞춤이었다. 새로 개설된 전공에 유일한 입학생인지라, '미대에서는 전략적으로 이론가를 키우기 위해 이론전공을 만들었으며, 우리는 오로지 너만 믿는다'고 여러 선배들과 선생들이 노골적으로 기대를 드러내곤 했다. 부담스러운 일이었다. 이래저래 학교는 따분했다. 난 대학원에 가서도 여전히 학부 시절처럼 수업도 잘 안 들어가고 늘 미대 앞 잔디밭에서 혼자 뒹굴었다.

86년 대학원 2학기 때 결혼을 했다. 내 나이 28세, 아내 백애숙 26세.

이중섭에 대한 석사논문을 쓰면서 나로서는 정신 재무장의 가장 강력한 모범을 만난 셈이었다. 지독한 가난 속에서도 지조와 순수를 잃지 않고 자신과 주변을 맑고 밝게 가꾸어가는 아름답고 강인한 모습에서 깊은 감동을 받았다. 한 평밖에 안 되는 흙집에 네 식구가 살던 서귀포 시절, 먹을 양식이 없어 매일 아이를 업고 게를 잡으러 다니면서도 이중섭은 작품을 수십 점씩이나 만들어냈었다. '마음 한없이 고요하여라. 그 위에 향기로운 일감이 오다.' 이중섭이 원산 화실에 써 붙였다는 이 말은 지금 내 마음속의 등불이 되었다. 마음이 괴롭고 힘들 때에 그 말을 새겨보면 어딘가 따뜻해지고 밝아지는 구석이 있었다. 그토록 어둡고 힘든 세월을 등불처럼, 타오르는 횃불처럼 살았던 이중섭을 생각해보면, 이렇게 좋은(6·25 전후에 비하면) 세월을 시커멓게 죽이고 있는 나 자신이 참으로 부끄러웠다.

어쨌건 대학원을 마치고 어정쩡한 양다리 걸치기로 화랑에서 큐레이터로서 일을 하며 버티자니 남들에게 미안한 일이 한둘이 아니었고 나 자신 불만은 또 불만대로 쌓여갔다. 어느 하나도 제대로 해내기 힘든 시국에 두 가지 일을 해나갈 용기도 능력도 없었던 나는 과거의 관성적 법칙에 준해 당연히 그림 그리기로 마음을 굳혔다. 사실 작가의 일과 평론가의 작업 사이엔 종이 한 장의 차이밖에 없지만, 요구되는 바 전문인으로서의 자질과 성격은 종이 두어 장쯤은 차이가 날 것이다. 게다가 난 신비주의자가 아니었던가. 남들 앞에서 입을 놀리기보단 조용한 언덕에 누워 별이나 헤아리는 체질인 것이다.

한때 나는 시(詩)를 동경한 적이 있었다. 일찍이 학부 2학년 때인 1979년, 국문과 김용직 선생의 '한국현대시론'을 듣고 이런저런 시론(詩論)들을 공부하기 시작했다. 〈심상(心象)〉이라는 시 전문지를 몇 년간 받아보기도 했다. 1980년 여름, 원효로에 있던 심상사 사무실에 찾아가 해변시인학교 참가원서를 쓴 적이 있다. 무엇을 배우고 싶으냐고 묻는 난이 있어 '시를 산다는 것'이라고 적었는데, 당시 심상사 주간으로 있던 서울대 국문과의 박동규 선생이 그걸 보고는 미대생이 찾아왔다고 반가워하셨다. 해변시인학교에 참가는 못 했지만 '시를 산다'는 말이 머릿속에서 지워지지가 않았다. 나는 과연 그림을 살아낼 수 있는가? 조형의 논리를 삶의 지평으로 확대시킬 수 있는가? 시인들은 얼마나 자신의 시를 살고 있을까? 한두 편 시의 완성도보다 시인의 일생에 관심을 갖게 된 것도 그 무렵이었다.

시론은 화론(畵論)에 비해 체계적이고 간명했다. 난 미술이론보다 문학이론을 먼저 공부했다. 대부분의 시론이 곧 화론이라 해도 좋을 만큼 시와 미술은 공통점이 많았다. 미술사는 곧잘 사실의 나열로 겨우 머릿속을 간질이는 데 반해, 시론은 곧장 스무 살 젊은 가슴에 불을 질러버렸다. 이렇듯 시론을 통해 내면의 눈을 뜨고 독서와 경험, 사색과 글쓰기의 중요성을 깨닫게 되었다. 나는 몇 년 동안 거의 매일 밤 끊임없이 고민하며 쓰고 지우기를 거듭했다. 내가 만난 모든 장면 모든 상황의 몇 마디 간결한 압축을 위해 오로지 글쓰기에만 몰두한 시기였다.

그러나 글쓰는 사람들은 흔히 기록을 중요시한 나머지 '지금, 여기'를 놓치는 게 아닌가 하는 생각이 들었다. 냉랭한 관찰자보다는 뜨거운 행동가가 되고 싶었다. 아니, 그런 핑계가 필요했을지도 모르겠다. 나는 시를 버리고 그저 온몸으로 살기로 맘먹었다. 바람과 햇살, 향기와 열정, 이 모든 순간들을 놓치고 싶지 않았다. 나는 몇 년 동안이나 밤마다 고민하며 쓰고 지우던 젊은 날의 비망록을 모조리 불태워 없애버렸다.

결혼 후 아들 녀석이 태어났으나 나는 여전히 갈피를 잡지 못하고 있었다. 아내에다 아이까지 딸리고 보니 한때 구름 속을 날아다니던 신비주의자에겐, 다시는 날지 못하리라는 불안감이 스멀스멀 피어올랐다. 이제 어쩔 수 없이 지상에 정착해야 하는 것인가. 난 서울생활 내내 그 불안감이 아이와 함께 무럭무럭 자라는 걸 지켜보았다. 상주로 이사온 다음에도 한참 동안 그 불안감은 사라지지 않았다. 그런데 이상한 일이지, 언젠가부터 불안감이 사라져 있었다. 정착이 완성된 것인가……. 어디로 어떻게 그 불안감이 사라져버렸는지 난 지금도 알지 못한다. 아무튼 그 뒤로 아이는 오히려 나의 희망이 되었고 아내와 나, 우리 둘의 꿈이 되었다. 그리하여 노래를 부르며 온 마당을 그렇게 뛰어다녔던 것이다.

시골로 내려온 후 한동안 일부러 책도 읽지 않고 그림도 그리지 않았다. 머리만 쓰면 악마가 되고 손만 쓰면 짐승이 된다고 했던가. 난 당분간 짐승이 되고 싶었다. 돌담을 새로 쌓고, 웅덩이를 쳐내고 고기를 새로 잡아넣었으며, 나무를 사다 심고 무너진 굴뚝을 만들어 세우거나 집을 수리하는 일에 시간을 보냈다. 등나무를 새로 심어 덕을 만들어 올리고 여기저기 축대를 살피는 틈틈이 퇴비를 만들고 텃밭을 일구었다. 가끔씩 아내와 아이를 데리고 마을 주변을 산책하며 산소를 돌보고, 냇가에선 조약돌을 줍고 돌아오는 길엔 들꽃을 꺾었다. 난 강가 낚시터에서 늦게 돌아오기 일쑤였다. 달이 좋은 밤엔 마당을 늦도록 서성거리고, 눈발 송송 날리는 저녁 무렵엔 숲으로 난 작은 길들이 갈라지는 곳에서 오랫동안 서 있곤 하였다.

난 신비주의라는 말을 잊은 지 오래다. 그 큰 뜻에 비해 신비주의라는 말은 너무 좁고 편협하다. 지금은 신비적 합일 어쩌고 하는 말들을 거의 믿지 않는다. 다만 달라진 게 있다면, 풀꽃들을 좀 더 자세히 볼 수 있게 되었고, 매미허물을 좀 더 조심스레 만질 수 있게 되었으며, 거미줄이 완성되어가는 모양을 좀 더 오랫동안 지켜볼 수 있게 되었다는 것밖에는.

한여름날 그늘 밑에서

*

박형, 저는 달맞이꽃을 유난히 좋아합니다.

그 신비하고 눈부신 연노랑을 들여다볼 때마다 누군가 이제 막 노래를 시작한 듯한 기분이 듭니다. 처음 한 송이가 피었을 땐 노랑나비가 앉은 줄 알았지요. 언제부터인가 그 투명한 연노랑을 좋아하게 되었습니다. 지금 강둑길에는 사람 하나 없이 노랑 달맞이만 가득합니다. 그래서 일부러 아주 천천히 걷게 되고 자주 걸음을 멈추게 됩니다. 눈부신 연둣빛 들판도 하얀 백로 몇 마리 말고는 씻은 듯이 깨끗합니다. 멀리서 본 마을은 여름 한낮의 무서운 정적 속에 꼬박꼬박 졸고 있습니다. 가까이 가보니 동구나무 어두운 그늘 밑에는 정적은커녕 우렁찬 말매미 소리에 낮잠을 설친 노인들 부채 소리가 탁탁 들립니다.

한여름날 그늘 밑에 벌렁 누워 하얗게 피어오르는 뭉게구름을 보고 있노라면, 저는 문득 흰 구름 사이를 비스듬히 돌아 나오는 작은 경비행기를 모는 상상에 빠져듭니다. 구름 아래 아득한 푸른 들판에는 반짝이는 강물과 산 아래 작은 마을들이 옹기종기 보이는 듯합니다. 하지만 요즘은 새로 태어난 우리 집 강아지들 때문에 흰 구름 조각들 모두가 하얀 강아지로 보인답니다. 강아지 머리, 강아지 꼬리, 강아지 앞발, 하품하는 강아지, 누운 강아지, 웅크린 강아지 등등 하늘 가득 하얀 강아지들이 흩어져 달려가고 모이고 숨고 도망치는 통에 도무지 눈을 뗄 수가 없습니다.

저는 눈을 살짝 찡그린 채 사람 하나 그늘 한 점 없는 강 건너 모래밭을 바라보고 있습니다. 이쪽에서는 깊고 푸른 강을 건너야 합니다. 돌아가면 너무나 멀고요. 가끔 백로나 찾을까, 푸른 숲을 배경으로 그토록 고요하게 물살에 씻기고 바람에 말라 햇살 하얗게 빛나는 저 깨끗한 모래밭을 오랫동안 바라보곤 합니다.

미국의 여류화가 조지아 오키프(Georgia O'keeffe)는 이렇게 말했습니다.

"어떤 점에서는 아무도 꽃을 제대로 보지 못한다고 말할 수 있다. 꽃은 아주 작고, 우리는 바쁘다. 그리고 본다는 것은 시간이 걸리는 일이다. 친구를 사귀는 일이 시간 걸리는 일인 것처럼."

그게 어디 꽃뿐이겠습니까. '구름은 너무 빠르다. 우리는 바쁘고', '여름은 너무 짧다. 우리는 너무나 바쁘고.' 우리는 너무도 바빴기 때문에 아무것도 제대로 보지 못했고 끝까지 듣지도 못했고 조금 더 기다려주지도 못했던 걸까요. 사랑한다고 말할 시간도 없이 바쁘게 살아왔지만 여전히 제대로 하지도 못한 일들만 잔뜩 쌓여 있다는 걸 어느 날 갑자기 깨닫게 되는 걸까요. 너무 바빠서 그런 걸 깨달을 수나 있을지 모르겠습니다.

"한가함으로써 신에게 가까이"라는 성 아우구스티누스(S. Augustine)의 말을 다시 새겨봅니다. 저 같은 게으름뱅이들이 좋아하는 말이지요. 될 수 있는 대로 번거로운 일을 만들지 말고 아무 데도 마음 두지 않으려 애쓰고 있습니다만, 요샌 간이 작아져서…….

박형, 여름이 다 가기 전에 담양 부근 어둑어둑한 대밭 속 대나무 평상에서 대나무 목침 베고 죽부인 안고 자다 감기나 한번 들어보는 게 소원입니다.

ⓒ 오병욱

동네 부근 병성천 제방에 핀 달맞이꽃.
공기가 촉촉한 여름날 아침에 달맞이꽃 노란색은 참 투명하다.
맑고 상큼한 향기가 있고 키가 커서 은은히 강바람을 받는다.
살짝 연둣빛이 지나간 저 투명한 연노랑을 '달맞이꽃노랑' 이라고 부르면 어떨까.
'달맞이꽃노랑'. 이름만 불러도 머릿속에 노란색이 확 퍼진다.

감나무에서 나는 소리

✳

알고 보면 감나무만큼 소리가 많은 나무도 드물다.

봄비에 젖은 감나무 가지 끝에 연둣빛 싹이 트면 그제야 진짜 봄이 온 것이다. 짙은 산 그늘을 배경으로 반짝이는 노랑연두 새싹들이 그렇게 선명하고 눈부실 수가 없다. 감나무에는 옆으로 뻗은 가지가 많아서 몸집이 큰 비둘기나 까치들이 앉기 좋다. 구우구 과과 구우구 과과. 봄비 속에 비둘기 우는 소리가 유난히 가까워 창밖을 보면, 뒷밭 감나무 가지에 진회색 산비둘기가 또 앉아 있다.

온통 푸른 이파리가 반짝거리며 잘그락거리는 5월이 지나면서 어느덧 그늘이 짙어져, 뒤뜰 감나무 아래 그물침대에 누워 책을 읽을 만하다. 그물침대 주변에 일부러 더덕을 심어놓았더니 향기가 제법이다. 이렇게 누워 있으면 어쩌다 한 번씩, 매끈한 이파리를 치면서 굴러 떨어지는 감꽃 소리가 들린다. 그 소리는 가볍고 부드럽다. 가끔 책갈피에 감꽃이 떨어져 내 가슴에 톡 부딪힌다. 어디서 떨어졌나 저절로 나무를 올려다보게 된다. 알 수 없다. 이 작은 꽃이 어디에서 떨어져 내게로 왔는지 알 수 없다. 어린 풋감은 한두 개가 아니고, 흔들리는 잎새에 감꽃은 이리저리 튕겼다. "알 수 없지, 알 수 없지." 누군가 노래를 부르며 반짝이는 잎새 사이를 날아다닌다. 바람결에 잘그락거리는 잎새 사이에 숨어, 하나 둘 감꽃을 뽑아 던지는 게 누굴까? 그물침대는 흔들리고 뻐꾸기 소리는 아득히 멀어진다.

비바람에 후둑후둑 감꽃이 떨어지는 소리는 놓치기 쉽다. 다만 소나기가 그치고 난 뒤, 뒤뜰에 나가보면 젖은 이끼 위에 이리저리 흩어져 있는 하얀 감꽃을 볼 수 있을 뿐이다. 이맘때쯤 감나무 아래를 지나다 누군가 가볍게 어깨를 툭 친다 싶으면 그게 바로 감꽃이다. 금방 떨어진 감꽃에선 맑고 새콤한 풋내가 난다. 감꽃 목걸이를 목에 걸어본 게 언제였을까. 30년 전? 아니면 40년 전? 감꽃을 하나씩 입에 넣고 씹으면 언제나 아삭아삭 기분 좋은 소리가 난다.

이때쯤 되면 감 이파리는 본격적으로 두꺼워지기 시작한다. 희미하게 남아 있던 어린 연둣빛은 완전히 사라지고 짙은 녹색 가죽처럼 윤기가 돌면서 빳빳해져 제법 어른 티가 난다. 그래서인지 감나무에 떨어지는 빗방울 소리는 수선스럽지 않고 묵직하고 깊이가 있다.

장마가 한창일 때부터 연둣빛이 채 가시지 않은 어린 땡감들이 하나 둘 떨어지기 시작한다. 어차피 모든 열매가 다 굵어질 수는 없으니 미리부터 열매를 솎아나가는 것인가? 크고 건강한 열매로 영양분을 몰아주어, 보다 든든한 후세를 준비하는 것일까? 메추리 알만한 풋감들이라 이미 소리를 숨길 수 없게 되었다. 꽤나 묵직하고 둔탁한 소리를 낸다. 가끔 장독대 위에 떨어져 맑고 높은 여운을 남기기도 한다.

한여름이 지나면서 감 떨어지는 소리는 점점 크고 무거워진다. 아들애 방 양철지붕 위

ⓒ 오병욱

뒤안에 있는 앵두나무 가지가 축 늘어졌다. 가끔씩 뒤뜰에서 저녁을 먹는다.
낡은 식탁이지만 테이블보를 깔고 촛불을 켜면 제법 그럴듯하다. 장독대 앞 여름용 아궁이에다
감나무 가지로 고기를 굽거나 모닥불을 피우기도 한다.

로 높게 뻗은 가지에서 주먹만 한 땡감이 떨어져, 그 방에서 자던 손님이 혼비백산한 적이 있다. 그건 그래도 덜하다. 손님이 바깥 변소에 갔는데 하필이면 변소 양철지붕에 '꽝' 하고 땡감 떨어지는 소리가 들리면, 주인으로선 은근히 걱정을 아니 할 수가 없다. 뭐라 물어보기도 곤란해서 변소에서 돌아오는 손님의 표정을 유심히 살피게 되는 것이다. 손님이 '휴우' 한숨을 쉬며 가슴을 쓸어내려, 같이 웃은 적도 있다.

가을 아침에 감 잎사귀에 맺힌 이슬방울이 후둑 후두둑 떨어지는 소리는 굵은 빗방울 떨어지는 소리와 똑같다. 안개 낀 아침에 소나기가 쏟아질 리 없건만, 혹시나 싶어 순간적으로 하늘을 올려다보게 된다. 안개 속에는 비구름이 없다는 것을 알아도 번번이 찜찜하다. 오늘은 혹시 안개 위에 먹구름이 있는 게 아닐까?
어느 미끄러운 잎사귀에서, 제 무게를 이기지 못한 단 한 개의 이슬방울이 천천히 천천히 미끄러지면서 어느 순간 갑자기 시작되었을, 찬란한 이슬의 도미노.
초가을부터 조금씩 이른 낙엽이 지기 시작한다. 일찍이 노란빛이 도는 낙엽부터 떨어지는데 감나무는 특히 이파리가 두꺼워 떨어지는 소리를 일일이 헤아릴 수 있을 정도다.
잘 마른 낙엽 밟는 소리. 얇은 다시마뒤각 위를 걷는 듯.
가을이 깊어가면서 이파리는 붉은색이 점점 많아지고 색깔도 선명해진다. 아득히 높아진 파란 하늘을 배경으로 투명한 주홍빛 홍시가 붉어지면 이파리는 벌써 질 만큼 졌다.

짙푸른 하늘을 등지고 이파리 한 장 없이 빨간 홍시만 주렁주렁 매달린 이맘때의 감나무는, 보기만 해도 마음이 푸근해진다.

몇 번인가의 가을비에 남모르게 지고 말았을까. 감나무 아래에 언제 이렇게 낙엽이 쌓였지? 그 위에 홍시들이 어지러이 떨어져 있다. 완전히 박살이 난 것도 있지만 웬만큼 수습이 가능한 것들이 많고 더러 말짱한 것들도 있어서 홍시 좋아하는 아내는 아침마다 바쁘다. 손에 닿는 빠알간 홍시를 딸 때마다 풀밭에서 빨간 사과를 딸 때와 마찬가지로 어딘가 꿈속에서 본 장면 같은 기분이 든다. 밀짚모자를 쓰고 빨간 토마토를 따던 여름날 오후처럼, 다만 잘 익은 홍시를 따서 그냥 평범한 바구니에 담았을 뿐인데도, 갑자기 무지개가 서고 비눗방울이 터진다. 왜 그럴까? 이게 바로 수확의 기쁨인가? 아니면, 사라진 낙원의 추억? 내 눈 앞에서 반짝반짝 사라져 가는 이 짧은 순간들이 너무나 선명하게 보인다.

홍시들은 뒷밭에 있는 작은 연못에도 떨어진다. 알록달록 떨어진 낙엽들로 환한 연못 속에 빨간 홍시가 여러 개 가라앉아 있다. 올해도 붕어들이 여러 번 놀랐겠다. 보던 책을 덮고, 불을 끄고, 스산한 바람소리 헤아리던 잠결에, 먼 연못에 홍시 떨어지는 소리, 퐁당.

가을 겨울에 걸쳐서 이따금씩 딱따구리가 찾아와 감나무 둥치를 쪼아댄다. 설마 여기다

집을 짓지는 않을 테고, 벌레 사냥을 나온 것 같다. 그 소리가 들릴 때마다 언제나 귀 기울이게 된다. 무게 있게 딱딱 소리가 나면 멀쩡한 둥치이고, 통통통 울림이 있으면 속이 빈 둥치, 퍽퍽 뿌직뿌직 나무 뜯는 소리가 나면 썩은 둥치이다. 나무 종류에 따라서 딱따구리 소리도 조금씩은 바뀌겠지만 그 차이를 알아들을 만큼 내 귀는 섬세하지 못하다. 나무마다 바람소리가 다르고 그 소리 또한 계절마다 다를 것이다.

딱따구리는 머리에 충격 완충장치 같은 게 있어서 나무를 쫄 때 생기는 지속적인 충격으로부터 자신의 머리를 보호한다고 한다. 그러니 다른 새가 함부로 딱따구리 흉내를 내다가는 그야말로 골치가 아프게 된다.

겨울엔 온 마당을 이리저리 쓸고 다니는 감나무 낙엽 소리를 듣는다. 집 안에 있는 열 그루의 감나무와 두 그루의 살구나무 낙엽이 겨울 내내 마당을 가로 세로로 휩쓸고 다닌다. 그 소리가 바람의 방향을 알리고 세기를 알리고 바람의 결을 드러낸다. 긴긴 겨울밤에 몰려다니는 바람과 낙엽 소리를 듣다보면 잠자리가 얼마나 더 따뜻하고 포근해지는지 모른다. 우리 집의 모든 낙엽은 바람이 쓸어내고 바람이 모아둔다. 나는 절대로 낙엽을 쓸지 않는다.

겨울비에 젖은 커다란 벽오동 이파리 떨어지는 소리는 젖은 수건 떨어지는 소리랑 비슷하다. 겨우내 바스락거리며 몰려다니는 동안 이파리들은 바짝 말라 잘게 잘게 부서져

간다. 흙으로 돌아가는 것들은 모두 다 흙을 닮아가나 보다. 입자가 작아지고 색깔도 비슷해지는 걸 보면 이파리나 꽃이나 열매나 다 마찬가지 아닌가. 겨울바람이 며칠씩 불고 나면 낙엽들은 뒤꼍 담벼락 구석에 잔뜩 몰려가 쌓여 있다. 어디다 그물을 치면 이놈들을 모조리 잡을 수 있을까? 텃밭 구석에 있는 미나리꽝에도 소복이 쌓여 있고 집안 여기저기 축대 밑이나 돌담 곁에 수북수북 쌓여 있다. 그 위에 다시 자작자작 겨울비가 내린다. 이파리들이 비에 젖어들면서 가볍게 바삭거리던 빗소리는 점점 무겁고 둔탁해진다. 싸락눈이 내리면 하얀 얼음 알갱이들이 타닥타닥 튀어오른다.

너무 높아 도저히 딸 수 없는 감들은 겨우내 까치들의 좋은 양식이 된다. 감나무를 제대로 돌보지 않은 탓에 해마다 열매가 잘아진다. 따서도 먹을 게 없을 정도로 잘아진 감들은 그대로 까치밥이 되는 수밖에 없다. 그래서 우리 집 뒤뜰은 겨우내 몰려드는 까치들로 시끄럽다. 눈 속에서도 여전히 곶감처럼 달려 있는 말라붙은 감을 뜯어 먹느라 까치들끼리 서로 싸우는 일도 자주 있다.

어느 해 겨울에는 좀처럼 인가에 들지 않는 까치가 둥지를 한꺼번에 둘씩이나 틀기도 했다. 나중에 한전 직원들이 나와서 까치집을 걷어낼 때, 마지못해 받아들이긴 했지만 내 기분은 그리 좋지 않았다. 까치의 모든 악행에도 불구하고 감나무 검은 가지에 쌓인 흰 눈이랑 까치의 희고 검은 날개는 절묘한 어울림이 있기 때문이다. 겨울 눈밭에는 여전히 까치가 가장 제격이다. 더구나 까치가 울면 반가운 손님이 온다지 않는가. 비록 낡

고 불편한 집이지만 친구들이 가득한 방문을 열어젖힐 때는 언제나 기분이 좋다. 뜨락 가득한 친구들 신발에 고요히 함박눈이 쌓이던 겨울밤이 그립다.

'겨울나무'라는 옛날 동요가 있다. "~바람 따라 휘파람만 불고 있느냐"로 끝나는 그 가슴 아픈 노래를 듣거나 부르거나 하면, 늘 뒷밭에 있는 늙은 감나무가 떠오르곤 했었다. 겨울밤에 바람소리 윙윙 나는 큰 감나무를 올려다보면 추워서 저절로 어깨가 오그라든다. 나무둥치를 짚어보면 바람의 진동을 느낄 수 있다. 나무도 추워서 달달 떨고 있는 것이다. 그 나무는 우리 아버지가 어릴 때도 그만했다니 백 살이 넘었을지도 모르겠다. 우리 집에서 가장 크고 맛있는 감이 가장 많이 열린다. 내가 여러 번 올라간 나무도 바로 그 나무이다. 그 감나무 위에 아이랑 조그만 나무집을 짓는다는 게 어물어물하는 사이에 아이는 그만 훌쩍 커버렸다.

바람에 덧문 고리가 달그락거리고 부엌문이 삐걱삐걱 맞장구를 치면, 가끔씩 양철지붕도 설겅설겅 화음을 넣고 감나무 가지도 잘그락잘그락 서로 장단을 맞춘다. 그 소리를 들으며 아이를 안고 밑도 끝도 없는 옛날이야기를 지어내던 겨울밤. 김이 무럭무럭 나는 삶은 고구마와 입 안 가득히 부서지는 차가운 김치, 살얼음이 둥둥 뜬 단술, 아직 말랑말랑한 곶감들.

죽은 감나무 가지에 눈이 깊이 쌓이면 연한 감나무 가지는 흰 눈과 함께 뚝뚝 부러져 내린다. 눈이 40cm나 내린 지난 봄에는 멀쩡한 가지도 꽤나 부러졌었다. 꺾어진 채로 매달려 있는 가지들을 걷어내느라 장대에 호미를 묶어야 했다.

겨울밤에 감나무 부러지는 소리가 들리면 혹시 눈이 오나 싶어 가만히 창을 열어본다.

대포로 새를 쫓다니

작년 8월경의 일이다. 아침 6시만 되면 총소리 비슷한 게 들리기 시작했다. 과수원에서 새 쫓는 소리인가 보다. 그 소리를 듣고 아침잠에서 깰 때마다 기분이 안 좋은데, 하루 종일 그 소리를 듣고 있으려니 여간 짜증나는 게 아니었다. 그런데 그놈의 소리가 얼마나 큰지 뒷산에서 작은 메아리가 생겨 이산 저산 부딪히며 파도처럼 사방팔방으로 퍼져나간다.

처음에는 우리 동네 바로 옆에 있는 배밭에서 나는 소린가 싶었는데 나중에 알고 보니 개울(병성천) 건너에서 나는 소리였다. 어디서 어떻게 소리를 내기에 이렇게나 온 동네에 쩌렁쩌렁 울리는가 화도 나고 궁금하기도 해서 아침부터 차를 몰아 가까이 가보았다. 사과밭 앞쪽에 작은 팻말을 세워놓고 '카바이드 폭발음 주의'라고 비뚤비뚤 써놓았다. 별로 크지도 않은 과수원이지만 삼면이 오목한 계곡에 들어앉은 까닭에 소리가 스피커처럼 앞쪽으로 증폭되는 모양이었다. 여기서 사과 몇 개 더 건지자고 이 극심한 소리를 온 동네 사람들이 하루종일 들어야 한다고 생각하니 점점 더 화가 났다. 아무리 그래봤자 사람이 없으니 도리가 없었다. 이집 저집 물어보고 다니기도 그렇고 허탈해서 서성거리고 있는데, 마침 늙수그레한 아주머니가 삐걱삐걱 자전거를 몰고 나타났다. 물어보니 하필이면 주인이란다. 벼르던 차에 잘됐다.

"아주머니, 소리가 너무 커서 아침에 도저히 잠을 잘 수가 없어요."

"아니, 촌에서 누가 아침 6시까지 자는가요?"

"……." (윽, 당했다.)

"그럼, 소리라도 좀 줄이면 안 될까요?"

"우리가 소리를 줄이고 싶어도 카바이드 소리라 줄일 수가 없대요."

"……." (만만찮다.)

"이기 다 먹고 살자고 하는 일인데 남들이 무슨 상관 있는가요?"

옳지 걸렸다.

"아니, 아주머니, 그렇게 말씀하시면 안 되지요. 나 하나 먹고 살자고 남들한테 그렇게 피해를 주면 어떡해요. 다른 과수원은 모두 다 그물을 쳐서 조용하게 농사짓는데, 여기는 왜 그물을 안 치셨어요?"

"옛날에 치던 그물이 있었는데 한 몇 년 칭께 고마 다 폭삭 니리앉았어요. 인제는 그물 값도 오르고, 늙어서 그물 칠 사람도 없고, 또 여개가 움푹 해가이고 그물을 쳐놔도 저쪽이 버썩 들리는기 영 파이라요. 그래마 아제, (으잉, 아제라니?) 소리를 밓 시까지 느차 디리마 되까?"

"음~, 8시요." (깎일 걸 예상해야 한다.)

"하매 6시만 되마 새들이 붙어요. 그래마 7시로 느차 디리께." (그럴 줄 알았다.)

그때 갑자기 '빵~' 그 문제의 소리가 터졌다. 반사적으로 양팔이 올라가 앞을 가로막으며 고개를 숙였다. 미처 눈을 뜨고 팔을 내리기도 전에 그 아주머니의 목소리가 들려

© 오병욱

'카바이드 폭발음 주의'라고 쓴 붉은 글씨가 좀 희미해지는가 싶더니
결국 비바람에 깨끗이 지워져버렸다. 수채화 물감으로 썼나보다.
하기야 사과를 따고 나면 대포도 경고판도 필요가 없으니…….

왔다.

"아제도 (또!) 참 약하네." (약하다니? 고막이? 심장이?)

천천히 팔을 내리고 눈을 떠보니 그 아주머니는 뭐 이 정도를 가지고 그러느냔 듯이 여유만만한 표정으로 빙긋이 웃고 있었다. 아침 햇살에 금니가 번쩍한다. 나는 눈을 찡그리며 아직도 얼얼한 귓구멍을 후볐다. 진짜 무시무시한 소리다. 새를 쫓는 정도가 아니라 까딱하면 새를 다 죽이고 말겠다.

'일부러 아무렇지도 않은 척하는 게 아닐까? 속으론 자기도 놀랐으면서……. 어쨌건 오늘은 일단 후퇴, 그만해도 성과는 충분하다.'

그런데 한 2주쯤 지나자 괜히 말했나 보다 하는 생각이 자꾸 들었다. 아침 7시만 되면 어김없이 그 박격포 터지는 소리가 나는데, 그 소리를 들을 때마다 오늘 아침엔 새들이 또 얼마나 사과를 먹었을까 신경이 쓰이기 시작했다. 아침 일찍 새들이 쪼아놓은 사과를 들고 그 아주머니가 나를 원망하고 있으면 어떡하지? 나는 왜 이렇게 참을성이 없을까? 차라리 내가 시달리는 게 낫지 않았을까? 하지만 나만 시달리는 게 아니잖은가? 듣자 하니 경찰도 찾아왔었다던데. 누가 박격포를 쏜다고 신고한 건 아니겠지 설마. 우리 모두가 차라리 새들을 원망해야 할까? 아니면 사과를?

네 마리 강아지 도, 레, 미, 파

*

5월 18일이었다.

서울에서 개인전이 열리고 있는 중이었지만 주말에만 올라가서 사람들을 만나곤 했던 지라 다소 여유가 생겨 드디어 아내랑 텃밭에다 늦은 모종을 심기로 했다.

일을 시작하기 전에 먼저 진돗개 수놈 '칸' 을 뒷밭에 있는 늙은 감나무 그늘로 옮겨 묶 었다. 사람도 없는 앞마당에서 혼자 심심한 것보다는 우리가 일하는 거라도 지켜보는 게 나을 성싶었다. 7개월쯤 된 암놈 '쏭' 은 첫 발정기가 왔지만, 누가 암놈을 잡아주지 않으면 짝짓기가 힘들다는 내 여동생 말을 믿고 '쏭' 을 그냥 풀어두었다. (여동생은 아파트에서 키우는 조그만 슈나우저를 기준으로 이야기했나 본데, 일이 되려고 그랬는지 왜 그런 한심한 말을 나까지 덜컥 믿었는지 모르겠다. 한 번만 생각해봤으면 틀린 말이 란 걸 금방 알았을 텐데 말이다. 골목에서 가끔씩 붙어 있는 그 숱한 개들을 도대체 누가 붙잡아주었단 말인가.) 그러나 첫 발정기 때는 자궁이 아직 덜 자랐기 때문에 짝짓 기를 시키지 말고 그냥 넘기는 게 좋다는 말은 확실히 일리가 있다. 게다가 1년 6개월이 나 자랐지만 아직 풋내기 숫총각인 '칸' 이 몹시 서툴러 도무지 일이 성사될 것 같지 않 았다.

보아하니 '칸' 은 몸이 달았지만 묶인 몸으로는 천방지축 뛰어다니는 '쏭' 을 어찌해볼 수 없어 그저 침만 질질 흘리고 있었다.

모종을 한창 심고 있는데 갑자기 자지러지는 소리가 들렸다. 개가 뱀한테 물린 줄 알고 호미를 들고 달려갔더니만, 아니 이것들이 글쎄 그예 '일' 을 벌이고 만 것이다. 이 일을 어쩌나. 어린 '쏭' 이 걱정돼 엉겁결에 잡아떼려고 발로 찼으나 깨갱거리기만 할 뿐 꿈쩍도 하지 않는다. 억지로 잡아떼면 개들이 다칠지도 모르겠다는 생각이 들었다. 에라, 모르겠다. 이것도 팔자려니 그냥 두고 보기로 했다.

'쏭' 은 깨갱거리며 헐떡이고 '칸' 은 '별거 아니네' 라는 듯이 느물거리며 흐뭇한 표정이다. 개한테도 저런 표정이 있다니.

임신이 될까 불안하긴 했지만 설마 짝짓기 한 번에 바로 임신이 되기야 할라고. 그런데 잡아주긴 뭘 잡아줘? 그냥 둬도 잘만 해요. 내 참 기가 막혀서.

6월이 되자 임신이 안 되었으면 하는 우리 내외의 바람과는 상관없이 '쏭' 은 눈에 띄게 젖꼭지가 커지고, 배가 불러오고 옆구리도 통통해지기 시작했다. 철부지 꼬마가 애를 가진 꼴이니 걱정을 안 할 수가 없었다. '쏭' 이 워낙 잘 먹고 건강해 그나마 위안이 됐지만 정확히 두 달이라는 개들의 임신기간은 너무나 짧게 느껴졌다. 그 사이에 다 자란단 말이야? 이리저리 묻고 다니는 데도 한도가 있어 책도 사보고 인터넷도 뒤져가며 나름대로 출산에 대해 공부를 했다. 예상대로라면 7월 18일이 예정일이다. 날이 갈수록 불안해진다.

7월 15일, 오전 11시나 됐을까?

'칸'이 자꾸 낑낑거린다. 산책 나가자고 보챌 시간도 아닌데 웬일일까? 개 집 두 채를 나란히 놓아둔 등나무 아래쪽으로 나가 보았다. 아무 이상도 없는데…….

그런데 바로 옆에 있는 '쏭'이 제 집에서 초조하게 들락거리는 게 뭔가 이상하다. 자세히 보니 엉덩이 쪽에서 피가 조금 흐르는 것 같았다. 새끼 놓을 날이 다 되어가는데 어디 다쳤나 싶어 집을 들여다보았더니 어 저게 뭐야, 그새 새끼 두 마리가 태어나 있었다.

'강아지 맞아?'

나는 내 눈을 의심했다. 갓 태어난 강아지를 보는 게 나로서는 난생 처음이었다.

아침밥을 줄 때까지만 해도 아무 조짐이 없었고 예정일은 아직 며칠이나 남았는데 갑자기 웬일일까, 덜컥 불안한 생각이 들었다. 더구나 아내는 동창들 만난다고 대구 가서 늦게나 돌아올 텐데 나 혼자 어떡한담?

다급하게 아내한테 보고를 했다. 그랬더니 수고가 많다며 자기는 늦을 테니 기대하지 말고, 점촌에 사는 누나한테 미역국 좀 끓여달라고 부탁하란다. 개도 미역국을 먹나?

'쏭'은 안절부절 다시 집으로 들어가 비스듬히 앉는가 싶더니 내 눈앞에서 금세 또 한 마리를 낳았다. 신음소리도 없이 미끄러운 태반이 쑤욱 빠져나와서 그런지 별로 힘들어 보이지 않았다. '쏭'이 유난히 성질이 온순하고 식성이 좋아 몸이 건강한 탓도 있을 것이다.

왼쪽이 암컷 '쏭(Song)'이고 오른쪽이 수컷 '칸(Khan)'이다.
여름엔 개들이 더울까 등나무 아래로 개집을 옮긴다. 똑똑한 진돗개는
카메라 앞에서 포즈를 잡는다고 한다. 믿거나 말거나.

뽀얀 태반에 싸인 새끼는 그저 작고 촉촉한 고깃덩어리에 지나지 않았다. 새끼들이 날 때부터 뽀얀 털로 덮여 있다는 게 신기했다. 나는 쥐새끼나 딱새새끼처럼 털 한 올 없는 빨간 강아지를 생각하고 있었다.

새끼가 나오자마자 낑낑거릴 걸로 생각했는데 웬걸, 새끼는 모로 누워 꼼짝도 안 한다.

'아니 좀 움직여야 되는 거 아냐?'

나는 슬슬 불안해지기 시작한다.

'쏭'은 갓 태어난 새끼를 계속 핥고 있다. '쏭'이 핥을 때마다 새끼의 작은 몸 전체가 들썩들썩한다. 그래도 새끼는 반응이 없다. 순간 불길한 예감이 뇌리를 스친다. 그래도 '쏭'은 끈질기게 새끼를 핥고 있다. 그러던 어느 순간, 갑자기 새끼가 꼬무락거리면서 끙끙 소리를 내기 시작했다. 그리고는 네 발로 허공을 마구 휘저으며 온몸으로 살아 있다는 신호를 보내기 시작했다.

아아, 새끼는 살아났다. 비로소 죽음에서 깨어난 것이다. 그 짧은 순간에도 '저대로 안 깨어나면 어떡하나' 가슴을 졸였던 나로서는 그 몸짓이 그렇게나 고맙고 반가울 수가 없었다. 저 어린 강아지가 혼자서 지나왔을 그 새까만 어둠을 생각하니 가슴이 뭉클해졌다.

'쏭'은 태반과 탯줄을 금세 깨끗하게 먹어치웠다.

온몸이 양수에 촉촉하게 젖어 있던 새끼들은 7월 중순 뜨거운 공기에 뽀얗게 말라서 금

강아지 네 마리를 따로 들고
다닐 수가 없어서 작은 바구니에
담았다. 젖을 많이 먹어
배가 항상 빵빵하고 털이
얼마나 보드라운지
손에 닿아도 감촉이 없다.
겨우 손바닥만하지만 배는
아주 따뜻하고 몸에서는 아주
기분 좋은 냄새가 난다.

ⓒ 오병욱

방 뽀송뽀송해졌다. 새끼들과 어미는 지쳤는지 서로 꼭 껴안고 금세 잠이 들었다. 난 녀석들이 잠든 모습을 한참 동안 지켜보았다.

다음날 암수 비율이 어떻게 되나 궁금해, 새끼들을 달라고 '쏭'이 매달리거나 말거나 하나씩 꺼내어 꼼꼼히 살펴보았다. 결과는 3남 1녀. 확실히 우리 집안에는 딸이 귀한 모양이다. 털이 제일 하얀 놈이 암컷이다.

어린 새끼들은 눈도 아직 안 떴고 귀도 닫혀 있으니 오로지 코와 입으로만 이 세계와 연결되어 있는 셈이다. 코로는 숨을 쉬는 일 말고도 중요한 일이 있는데, 그것은 냄새로 젖꼭지를 찾는 일이다. 강아지라 역시 눈보다 코가 먼저 본능적으로 발달하는 것일까? 아니면 어미가 새끼들의 코를 훈련시키는 것일까?

일단 젖꼭지를 찾아 물면 생각보다 훨씬 무서운 힘으로 젖꼭지를 빠는 걸 보고 놀랐다. 어떻게 알았느냐고? 우연히 손가락을 물려보고 알았지. 손가락 두 마디 정도를 물고 마구 빨아대는데 나는 젖꼭지를 그렇게나 깊이 물고 빠는 줄 몰랐다. 순간적으로 손가락이 쑤욱 빨려 들어가서 나도 모르게 깜짝 놀라 손가락을 빼냈다. 콤콤하고 아득한 그 입 냄새.

어린 강아지들은 젖을 물고 있을 때에만 제 어미하고의 강력한 연결을 유지한다. 젖꼭지를 놓으면 다시 자기 혼자만의 어둡고 몽롱한 세계로 후퇴한다. 아마도 그 세계는 냄새와 맛으로만 이루어진 세계가 아닐까.

새끼들은 항상 눈이 감겨 있으니 하루 종일 자는 것처럼 보였다. 하기야 달리 할 일도 없을 테고.

잠이 많으니 꿈도 많은지 앞뒷발과 꼬리를 수시로 꼼지락거리며 겨우 모기보다 조금 더 큰 소리로 앵앵거리기도 한다. 아직 아무것도 본 게 없는데 무슨 꿈을 어떻게 꾸는지 궁금하다. 한 번도 본 적 없는 새끼 고양이한테 쫓길 수도 있을까? 작은 강아지 한 마리의 꿈속에도 우리가 모르는 게 너무나 많이 들어 있다.

옆으로 누워 잘 때는 입 꼬리가 부드럽게 위로 들려 있어서 웃으며 자는 듯하다. 짤막한 앞발을 서로 포개고 잔다. 그렇게 짧은 다리도 포개지다니.

바알갛고 말랑말랑한 발바닥 끝에 투명하고 조그만 발가락이 주르륵 달려 있고 그 끝마다 하나씩 연하고 섬세한 발톱이 나 있다. 이 발톱으론 아무것도 할퀼 수 없다. 다만 나도 발톱이 있다는 걸 알리는 정도라고나 할까.

여름방학이라 안동고등학교 기숙사에 있던 아들이 집으로 돌아왔다. 오자마자 교복을 입은 채로 개집 앞에 쪼그려 앉아 한 마리씩 들고 자세히 살펴보고 냄새 맡고 쓰다듬느라 정신을 못 차린다. 짜아식, 내 그럴 줄 알았다.

드디어 식구들이 다 모였으니 강아지들 이름을 지어야 한다. 엎치락뒤치락 끝에 어미 이름이 쏭(Song)이니 새끼들은 도, 레, 미, 파로 하기로 했다. 짧고 간단하고 기분 좋은 이름이다.

어린 강아지들은 시도 때도 없이 젖을 물고 있다. 조그만 것들이 수제비처럼 나란히 매달려 쪽쪽 소리를 내며 젖을 빠는 걸 지켜보노라면 저절로 입이 헤벌어진다. 작은 앞발로 젖을 꼭 잡고는 밀고 당기는 건 어떻게 알았는지 마치 젖을 짜면서 먹고 있는 것처럼 보인다. 옆에서 보면 작고 빨간 혓바닥이 발깍거리는 모습이 조금씩 보인다. 젖을 빨 때는 온몸에 힘이 들어가는지 꼬리를 빳빳하게 세운다. 꼬리를 살짝 당겨보면 바동거리며 젖꼭지를 물고 늘어진다.

'쏭'이 젖먹이다 말고 딴 데를 보고 한번 짖은 적이 있다. 배에 힘이 들어가 한번 출렁하니 강아지들이 일제히 나동그라지며 젖꼭지를 놓쳤다. 그러고는 부리나케 젖꼭지를 찾아 헤매는데 그 짧은 발로 얼마나 바쁘게들 바동거리는지 기가 막힌다. 눈이 아직 안 떨어졌으니 젖꼭지는 오로지 냄새로만 찾아야 하는 것이다. 이윽고 젖꼭지를 찾아 물고는 언제 그랬냐는 듯이 다시 고요해진다.

어미는 수시로 새끼들의 배를 핥아준다. 몇 번 핥기도 전에 노랗고 투명한 오줌이 방울방울 흘러나온다. 어미는 그 오줌과 똥이 나오는 대로 모조리 다 핥아먹는다. 냄새를 없앰으로써 맹수로부터 새끼를 보호하려는 본능적인 행동이라고 한다. 우리가 아침에 일어나면 제일 먼저 하는 일이 새끼를 한 마리씩 들어올려 어미한테로 내미는 일이다. 그러면 어미는 고맙다는 듯이 새끼들의 배를 핥고 꼬리 밑을 핥고 수시로 새끼들의 입속까지 깨끗이 핥아낸다. 개는 걸레도 물수건도 젖은 티슈도 없으니 그저 혓바닥 하나로 모조리 해결해야 한다. 혓바닥보다 더 안전하고 깨끗하고 부드럽고 촉촉한 것은 없다.

제가 알아서 다 치우고 관리하는 게 얼마나 기특한지 수시로 머리를 쓰다듬어 주었다. 귀여운 강아지들을 만들어줘서 고맙기도 하고.

태어난 지 13일째 되는 날 아침, 드디어 강아지 두 마리가 눈을 떴다. 근데 눈을 동그랗게 뜬 게 아니고 아주 가늘게 실눈을 뜨고 있다. 금방 자고 일어난 아기처럼 눈부시다는 표정 같기도 하고 누군가 커튼 사이로 조심스럽게 밖을 내다보는 것 같기도 하다.

강아지의 눈은 그야말로 하나의 작은 틈에 불과하다. 하지만 알고 보면 이 세상도 하나의 틈이 아닐까? 순간과 영원 사이의 가벼운 틈새. 그 작은 틈새로 강아지는 세상으로 걸어나오고 세상도 그리로 흘러 들어간다.

희고 섬세한 눈까풀 아래를 자세히 살펴보니 새까맣고 반들거리는 칠흑 같은 눈동자가 보였다. 내가 저를 들고 이리저리 움직일 때마다 반짝이는 눈이 움직이며 나를 따라온다. 이 녀석도 나를 보고 있구나!

우린 그렇게 처음으로 눈을 마주쳤다.

눈은 떴어도 강아지는 하루 종일 꼬박꼬박 졸기만 한다. 비몽사몽 이게 꿈인지 생시인지 분간이 안 간다는 표정이다. 무슨 생각을 하고 있을까? 어딜 바라보고 있을까? 눈앞에 흔들리는 작은 풀잎을 보고 있을까? 저 앞에서 흔들리는 저게 뭘까? 하고.

15일이 지나면서 강아지 네 마리 모두 다 눈을 떴다. 이름은 눈을 뜬 순서대로 도, 레, 미, 파를 붙였다. 유난히 털이 하얀 암놈이 '레', 나머지 도, 미, 파는 누가 누군지 헷갈린다. 눈은 하루가 다르게 점점 더 크고 새까맣고 또렷해졌다. 눈에 뭐가 보이자마자 대뜸 장난질이 시작되었다. 아직 이빨도 없는 것들이 제법 무는 시늉을 하면서 발길질도 하고 앙을앙을 소리까지 낸다. 그래서인지 몰라도 강아지를 안아 올려 자세히 보면, 까맣고 촉촉하고 맨질맨질한 콧날 끝에 가끔 짤막한 강아지털이 몇 올씩 묻어 있다. 코끝을 가볍게 '후' 불면 그 하얀 솜털은 여름 햇빛 속으로 반짝이며 날아간다.

눈을 뜨고 새끼들이 돌아다니기 시작하면서 개집이 비좁아졌다. 마당에 내놓으니 이리 비틀 저리 비틀 하면서도 제법 걸어다닌다. 그러나 새끼들 중에는 뭐가 바쁜지 벌써 뛰려는 놈도 있어 우리 식구를 웃겼다. 강아지는 뛰는 거리의 대략 반 정도는 굴러가는 것 같다.

한 놈이 아직 나오지도 않은 여린 이빨로 내 뒤꿈치를 물어뜯고 있는 동안 다른 한 놈이 내 발등에다 오줌을 누었다. 아아, 지금도 간질간질한 내 뒤꿈치. 그 노랗고 따뜻한 오줌.

강아지들이 자라면서 가끔씩 '쏭'은 선 채로 젖을 먹이기도 한다. 어미가 잠깐 서 있는

데 강아지들이 달려가서 매달린 것인지도 모르겠다. 어미가 이리저리 움직일 때마다 젖꼭지를 문 새끼들이 비틀거리며 우루루 딸려 다니는데 볼 때마다 우스워 죽겠다.

강아지 이빨이 제법 돋아났는데 어미젖을 깨물지는 않는지 궁금하다. 아침에 내가 마당에 내려서기만 하면 강아지 네 마리가 한꺼번에 와글와글 따라나선다. 작은 귀를 펄럭이며 빨간 혀를 할딱이며 폴짝폴짝 뛰어와선 앞서거니 뒤서거니 발밑이 상당히 복잡하다. 어쩌다 살짝 차이기라도 하면 얼마나 깨갱거리고 시끄러운지…….

일부러 강아지 가슴을 툭 치며 발등으로 슬쩍 떠밀었더니, 조그만 게 밀리지 않으려고 발등을 껴안고 버티며 제법 이빨을 세운다. 도저히 힘으론 안 되겠는지 옆으로 슬쩍 비키면서 한쪽 발로 내 발을 쿡쿡 짚어본다. 발에는 발로? 즐거워 못 견디겠다는 표정이다. 납작 엎드려 조그만 엉덩이를 높이 세우고는 짧은 꼬리를 살살 흔든다. 그러다 갑자기 '망' 짖으며 폴짝 뛰어 내 발을 덮친다. 그리곤 내가 잡을 틈도 없이 저 혼자 쏜살같이 도망치는 것이다.

강아지들이 자라나면서 우리 식구한테는 걱정거리가 생겼다. 이렇게 귀여운 강아지들을 어떻게 남의 집으로 몽땅 보내느냐는 것이다. 강아지가 하루가 다르게 무럭무럭 자라나면서 걱정도 같이 쑥쑥 자라났다. (안 보내면 어떻게 되느냐고? 진돗개 여섯 마리를 다 키울 수는 없다. 사료비도 사료비지만 시끄럽고 번거로울뿐더러 유전적으로도 좋지 않은 결과가 나오기 십상이란다.)

강아지들은 하루가 다르게 무럭무럭 자라는 반면 '쫑'은 눈에 띄게 몸이 마르고
털이 빠져 보기에도 애처롭다. 영양분이 어디서 어디로 가는지 한눈에 알아볼 수 있다.
어릴 때는 뒷발로 일어서서 대롱대롱 매달린 채 젖을 빨더니
이제는 제법 컸다고 땅바닥에 퍼질러 앉아 젖을 빤다.

ⓒ 오병욱

대략 생후 두 달쯤 되는 9월 중순에는 다들 보내야 한단다. 이야기를 하다 말고 아들 녀석은 한숨을 쉬며 눈을 내리깔고 아내는 얼핏 눈가가 붉어진다. 우린 서로 놀리며 웃었다.

여름 오후 햇살이 뉘엿한 마당에는 짙은 감나무 그림자가 길게 늘어진다. 마당 가득히 하얀 강아지들이 뛰고 뒹굴며 앙을대는 모습을 지켜보며 지금은 웃지만, 가을이 오면 헤어져야 한다고 생각하니 가슴 한 구석이 멀찌감치 저려온다. 강아지들이 가고 나면 여름도 가고 텅 빈 마당에는 이리저리 낙엽만 굴러다니겠지.

초가집이 있던 자리

*

길가에 조그마한 초가집 한 채가 있다. 희끄무레 삭은 지붕에 왼쪽부터 부엌 한 칸, 방한 칸, 마루 한 칸, 그야말로 초가삼간이다. 길이 넓어지면서 담을 허물었는지 봄배추 송송한 삭은 마당이 훤히 들여다보인다. 희끗한 머리를 쪽진 할머니 한 분이 마루에 기대 선 채 지나가는 차를 보고 계신다. 다소곳이 두 손을 앞으로 모으고, 햇빛을 즐기시나 보다. 나지막한 수돗가에 사기요강이 비스듬하고 마루 끝엔 몽당비가 걸려 있다. 댓돌 위에 있는 흙 묻은 호미로 보아 이제 막 배추밭을 매신 듯. 혼자 사시는 것 같은데? 연세가 얼마나 되셨을라나?

할머니가 안 보인다. 어디 가셨을까. 담도 대문도 없으니 잠글 수도 없을 테고. 아, 집 뒤에 딸린 조그만 텃밭에서 나물을 캐고 계신다. 자그마한 할머니가 쪼그려 앉으니 더욱 작아 보인다. 바구니 속에 무슨 나물을 캐 담았을까. 어린 쑥일까, 냉이랑 달래들일까. 저녁 된장국에 넣으실까, 내일 장에 내다 파실까. 가벼운 살림에 잔잔한 소일거리, 소박한 밥상에 헐렁한 옷소매.

몇 번 오가는 동안 할머니가 통 안 보인다. 불길한 생각이 들어도 외딴 집이라 어디 물어볼 데도 없다. 오후 햇살에 마루에 앉은 먼지가 뽀얗다. 딸네 집에 다니러 가셨나? 아들네 집에 눌러앉으셨나? 배추밭 가득히 냉이꽃이 피었네.

ⓒ 오병욱

비가 새는가 보다. 지붕 중간이 살짝 내려앉았고 푸른 방수포를 덮어놨다. 그새 할머니가 돌아가신 게 아닐까. 하나밖에 없는 방이 저 정도면⋯⋯. 무너진 흙더미 때문에 마루는 엉망이 되었다. 하도 닦아서 거울같이 윤이 났을 텐데. 할미니가 정말 걸레를 놓고, 호미를 놓고, 숟가락을 영영 놓으셨을까? 내가 얼마 만에 이리로 지나가는 걸까?

지붕은 폭삭 내려앉았고 허물어진 흙벽이 여기저기 남아 있다. 겨울 오후 짧은 해가 질 무렵. 얼룩덜룩 남아 있던 잔설에 흙먼지가 누런.

초가집이 있던 자리가 어느새 보리밭으로 변했다. 가만 있자, 이 골짜기가 맞나? 여기쯤이었을까? 아니면 저기쯤? 어쩌면 이렇게 흔적도 없이 사라지다니. 사람들은 야속하기도 하지. 삶이란 허망하기도 하여라.

할머니는 아마 햇살 좋은 봄날에 돌아가셨을 거야. 방문을 열어놓고 아른아른 바람에 흔들리는 냉이 꽃을 보시다가 말이야. 매다 만 배추밭에 환한 햇살, 아지랑이 너머 저 뜬구름도 보셨을까?
혼자 돌아가셨으면 어떡하지? 봄바람에 떠는 문풍지 소리가 아득히 멀어지듯이⋯⋯. 노랑나비 따라 오만 꽃들이 만발한 산길로 꽃상여 타고 가셨을까? 하관할 때 갑자기 바람이 불어 산벚나무 꽃잎이 온 산에 휘날렸을 거야. 먼먼 길에 꽃잎 밟고 가시라고 말이야.

제비꽃 점점이 흩어진 오솔길 옆에 새로 생긴 작은 무덤이 할머니 산소일지도 몰라. 사람들이 낡은 옷을 태우고 몽당비를 태우고 추억을 태웠겠지. 작은 바구니도 태웠을까? 바짝 마른 냉이 한 줌이 들어 있었을 텐데?

수해 전후

*

1998년 8월 11일 늦은 밤. 잠자리에서 뒤척이다 말고 뚜닥뚜닥 양철지붕을 때리는 빗소리를 들었다. 고맙기도 하여라. 오늘 밤은 시원하겠구나. 오늘 하루도 이 양철지붕 아래는 얼마나 뜨거웠던가. 제발 시원하게 한바탕 들이부어 다오. 난 속으로 빌었다.

누워서 빗소리를 듣는 여름밤. 시원하고 달콤한 잠자리. 비릿하고 매캐한 소나기 냄새. 비바람에 작은 물방울이 방충망 사이로 날아들어 미닫이문을 닫았다. 후두둑 창호지를 때리는 빗소리. 신발이 다 젖겠구나. 그래봐야 여름신발이니. 눈앞이 번쩍번쩍, 호쾌한 천둥소릴 듣다가 문득 서늘하여 삼베 홑이불을 끌어당겼다. 아이가 베개를 껴안고 달려와 우리 둘 사이로 파고들었다. 그때까지만 해도 좋았다.

처음엔 장난꾸러기들이 양철지붕에 콩알 몇 개를 던지는 정도로 시작한 소나기가, 곧바로 양동이로 리어카로 덤프트럭으로 콩을 쏟아 붓는가 싶더니 잠깐 만에 미치광이 나이아가라 콩알 폭포로 발전했다. 장난이 아니었다. 엄청난 기세에 잠이 확 달아났다. 후다닥 일어나 불을 켜고 마당을 내다보았다. 무서워라. 번갯불 번쩍이는 마당은 잠깐 새 출렁이는 연못으로 변했다. 미처 흘러갈 틈도 없이 번들거리는 물줄기가 온 사방에서 밀려들었다. 쏟아지고 튀어오르고 모이고 부딪히며 흘러가는 물소리에 천둥 번개까지 합세하니 가슴이 시원하다 못해 소름이 돋는다. 천지가 물로 가득하고 물로 가마득하여 물로 어둡고 번쩍이고 벼락치고 아우성치는 무시무시한 밤이었다.

다음 날 아침 몇 시나 됐을까? 사람들이 떠드는 소리에 잠이 깼다. 와그르르 와그르르 이상한 소리가 계속 들린다. 저게 무슨 소릴까. 돌담 무너지는 소리치고는 너무 가볍다. 잠결에 어느 기나긴 돌담이, 혹은 머나먼 성벽이 아득히 무너지고 있는가. 저게 무슨 소릴까. 창밖을 보니 빗줄기는 많이 가늘어졌다. 비옷을 꺼내 입고 삽을 들고 밖으로 나갔다. 집엔 별 이상이 없었다. 마당가에 작은 물길이 조금 넘쳤지만 삽질 열댓 번으로 끝났다.

이상한 소리는 골목 쪽에서 나고 있었다. 골목 밖은 완전히 엉망이었다. 비탈진 골목길을 따라 큼직한 도랑이 있는데, 급류에 떠내려온 크고 작은 돌들이 그 도랑을 가득 메우고 있어 물길을 막는 바람에 물이 돌을 타고 넘어 길 위로 계속 올라왔다. 길 위로 흐르는 세찬 물살에 호박만한 돌들이 와그르르 소리를 내며 굴러다니고 있었던 것이다. 모난 산돌을 다급하게 굴려가는 물살을 보니 무섭기보다는 오히려 신기했다. 저러니 돌이 안 둥글어질 수가 있나. 그 소리 또한 자연에서 나는 소리라 그런지 어딘가 아름다운 구석이 있었다. 몽돌이 반질거리던 어느 남쪽 바닷가가 떠올랐다. 도랑물 수심이라고 해봐야 기껏 정강이 정도였지만 보기보다 건너기가 만만찮았다. 내가 잠깐 물에 들어간 사이에 떠내려온 호박돌이 내 정강이를 때렸다. '악' 소리가 절로 났다. 넘어지면 골치 꽤나 아프겠다.

산에서 떠내려온 나뭇가지랑 온갖 부유물이 또 다른 도랑을 틀어막고 있어서 물이 길 위로 마구 흘러넘치고 있었다. 벌써 돌담이 여기저기 무너졌다. 동네 아저씨랑 둘이서 나뭇가지를 걷어내기로 했다. "자네 집은 괜찮으니 인제 들어가 봐." 삽 들고 온 동네를 뛰어다니던 나는 핀잔 아닌 핀잔을 들었다. 그래도 할 일이 보이는데 그럴 수가 있나. 큰 나뭇가지 몇 개만 뽑아내면 물은 시원하게 빠진다. 몇 개나 뽑았을까 '아이쿠, 이게 뭐야' 깜짝 놀라 둘 다 손을 뗐다. 노루다! 죽은 노루가 거기 있었다. 노루가 다리를 하늘로 치켜들고 나무찌꺼기 사이에 거꾸로 처박혀 있었던 것이다. 젖은 노루다리나 젖은 나뭇가지나 똑같이 거무죽죽해 얼른 구별할 수가 없었다. 우리는 놀란 나머지 엉겁결에 노루다리를 그대로 놓아버린 것이다. 도랑물에 빙빙 돌며 저만치 떠내려가는 노루를 멍하니 바라보았다. '노루가 저 지경이 되다니.' 나도 모르게 손바닥을 들여다보았다. 차갑고 앙상한 노루다리를 잡았을 때의 그 이상한 느낌이 손바닥에 자릿하게 남아 있었다. 물에 젖은 털은 생각보다 거칠었고 발목은 가늘었지만 아주 단단한 느낌이었다.

산비탈 동네지만 배수가 잘된 탓인지 예상외로 피해가 적었다. 문제는 들판이었다. 병성천 상류에서 제방이 터졌다고 한다. 마을 앞 버스정류소가 지붕만 보일 정도로 온 들판이 물에 잠기고 말았다. 마을 앞 도로가 한 길 넘게 잠겼으니 들판은 두 길 이상 잠긴 셈이다. 우리 마을은 '드디어' 고립된 것이다. 굳이 나가고 싶다면 뒷산을 넘어야 한다. 나갈 수도 들어올 수도 없으니 그저 집에 있는 양식으로 먹고 살아야 한다. 야릇한 흥분이 온몸에 좌악 퍼졌다. 더 이상 선택의 여지가 없는 삶은 차라리 홀가분한 데가 있다.

이틀 뒤에 물이 빠지면서 진흙투성이의 들길이 드러났다. 내 작업실(상주시 공검면 영수초등학교. 집에서 차로 25분쯤 걸린다)은 어떻게 되었을까? 그래도 초등학교인데 괜찮겠지. 그래도 약간의 누수나 침수 정도는 각오해야 할지도 모르겠다. 병성천이 범람해 평평한 상주 시내가 살짝 잠겼었다고 한다. 시내를 빠져나오자마자, 상주에서 북쪽으로 1km 못 미쳐 있는 세천 부근에서 통행을 차단하고 있었다. 작업실이 있는 공검면 쪽으로는 물이 덜 빠져 통행이 힘드니 돌아가란다. 집이 공검이라며 억지로 들이밀고 나갔다. 수심 30cm 정도를 가까스로 통과하여 겨우 작업실 근방까지 갔으나 아스팔트가 부서지고 뒤집혀 더 이상 앞으로 갈 수가 없었다.

길 옆으로 차를 세우고 내려서 걷기 시작했다. 언덕 아래쪽으로 내려갈수록 주변은 점점 더 엉망이었다. 길에는 사람들이 여기저기 모여서 웅성거리고 있었다. 분위기가 심상찮다. 영수초등학교 앞에 있는 도로가 쓸려가고 다리가 무너져 상판이 내려앉았다. 주위는 온통 무너진 흙더미와 나무 쓰레기로 몹시 어수선하다. 포클레인이 와서 긴급 도로복구를 하는 모양이다. 그런데 학교 운동장이 시커멓다. 저게 왜 저래? 자세히 보니 학교 앞 도로의 아스팔트가 통째로 떠내려가 운동장 복판에 시커멓게 드러누워 있었다. 그리고 보니 운동장 전체가 가슴높이 정도로 흙이 쓸려나가 학교로 들어가려면 길에서 마음먹고 훌쩍 뛰어내려야 했다. 쓰러진 대형 플라타너스에 가려 학교 건물은 아예 보이지도 않았다. 쓰러진 전봇대와 전선과 나무들이 뒤엉켜 어디로 어떻게 들어가나

우리 동네 앞 버스정류소 지붕까지 물이 찰랑찰랑했다.

ⓒ 안기천

우리 동네는 산비탈이라 빗물이 잘 빠진다.
비 올 때마다 쓸려나가는 흙이 감당이 안 되는지라 일찌감치 시멘트 포장을 했다.

망설이고 있는데 누가 손을 덥석 잡았다. 학교 앞 보건지소에 사는 도영이 아빠다.

"어떻게 된 거예요?"

"보시는 대로죠, 뭐. 우리도 몸만 거우 빠져나왔어요. 한밤중에 계곡 상류에서 둑이 터져서 말이죠. 어머니를 저 위에다 모셔다 놓고 돌아오니까 물이 벌써 가슴까지 차더라고요. 살림살이는 하나도 못 건졌지만 사람 안 다친 것만 해도 다행이에요. 저기 아랫마을에는 돌아가신 분들도 많대요. 물이 저기까지 찼었어요."

도영이 아빠가 가겟집 외벽을 가리켰다. 벽에 어른 목 정도 높이로 누런 흙탕물 자국이 뚜렷이 나 있었다. 섬뜩했다. 나도 모르게 목을 어루만지며 작업실 쪽으로 천천히 발길을 돌렸다.

"에이, 보실 필요 없어요. 천천히 나중에 보세요, 뭐."

도영이 아빠가 내 손을 반대쪽으로 잡아끈다. 어, 뭔가 이상하다. 학교 앞 가겟집 아줌마 아저씨도 나와서 작업실 쪽으로 가지 말라고 붙잡는다. 볼 게 없으니 나중에 천천히 가란다. 이 사람들이 왜 이래? 작업실에 무슨 일이 났나보다. 갑자기 마음이 급해지고 심장이 쿵쾅거리기 시작했다. 무슨 일일까. 말리는 사람들 어깨 너머로, 쓰러진 플라타너스 너머로 자꾸 눈길이 갔다. 괜찮다고 웃어가며 애써 태연한 척했지만 목을 늘려도 보이지 않는 나무 뒤가 점점 불안해졌다. 금방 입이 마르고 목이 타기 시작했다. 억지로 웃어가며 말리는 사람들을 하나 둘씩 떼어냈다. "아이고 저를 어쩌나." 뒤에서 사람들이 혀를 찬다. 무슨 일이 있긴 있나보다. 쓰러진 나무들 사이로 부러진 전봇대와 전선을 타 넘어 허겁지겁 운동장을 가로질러 갔다.

드디어 작업실이 눈에 들어오는 순간 나도 모르게 그 자리에 풀썩 주저앉았다. 내 작업실이, 내 작업실이 무너져 있었다. 아니 이게 뭐야. 어떻게 이럴 수가 있나. 그 자리에서 데굴데굴 구르고 싶었다. 하지만 나는 왜 그러지 못했을까. 옷에 흙이라도 묻을까봐? 어딘가 꽉 막힌 듯 눈물도 울음도 나오지 않았다. 한참을 그대로 쪼그려 앉아 있었다. 땅바닥을 보다가 무너진 교실을 보다가, 땅바닥을 보다가 무너진 교실을 보다가……. 머릿속이 텅 빈 것처럼 아무 생각도 할 수 없었다. 그러다가 갑자기 궁금해졌다. 뭐가 어떻게 된 거야? 그날 밤에 도대체 무슨 일이 일어난 거야? 궁금해서 참을 수가 없었다. 힘없이 일어나 주변을 천천히 돌아보았다.

교실 바닥이 기울여져 물웅덩이에 처박혀 있었다. 여기 왜 이런 웅덩이가 생겼을까. 건물기초가 쓸려나갔나 보다. 그래서 외벽이 무너지고 지붕이 무너져 모든 게 물에 휩쓸려버렸나 보다. 그 안에 있던 그림들이며 물감이며 이런저런 재료들이 하나도 보이지 않는다. 작업실 마룻바닥 절반이 사라지고 절반이 뒤집어지면서 그 위에 있던 모든 것들이 깨끗이, 그야말로 물로 씻은 듯이 사라져버렸다. 교실 바닥에는 폭이 15미터 이상 되는 커다란 웅덩이가 패여 물이 가득 고여 있었다. 저 물 속에 내 물감이 잔뜩 가라앉아 있는 게 아닐까. 돌을 던져보았다. 깊이가 상당하다. 저 물은 언제 다 빠질까. 물웅덩이 옆쪽을 보니 시커먼 진흙 위에서 뱀 한 마리가 몸을 말리고 있었다.

물이 학교 본관건물 정면으로 들이친 게 분명했다. 물이 건물 좌우로 돌아 나가면서 교각 아래를 훑듯이 모퉁이의 건물기초를 도려냈으니 내 작업실이 무너질 수밖에 없었다. 기초, 기초, 역시 기초가 문제인가.

작업실 뒷문이 떨어져나갔기에 안으로 들어가 보았다. 엉망진창이 된 200호 캔버스 더미가 진창 속에 쓰러져 있었다. 어, 안 떠내려갔네? 그보다도 더 놀라운 건 그 위에 80호짜리 유화 하나가 얌전히, 아주 얌전히 얹혀 있었다는 사실이다. 나는 잠시 의아했다. 더구나 그림은 거의 말짱하여 가볍게 긁힌 자국에 흙탕물이 살짝 묻어 있는 정도였다. 누가 일부러 얹어놓았나? 장난을 쳤나? 자세히 보니 진흙더미에 떡이 된 200호 캔버스들이 바닥에 깔려 이 그림을 떠받치고 있었다. 그 200호 캔버스들은 비스듬히 무너진 두 개의 기둥 사이에 꼭 끼어 있어서 마치 두 다리 사이에 끼인 것처럼 보였다. 바로 그 때문인지, 건물기초가 쓸려나가 남아 있는 바닥이 거의 없는데도 오직 그 부분 두어 평 남짓한 마룻바닥만은 간신히 제자리에 남아 있었다. 큰 캔버스들과 쓰러진 기둥과 마룻바닥이 이 그림을 붙잡고 있었던 셈이다. 아니, 그림을 붙잡고 있었던 정도가 아니라 미처 날뛰는 시커먼 물살 위로 그림을 밀어 올리고 있었다고 해야겠다. 홍수 속에 고립된 채로 밤새 차가운 흙탕물 위로 아이를 치켜들고 있었다는 어떤 가족의 이야기가 갑자기 떠올랐다. 아이는 상처 하나 없이 구조되었지만 그 가족은 무사하지 못했다. 이 그림

하나가 그렇게 살아 남았구나. 가슴속이 뜨겁게 북받쳐 올랐다. 한참을 그 자리에 서 있었다. 발이 진창으로 조금씩 미끄러져 들어갔다.

그런데 그 그림의 제목이 '희망'이었다. '나의 희망.' (무지개가 싹이 터서 무럭무럭 자라나는 무지개나무를 생각하며 이 그림을 그렸었다. 힘들 때도 이 그림을 바라보고 있으면 어느새 가슴이 따뜻해지고 기분이 좋아졌었다.) 왜 하필이면 이 그림일까. 하룻밤 새 수백 점이 넘는 작품이 사라졌는데도 왜 이 작품 하나만큼은 이렇게 온전히 남아 있단 말인가. 끝까지 '희망'을 버리지 말라고? 그래서 다시 시작하라고? 얼마나 더 가야 한단 말인가, 얼마나. 눈물이 흘러내리기 시작했다. 사라진 그림들이 슬펐고 남아 있는 '희망'이 슬펐다.

밖으로 나갔다. 사람도 없겠다, 교정 뒤편 은행나무 밑에 앉아 엉엉 울었다. 이 작업실에서 먹어치운 수백 개의 도시락과 수많은 노래와 추억과 기쁨과 슬픔이, 사라진 그림과 물감들과 조그만 책걸상들이 한꺼번에 소용돌이치며 빙글빙글 돌아갔다. 나는 현기증을 느꼈다. 울다말고 헛구역질까지 났다. 나는 어떡하다 이 지경이 되었을까. 내 인생은 왜 이 모양일까. 내 그림들은 어디까지 떠내려갔을까. 어느 기슭을 떠돌고 있을까.

얼마나 오랫동안 그 은행나무 밑에 앉아 울다 말다 했는지 모르겠다. 어디선가 날카로운 카메라 셔터 소리가 들렸다. 누굴까, 여기까지. 돌아보고 싶은 마음도 물어보고 싶은 생각도 없었다. 자기는 한국일보 사진부 기자로 수해현장 취재차 나왔단다. (명함을 내

〈나의 희망〉 145×112cm, 1995~1998
새싹이 자라듯이 무지개가 피어나는 나무를 생각하며 이 그림을 그렸다.

밀기에 받았던 것 같은데 난리통에 잃어버렸다.) 그 바람에 들키고 말았다. 사나이 눈물을. 내 쪽을 사진 찍는 것 같았지만 신경 쓰고 싶지 않았다. 이왕 들켰는데 뭘, 찍을 테면 찍으라지. 기자가 나한테 뭐라고 물었지만 질문 내용도 답변 여부도 전혀 기억나지 않는다.

나는 다시 일어섰다. 울고 난 뒤라 머리가 띵했다. 무작정 작업실로 들어가 무너진 기둥 사이에 끼인 캔버스들을 잡아당겼다. 기자가 뒤따라와 위험하다고 말렸다. 그러나 그 말이 귀에 들어오지 않았다. 난 아무래도 좋다는 생각마저 들었다. 결국 그 기자가 진창에 들어와 같이 캔버스를 잡아당겨 주었다. 기자는 운동화를 신고 있었다. 진창이라 구두로는 아무래도 무리겠지? 덕분에 일이 한결 수월했다. 200호 캔버스를 몇 개나 끄집어냈다. 그림은 이미 못 쓰게 되었지만 캔버스 틀은 말리고 씻어내면 다시 쓸 수 있겠다. 뒤뜰 은행나무에 기대 놓긴 했지만, 이제 이 그림들은 갈 데가 없다. 비가 오면 젖을 테고 바람이 불면 넘어질 테지. 미안하구나. 주인 잘못 만나서 애꿎은 너희들만 고생하고. 그런데 그 기자는 또 어디로 가버렸나. 고맙단 인사도 못 했는데.

비스듬한 기둥이며 반쯤 무너진 천장에서 시멘트 조각이 자꾸 떨어져 더 이상의 수색은 정말 위험했다. 저 아래쪽 진창 속에는 뭔가 좀 있을 것도 같은데. 저 망할 놈의 뱀이 아직도 저기 있네. 내가 쓰던 스테이플 타카와 가위를 주웠다. 역시 쇠처럼 무겁고 볼 일인가, 사람이든 물건이든.

내 작업실과는 달리 복도 건너 바로 옆 교실은 벽체에 크게 금이 가기는 했으나 멀쩡히 그대로 서 있었다. 교실 안에는 떠내려온 나무들이 무섭게 빽빽이 들어차 있었다. 물살에 밀려 유리창을 깨고 들어왔시만 복도 쪽 창문턱에 걸려 꼼짝없이 교실 안에 갇히고만 것이다. 사람은 절대로 나무를 저렇게 빽빽이 쌓을 수 없다. 복도 쪽으로는 유리창을 깨고 삐죽삐죽 튀어나온 시커먼 나무줄기들이 허공을 마구 휘젓고 있었다. 죽어 자빠진 물귀신들의 팔다리며 손발톱이 저럴까. 저것들이 제방을 할퀴고 물어뜯었겠지 생각하니 어둡고 축축한 습기에 악취에 소름이 끼쳤다. 반대편 끝 교실에는 시커먼 진흙이 50cm 정도 들어차 있었는데 그새 고양이 발자국이 한 줄로 나 있었고 연한 햇살에 파르스름한 이끼가 투명하게 보였다. 폐허로 변한 앞쪽에 비해 본관 뒤쪽은 상태가 양호했다. 건물이 물살을 막아주었던 탓에 화장실이며 창고들이 모두 말짱했으며 크고 작은 나무며 화단도 상태가 괜찮았다.

집으로 가긴 가야겠는데 걱정이다. 아내를 만나 이야기할 생각을 하니 발걸음이 어찌 그리 무거운지 괜히 바람에 흔들리는 나무를 쳐다보고 물이 덜 빠진 들판을 두리번거리며 아주 천천히 집으로 갔다. 별일 아닌 것처럼 웃어가며 이야기를 시작했으나 아내가 먼저 울기 시작하는 바람에 할 수 없이 나도 같이 울었다. 아이는 영문도 모른 채 따라 울었다.

상주시 공검면 중소리 영수초등학교. 처음 이 학교를 보았을 땐 교문이 잠겨 있었다. 촘촘한 측백나무 울타리 사이로 보이는 뽀얀 운동장에는 플라타너스 그림자가 고요히 드리워져 있었다. 그리고 햇살에 빛나는 하얀 단층 콘크리트 슬래브 건물 앞에는 잘 손질된 화단이 길게 늘어서 있었다. 도무지 폐교 같지 않은 아담하고 깔끔한 첫인상에 홀랑 마음을 빼앗겨버렸다. 이런 데서 그림을 그릴 수 있다면 얼마나 좋을까. 생각만 해도 기분이 좋았다. 학교 울타리에 붙어 있는 논자락 너머엔 폭 60~70m가량의 이안천이 흐르고 있었다. 그때나 지금이나 둑에 올라서면 언제나 가슴이 시원해진다. 멀리 반짝이며 사라지는 저 시냇물 때문일까. 나는 나중에도 툭하면 그 제방 위로 산책을 나갔다. 파란 잔디가 돋아나는 이른 봄부터 여름날엔 저녁 무렵, 안개 긴 가을 아침이나 겨울 오후에도 이리저리 물가를 따라 들판으로 산기슭으로 떠돌아다니곤 했다. 그렇게 한 바퀴 휘 돌고 나면 한결 기분이 나아졌다.

1996년 당시 영수초등학교는 인근 상주대학교에서 학생수련원으로 사용 중이었다. 상주대학교 학생처에 물어보니 쓰고 싶으면 사용신청서를 제출하란다. 나는 교실 두 개짜리 목조 강당을 쓰고 싶었다. 사용승인은 예상외로 쉽게 나왔다. 조건도 간단해서 목조 건물이니만큼 화재위험 때문에 전기나 난방시설은 곤란하다는 것뿐이었다. 전기가 없으니 당연히 수도도 없다. 조심스럽게 사용료를 물으니 "그냥 쓰세요. 전기도 없는데"라는 대답이다.

오랫동안 비어 있던 교실이라 퀴퀴한 곰팡이 냄새와 희미한 먼지 냄새가 났다. 밟을 때마다 삐걱거리는 마룻바닥은 낡았지만 은은한 멋이 있어서 오히려 마음이 편했고, 무엇보다도 밝았다. 먼지에 마른 빗자국이 뽀얀 낡은 유리창으로 쏟아져 들어오는 환한 햇살을 처음 봤을 땐 이 오래된 교실에 알 수 없는 꿈과 희망이 새로 가득 들어차는 기분이었다. 뭔가 아름다운 일을 할 수 있을 것만 같았다. 비를 들고 휘파람을 불면서 흙 유리창을 탕탕 열어젖히던 그날.

이른 봄날엔 추웠다. 아침마다 주워온 나무에 자귀질이나 대패질을 하면서 일부러 몸을 덥혀야 했다. 가장 높은 책상을 골라 햇볕이 잘 드는 남쪽 창가에 가져다 놓고 그 위에서 도시락을 먹었다. 점심을 먹고 몸이 떨리면 햇빛을 쏘이러 밖으로 나갔다. 어쨌든 하루에 도시락을 두 개씩이나 먹고 싶진 않았기에 어두워지면 어김없이 집으로 갔다. 낮에도 새까만 소나기구름이 몰려오면 어두워 색깔이 잘 안 보였다. 그럴 때는 뒤뜰 테라스에 비치의자를 내놓고 앉아 들판 끝에서 자욱이 몰려오는 소나기를 바라보곤 했다. 여름엔 사방 창문을 활짝 열어놓기 위해 창문마다 방충망을 달았다. 방학 때는 상주대학교 학생들이 캠핑을 오기도 하고 여름성경학교가 열리기도 했다. 그럴 때면 플라타너스 숲속에 텐트가 줄지어 들어서고 저녁엔 모닥불 연기와 아이들 노랫소리가 멀리까지 퍼졌다. 과일바구니를 든 수녀님이 꼬마들을 잔뜩 몰고 작업실 구경을 오신 날도 있었다. 나는 점점 여름을 좋아하게 되었다.

가을엔 뒤뜰에서 노란 은행알을 주웠다. 플라타너스 낙엽이 쌓여 정강이까지 빠졌다. 텅 빈 교정에 내리는 첫눈을 바라보던 날이 생각난다. 운동장에 눈이 쌓인 채 통째로 얼어붙어 거대한 빙판이 만들어지곤 했다. 동네 꼬마들이 가끔 썰매를 탔다. 겨울에는 교실 앞 화단이나 운동장에 있는 삼나무나 향나무, 히말라야시다 같은 상록수들이 얄미워진다. 이 나무들이 남쪽 창으로 들어오는 햇빛을 가리는 바람에 난로도 없는 교실이 더욱 춥고 어둡고 쓸쓸해진다. 몰래 석유난로라도 피울까 생각을 해봤지만 그래도 약속은 약속이다. 그래서 겨울에는 아예 작업실 문을 닫아걸고 집에서 작은 그림을 그리며 목공에 대한 책들을 구해다 읽곤 했다. 수성 아크릴 물감을 쓰는 데다 수도가 없으니 특히 겨울이 불편했다. 운동장 너머 담배가게에서 매일 양동이로 물을 길어다 썼지만 양동이가 통째로 얼어버리면 아무리 발로 차도 얼음이 빠지질 않아서 그나마 물도 길어올 수가 없게 된다.

영수초등학교를 쓰기 전에는 우리 집 사랑채에 딸린 작은 창고에서 작업을 했었다. 1990년 당시만 해도 우리는 차가 없었다. 그렇다고 두 시간에 한 번씩 다니는 버스를 타고 다니며 집 밖으로 나가서'작업을 할 수도 없었다. 창고 입구 오른쪽 바닥에는 지하실로 내려가는 문이 있었지만 지하실을 별로 쓸 일이 없어 창고 바닥 위에 몽땅 비닐장판을 깔아버렸다. 그 때문에 습기가 빠지질 못해 결국 창고 바닥이 썩어서 군데군데 내려

앉게 되었다. 아이랑 어쩌다 한 번씩 장난삼아 지하실에 들어가 보면 시원하긴 했으나 어두침침할뿐더러 눅눅한 습기에 퀴퀴한 곰팡내가 싫어 금방 뛰쳐나오곤 했다. 옛날에는 겨울 내내 창고에 무나 감자, 고구마 등을 보관했었다.

작업실이 좁으면 작은 작품을 해야 마땅하겠지만 그럴수록 반대로 작품은 더 커지기 마련인가. 나중에는 아무 생각 없이 큰 캔버스들을 한꺼번에 주문하는 바람에 그 조그만 창고의 절반이 캔버스로 꽉 들어차게 되었다. 결국 창고, 마당, 사랑방, 아이 방 등 온 사방에서 작업을 하게 되어 집안이 난장판이 되었다. 방바닥 여기저기에 물감이 묻었고, 어떤 물감은 침투력과 내구성이 얼마나 좋은지 아무리 닦아도 지울 수가 없었다. 200호 캔버스가 창고에 간신히 들어가긴 했지만 안에서는 캔버스를 돌릴 수가 없어서 일단 밖으로 꺼냈다가 다시 들여가야 했으니, 머리가 안 좋으면 몸이 고생한다는 말을 참으로 실감하게 되었다.

게다가 큰 그림을 가까이에서 바라보니 뭐가 뭔지 알 수가 없어서 자주 밖으로 들고 나와야 했다. 사랑채의 하얀 회벽에 기대어 놓고 마당에서 왔다갔다하면서 그리다가, 밤이면 또 끌고 들여가느라 낑낑거리다 결국에는 나도 지치고 말았다. 사실 난 좀 더 일찍 지쳤어야 했다. 그렇게 미련한 일을 6년씩이나 했으니 말이다. 그러다가 측백나무 울타리에 둘러싸인 아름다운 교정과 그 널찍한 목조 강당을 발견했으니 나무꾼이 선녀를 만난 듯 황홀해 정신을 차릴 수가 없었다. 일단 그 학교를 본 이상 이제는 집에서 작업하기가 싫어졌다. 아니 더 이상 집에서 작업한다는 것이 불가능해지고 만 것이다.

작업실 밑의 웅덩이는 하룻밤 새 물이 많이 줄어들었다. 도영이 아빠 말이 그래도 나는 조상이 돌봤단다. 무슨 말이냐고 물어보았더니, 사람이 없는 한밤중에 물난리가 났으니 망정이지, 만약 낮에 사람이 있는 상태에서 물이 덮쳤다면 하나라도 더 건지려는 욕심에 사람이 다쳤을 것이란다. 듣고 보니 그럴듯했다. 덧붙이기를, 이웃마을에 면사무소 직원이 나와 있으니 일단 피해신고를 해두란다. "혹시 알아요? 피해보상이라도 받을지." 피해보상이라……. 달리 할 일도 없고 해서 아무 생각 없이 이웃마을로 갔다. 시냇물은 많이 줄어들어 평소 수량보다 조금 많은 정도였다. 이 고요한 시냇물이 그렇게 미쳐 날뛰었다는 게 믿어지지 않았다. 교각이 무너져 상판이 비스듬하게 내려앉아 있었다. 그런데 다리 난간이 어째 좀 이상했다. 가까이 가보니 떠내려온 풀들이 난간에 빽빽이 걸쳐져 누렇게 말라가고 있었다. 풀잎이 얼마나 빽빽하게 빈틈없이 박혔던지 마치 누군가가 작심하고 풀잎가마니를 촘촘히 짜서 그걸로 일부러 물길을 틀어막은 것 같았다. 다리가 넘어갈 수밖에 없었겠다는 생각이 들자 머리가 쭈뼛했다.
다리 건너편 길은 멀쩡했다. 길을 조금 따라가자 길 위에 승용차가 한 대 서 있었다. 그런데 굵은 밧줄로 차를 꽁꽁 묶어놓고, 그 밧줄을 다시 산 위에 있는 큰 오동나무에 단단히 묶어놓은 것이 눈에 띄었다. 차가 떠내려가지 않도록 밧줄로 묶었다! 그러고 보니 그 근방에서 그 자리가 제일 높았다. 그날 밤에 이 근방에서 무슨 일이 일어났는지 알 것 같았다. 억수 같은 빗속을 뛰어다니며 차를 묶어야 했던 한 사내의 절박한 심정이 그대로 드러나 있었다. 그 덕분에 차는 무사했다. 그는 누굴까. 그도 무사했을까. 그의 집은 어떻게 됐을까. 집도 묶었을까.

동네가 보였다. 아니 동네였던 자리가 보였다. 너무나 참혹한 광경에 나도 모르게 흐느껴 울었다. 나무찌꺼기에 뒤덮여 집은 숫제 보이지도 않았다. 자세히 보니 간신히 뼈대만 남은 집도 있고 얼핏 괜찮아 보이는 집도 있었지만 산더미 같은 나무찌꺼기에 뒤덮여 엉망진창이긴 매한가지였다. 사라진 집이 몇 채나 되는지 알 수가 없었다. 나는 갑자기 거대한 폐허 앞에 홀로 서 있게 된 것이다. 이 사람들은, 이 동네 사람들은 어떻게 되었을까. 햇빛이 이렇게도 찬란한데 이 사람들은 다 어디로 가버렸을까. 나도 모르게 황급히 사방을 두리번거리며 사람을 찾았다. 누구든 살아 있는 사람을 이렇게 급하게 찾아보긴 처음이었다. 한여름 땡볕 아래에서 느끼던 그 캄캄한 절망감.

저쪽 아래에 뭔가 있다. 동네 앞에 있는 자갈밭 모퉁이에 사람들이 하얗게 앉아 있었다. 그게 그렇게 고마웠다. 8월 중순 뙤약볕 아래 새카맣게 그을린 노인들이 옹기종기 모여 앉아 이제 막 배급받은 마른 빵을 뜯고 있었다. 물도 우유도 없다. 또다시 가슴이 미어졌다. 이 사람들을, 이 불쌍한 사람들을 어떻게 해야 할까. 6·25 때 피난민들도 꼭 저랬겠지. 노인들을 똑바로 쳐다볼 수가 없었다. 자꾸 눈물이 났다. 노인들의 흰 옷과 하얀 모래밭이 너무나 눈부셨다. 괜히 자갈밭을 한 바퀴 돌았다.

장부를 펼쳐 든 면사무소 직원이 이름을 부르면 노인들이 앞으로 나가 비누며 수건들을 받아들고 자기 자리로 돌아갔다. 노인들은 하나같이 말도 표정도 없었다. 그냥 입으로 빵을 가져가고 그냥 빵을 물어뜯고 그냥 턱을 움직이고 있을 뿐 그들의 눈에는 초점이 없었다. 혹시라도 폐허로 변해버린 마을을 쳐다보게 될까봐 일부러 딴 데를 보는 걸까. 저 반짝이는 시냇물 너머로 사라진 집과 자전거, 강아지 같은 것들을 생각하고 있을까. 한 노인은 빵을 쥐고 땅바닥을 보고 있었다. 흰 구름에 눈이 부셨겠지. 자갈밭에 파묻힌 푸른 논을 보고 있었거나. 어차피 흩어진 구름이며 흘러간 시냇물인데 이제 와서 어떡 하겠느냐고 눈물을 삼키고 있었을까. 이제 다시는 그것들을 되찾을 수 없다는 걸 확인 하고 확인하고 또 확인하고 있었을지도 몰라, 어젯밤에 내가 그랬던 것처럼.

그 노인들 앞에서 피해신고를 하려니 입이 떨어지지 않았다. 내 평생 그날처럼 그림 그리는 일을 부끄러워해본 적이 없었다. 집과 논밭을 모두 잃고 당장 몸 둘 곳도 먹을 것도 마땅찮은 저 노인들 앞에서 한낱 그림이라니. 그 순간만은 그림 그리는 일을 진정으로 후회하였다. 내가, 그림이 도대체 무얼 할 수 있단 말인가. 뭔가 좀 더 직접적인 일들을 하면서 살아야 하는 게 아닐까. 그림이란 생활에서 너무 멀리 떨어져 있다는 생각에, 저 사람들한테 해줄 수 있는 게 아무것도 없다는 생각에 너무나 괴로웠다. 아아, 나는 왜 하필이면 그림을 그렸을까. 생각과 감정이 뒤엉켜 머릿속이 엉망으로 헝클어졌다.

노인들의 무표정한 얼굴이 자꾸 눈앞에 어른거렸다.

그냥 갈까 말까 자갈밭을 서성이며 한참을 망설였다. 그래도 여기까지 와서 그냥 갈 수는 없다. 앞으로 나섰다. 각오와는 달리 목소리는 자꾸 기어들어갔다. "저…… 건너편 초등학교에서 그림 그리는 사람인데요. 이번에…… 그림이 떠내려가서…… 피해신고를 하라기에……." 나는 얼굴이 빨개졌다. 그러자 면사무소 직원이 대뜸 이렇게 말했다. "아, 그런 거는 나중에 면사무소로 직접 나오세요. 그리고 집이나 논밭이나 축사 같은 부동산이 보상대상이지, 그림이나 돼지 같은 '동산'은 보상대상이 아닙니다." 그림이나 돼지? 차라리 잘 됐다. 일단 빨리 여기서 도망치자. 그림 그린 것도 부끄럽고 잃어버린 것도 부끄러운데 보상까지 바란 듯해서 더욱 부끄러웠다. 나는 뼛속까지 빨개졌다.

그나저나 우선 진행 중인 전시준비를 취소시켜야 했다. 원래는 올 가을에 인사동에서 개인전이 있을 예정이었다. 미술평론가 박영택 선생이 주선을 하여 사람들이 그림을 보러 곧 내려올 참이었다. 그러니 올 여름엔 도시락을 두 개씩 먹을 수밖에 없었다. 그림은 충분했지만 그래도 전시가 다가오면 작가들은 욕심을 내기 마련이다. 일단 박영택 선생한테 먼저 연락을 했다.

"박 선생님, 전시를 연기해야겠습니다."

"왜요? 작업을 아직 덜 하셨어요?"

"아니요, 작업은 그럭저럭 했는데, 사실은…… 작업실이 몽땅 떠내려가서 말이죠."

상주시 외서면 외서초등학교 배영분교. 창문 세 개가 교실 한 칸이다. 내가 쓰던 교실 두 칸을 찍었다.
환경학교가 들어오면서 낡은 슬레이트 지붕이 컬러 강판으로 바뀌었다.
겨울엔 히말라야시다 그림자가 있느냐 없느냐에 따라 4도 정도의 온도 차가 났다.
여름엔 그늘진 교실에서 작업하고 겨울엔 햇볕이 잘 드는 교실로 옮겼다.

"예? 뭐라고요?"

"수해가 나서 작업실이며 작품들이 몽땅 떠내려갔으니 전시를 일단 연기했으면 합니다."

"아니, 오 선생님 어떻게……."

그 침묵 속에 박 선생의 충격이 담겨 있었다.

"다음에 또 연락드리겠습니다."

박 선생의 동그란 안경 너머에 동그랗게 커졌을 눈이 떠올랐다. 고맙고 또 미안했다.

외서초등학교 배영분교에 근무하시던 유미경 선생님이 애써주신 덕분에 9월부터 전교생이 15명인 배영분교에서 교실 두 칸을 얻어 쓰게 되었다. 도착하자마자 진흙에 범벅이 된 캔버스 천부터 벗겨냈다. 뭔가를 잊어버리고 싶은 사람은 몸을 움직이는 일을 해야 한다. 더운 날씨에 썩는 냄새가 나기 시작해 더 이상 미룰 수도 없었다. 교실 밖 그늘에 캔버스 틀을 세워놓고 말렸다. 자칭 상주 최고 미인이라는 아내의 친구들이 수재민 돕기라며 몰려와 앞치마를 두르고 캔버스 틀에 묻은 진흙을 긁어내고 털어내고 깨끗이 닦아냈다. 시종일관 깔깔거리며 수다를 떨어 도무지 울적할 틈을 주지 않았다. 오히려 웃느라 입이 다 아팠다. 고맙기도 하지. 그러나 사람들이 돌아가고 나면 더 쓸쓸해졌다. 텅 빈 교실에 혼자 있기가 싫어 밖으로 나가면 언제나 아이들이 있었다. 가끔씩 풍금소리에 맞춰 아이들 노랫소리가 들려오면 어느새 나도 모르게 귀를 쫑긋 세우고 아는 노래가 나오기를 기다리게 됐고, 갑자기 자지러지는 웃음소리가 나면 궁금해 견딜 수가 없어 교실 밖을 기웃거리다 유 선생님과 눈이 마주치기도 했다. 유 선생님은 얼마나 활달하고 씩씩하신지 그저 멀리서 바라보기만 해도 저절로 기분이 좋아지는 그런 분이다. 아이들이랑 농구하는 모습이 얼마나 보기 좋던지. 돌이켜 보면, 수해를 당했어도 아이들 노랫소리와 웃음소리를 들을 수 있었던 그 해 가을 겨울은 참 행복했다. (배영분교는 이듬해 3월에 폐교되었다.)

운동장을 맴돌거나 화단 주변을 서성거리다가 다시 교실로 돌아가면 내 유일한 작품 '나의 희망'이 칠판에 기대어 있었다. 얼마나 오래 쳐다보았는지도 잘 모르겠다. 달리 바라볼 그림이 없기도 했지만 보면 볼수록 신기했다. 어떻게 이 그림이 여기 있을까. 왜 이 그림 하나만 이렇게 남아 있을까. 수많은 나날 동안 수많은 생각을 했지만, 답은 오로지 하나밖에 없었다. 모든 걸 다 앗아갔지만 씨앗, 아주 중요한 씨앗 하나를 내 손에 남겨놓은 것이다. 단 하나밖에 남지 않은 소중한 씨앗. 그래, 여기 이 작은 씨앗 하나가 땅속 깊이 뿌리를 내리는 튼튼한 나무로 자라나리라. 하늘 높이 아름다운 무지개를 피워 올리리라. 다시는 물에도 바람에도 흔들리지 않으리라. 꽃이 만발하고 열매가 찬란하여 향기가 천지에 자욱하리라. 생각만으로도 가슴이 벅차올랐다. 이 작은 씨앗 하나의 속뜻은 그런 것이다. 모든 것을 다 잃어버리고 나서 나는 '희망'을 새로 얻은 것이다. 그토록이나 애를 써도 늘 멀리서 희미하게 흔들리기만 하던 것이, 이런 식으로 분명하고 단단해지는 수도 있구나 하는 생각이 들었다. 단절이든 소통이든 인생의 변화에는 확실히 어떤 계기가 필요한가 보다. 그리하여 희망은 나의 피할 수 없는 운명이며 평생의 숙제가 되고 말았다.

부모님과 다섯 남매가 수재의연금을 모았다며 내놓았다. 울면서 내놓고 울면서 받았다. 그 돈으로 30년 동안 거래해온 대구 무지개화방에 가서 모든 재료를 새로 장만했다. 수재민이라고 화방 아줌마가 이런저런 재료들을 너무 챙겨주는 바람에 오히려 내가 부담스러웠다. 작가들이란 늘 부족한 재료를 조금씩 사기 마련인지라 그렇게 많은 것들을 한꺼번에 사게 되니 완전히 그림을 새로 시작하는 기분이 들었다. 떼부자 왕초보나 이런 식으로 물감을 살 것이다.

물감이 손에 들어왔으니 드디어 '나의 희망'을 손질할 때가 되었다. 말라붙은 흙탕물과 작은 '상처'들을 맑은 물로 곱게 씻은 다음 그늘에 세워 충분히 말렸다. 젖은 옷을 갈아입히듯이 캔버스 전체를 조심스럽게 벗겨내 다시 꼼꼼하게 손질하였다. 새로 산 물감들로 작은 흠집을 살살 메우다 보니 진짜로 상처에 연고를 바르는 느낌이 들었다. 욕심 같아서는 어디 '입원'이라도 시키고 '보약'이라도 먹이고 싶은 심정이었다. 단 하나밖에 남지 않은 씨앗이니 봄이 올 때까지 정말로 고이고이 모셔두어야 한다. 그리고 그 씨앗이 피워 올리게 될 나무를 끊임없이 상상하고 아끼고 꿈꾸며 준비하여야 한다. 그래야만 한다.

ⓒ 오병욱

오후 늦게 사진을 찍으러 갔다가 우연히 담배가게 할머니를 만났다.
아는 사람이라고 몹시 반가워하셨다. 하필이면 늦가을 해질 무렵에 나타나 왔다갔다하는
내가 안쓰러워 보였는지 종내 밭에서 무슨 일이 있는 척 서성거리며 나를 멀찍이 지켜보셨다.
여름이 좋으니 여름에 다시 오란다. 할머니 마음을 알겠다.

한동안 수해지역 근방으로는 아예 가지도 않고 일부러 피해 다녔다. 채 아물지도 않은 상처가 다시 덧날 것만 같아서 도무지 자신이 없었다. 될 수 있으면 덮어두고 다독거려 소리 없이 고요히 삭아가길 바랐다.

그로부터 얼마나 지났을까. 어느 날 어쩔 수 없이 아내랑 수해지역 근방을 지나게 되었다. 말은 안 했지만 영수초등학교 가까이 갈수록 가슴이 조마조마했다. 어느새 학교 건물은 깨끗이 헐려나가고 없었다. 누군가 텅 빈 운동장에서 버섯을 키우고 있었다. 언젠가는 그렇게 되리라고 예상하고 있었지만, 막상 그렇게 되고 보니 참담한 기분이 들었다. 차라리 잘 됐다고 말은 했지만 속으로는 섭섭했다. 아내가 휴지를 뽑았다. 나는 일부러 딴 데를 보는 척했다. 차를 세웠지만 우리는 내리지 않았다. 다만 차 안에서 유리를 내리고 그저 작업실이 있던 자리를 가늠해보고 뒤뜰의 은행나무를 다시 한번 확인했을 뿐이다. 이젠 거리를 두자고 내가 말했다. 그래도 남아 있는 커다란 플라타너스 몇 그루와 히말라야시다, 은행나무들 때문에 그곳이 학교 자리였다는 것을 알아볼 수는 있었다. 그걸 다행이라고 할 수 있을까.

날이 저물고 있었다. 차 유리를 올렸다. 우리는 아무 일도 없는 것처럼 조용히 그 자리를 떠났다. 그러나 나의 어느 부분인가는 살며시 차에서 내려 작업실이 있던 자리로 천천히 걸어 들어갔다. 나는 그걸 분명히 느꼈다.

세속과 떨어져 사는
예술가의
삶의 풍경

2

도저히 참을 수 없는 날이 있다.

도저히 참을 수 없는 날이 있다. 후텁지근한 며칠이 지나고 잔비가 오락가락하는 어느 초여름 날이 되면 나는 드디어 견딜 수가 없게 된다. 갑자기 눈앞에 파란 강물이 펼쳐지고, 귓가에 아련한 물소리가 들려오기 시작한다. 그렇지 않아도 한 며칠 참는 중이었다. 잔뜩 흐린 물색이 어느 정도 가라앉고 물속 모래가 누렇게 보일 때까지 기다리던 중이었다. 물가에 고요히 젖은 모래밭, 강가 보리밭이 누렇게 물결치고 바람결에 날리는 연한 물비린내. 참을 수 없다. 그런 날에 드디어 강으로 가는 것이다. 촉촉한 모래밭에 파라솔을 단단히 세우고 팔걸이의자를 놓고 비옷을 입고 앉아 일단 흐르는 강물을 한참 동안 바라본다. 밤비에 불어난 흐릿한 강물, 연한 물안개, 젖은 모래밭을 걸어가는 맨발의 감촉들. 아무리 비 오는 강가라도 아무것도 없이 그냥 앉아 있기는 좀 맨송맨송하다. 낚싯대라도 한두 대 펼쳐야 마음이 놓인다. 모래밭에서 릴낚시를 멀찍이 던져놓는다. 이 모래밭을 여러 해 드나드는 동안, 모래밭의 평평함과 따뜻함과 촉촉함을, 막힌 데 없이 툭 터진 시원함을 좋아하게 되었다.

자박자박 또닥또닥 모자 위에 어깨 위에 내리는 빗소리에 간간이 어디선가 잉어 뛰는 소리, 처점벙. 바람이 드세진다. 바람에 펄럭이던 파라솔이 결국 쓰러졌다. 그래 누워 있어라. 어차피 세워도 소용없다. 비는 이제 옆으로 오기 시작했으니. 강물 자욱이 파도가 일고 뒤집히고 보챈다. 혼자서 폭풍우 몰아치는 너른 바다에 나온 것 같다. 구름도 바람도 비도 강물도 모래밭도 갈대도 모두 다 옆으로 누웠다. 다만 서 있는 거라곤, 비에 젖은 미루나무와 낚싯대와 백로와 나.

청설모와 호두나무

*

십 년쯤 전이다. 91년 봄에 호두나무를 심었으니 열매가 처음 달릴 때는 94년 정도 되었을 것이다.

어느 날 갑자기 양철지붕에서 저벅저벅 크고 이상한 발자국 소리가 들렸다. 어느 놈인가 부리나케 뛰쳐나가 보니 청설모 한 마리가 풀쩍풀쩍 뛰면서 지붕을 지나 대추나무를 건너 뛰어 어린 호두나무에 철썩 달라붙는 것이 아닌가. 그리고는 그 해 처음으로 열린 호두알 하나를 물고는 나뭇가지에 앉더니 부지런히 껍질을 까기 시작했다.

아니 저놈이 하필이면 처음으로 호두가 세 알 열렸는데 그 귀한 호두를 따다니 괘씸한지고. 그런데 한편으론 그 모습이 너무나 신기해 보였다. 부랴부랴 아내랑 아이를 불렀다. 아내가 잽싸게 카메라를 갖다 주어 사진을 찍을 수 있었다. 나는 얼른 매미채를 가지고 와서 길게 내밀어 놈을 잡겠다는 시늉을 해보았다. 그런데 이놈의 청설모가 어찌 된 건지 갑자기 매미채 안으로 폴짝 뛰어내렸다. 순간적으로 묵직한 느낌이 오면서 매미채가 밑으로 축 처지는 찰나 나도 모르게 장대에 힘을 주었다. 그 짧은 순간의 반동을 이용해서 청설모는 다시 몸을 솟구쳐 작은 그물을 빠져나갔다. 워낙 순식간에 일어난 일이라 우리 세 식구 모두 눈이 휘둥그레졌다.

청설모도 뒤늦게 놀랐는지 후다닥 대추나무를 건너 지붕을 타고 사라졌다. 매미채를 당겨보니 청설모가 껍질을 까다 만 뽀얀 호두알 하나가 하늘색 그물에 떨어져 있었다. 호두알에는 청설모의 작고 가지런한 이빨자국이 남아 있었다. 녀석도 어지간히 급했나 보다. 호두알을 떨어뜨리다니. 그러나 그 짧은 동안에도 껍질을 거의 다 벗겨놓았다. 아마 입으로 들어가기 직전이 아니었나 싶다.

호두 껍데기가 딱딱하지 않고 적당히 빳빳해서 껍질을 까기가 한결 수월했다. 호두 속도 고소한 특유의 맛이 다 나면서도 약간 차갑고 촉촉한 데다 밤알처럼 아삭거리는 느낌까지 있어서 완전히 여문 뒤의 호두하고는 사뭇 달랐다. 그래서 청설모가 먹으러 왔구나. 짐승들이 맛을 더 잘 안다더니 역시 우리는 한 수 더 배워야 하나 보다.

그런데 청설모는 욕심도 많고 재치도 상당하지만 기억력은 별로라고 한다.

몇 년 전에 작업실을 얻어 쓰던 외서면 배영분교에는 호두나무가 수십 그루 있어서 청설모를 자주 볼 수 있었다. 배영분교 소사 아저씨 이야기인즉, 청설모가 호두를 가져갈 때는 양 볼에 하나씩 밀어넣고 양쪽 겨드랑이에 하나씩 끼고 양손에 하나씩 들고 뒤뚱거리며 걸어간다는 것이다. 그다음에는 여기저기 땅을 파서 숨겨두고 혼자 야금야금 꺼내 먹으며 추운 겨울을 나는데, 문제는 건망증이 심해서 호두를 어디에다 묻었는지 자주 잊어버린다는 것이다. 그래서 호두나무 근방이 아닌 엉뚱한 데서 호두나무 싹이 올라오는 건 전부 다 청설모의 건망증을 증명하는 산 증거가 아닐 수 없단다. 더군다나 그 명백한 증거가 무럭무럭 자라나니 더욱더 명명백백해진다.

하지만 내 생각은 다르다. 우선, 청설모가 숨겨둔 호두를 못 찾는 까닭은 머리가 나빠서

ⓒ 오병욱

외서초등학교 배영분교가 폐교된 후 환경학교가 들어와 호두나무 아래에
철망을 치고 닭을 키우고 있다. 청설모들은 어떻게 되었을까? 저 울타리를 타넘어 다닐까?
호두알을 입에 물고 겨드랑이에 끼고 앞발에 움켜쥐고 청설모가 저 철망을 넘는다고?

가 아니라 코가 나빠서라고 생각해볼 수 있다. 숨겨둔 호두는 오로지 냄새로 찾아야 할 것인데, 코가 안 좋으면 찾을 수가 없게 된다. 그러나 코가 아무리 좋아도 배가 부르면 먹이를 찾지 않을 것이고 보면, 호두는 늘 먹고 남았다고 생각하는 게 이치에 맞겠다.

해마다 호두 싹이 여기저기서 올라오는 걸 보면 청설모는 겨울마다 넉넉하게 먹고 남을 정도로 충분한 양을 숨겨온 게 틀림없다. 호두가 남으면 새싹이 몇 개 올라오는 정도로 그치지만—그것이야말로 청설모의 경작술이다—호두가 모자라면 곧바로 목숨이 위태로워지니 어찌 넉넉히 숨겨두지 않을 수 있겠는가.

겨울이 얼마나 길어질지 누가 정확히 알 수 있단 말인가. 또, 음식을 필요한 만큼만 정확하게 준비하는 일은 청설모뿐만 아니라 사람에게도 마찬가지로 어렵다. 그리고 음식이란 그저 조금 남는 듯해야 마음이 푸근한 것은 사람이나 청설모나 마찬가지 아닐까? 더구나 사람이 남긴 음식은 금방 썩어버리지만, 청설모가 못 다 먹은 호두는 그대로 자라서 다시 호두나무가 된다. 결국, 호두나무 새싹들은 청설모의 어리석음이 아니라 총명함을 증명하는 것이다. 그러니 청설모는 머리도 코도 나쁜 게 아니라 오히려 충분히 똑똑하고 영리하다고 해야겠다.

우연히 배영분교 화단 옆 잔디밭 주변을 서성이다가 청설모가 묻은 호두알을 주워 먹어본 적이 있는데 그렇게 맛이 좋은 호두는 난생처음이었다. 맛과 향기와 수분이 잘 보존되어 있으면서도 어딘가 맛이 보다 숙성된 듯한 느낌이 있었다. 그 뒤로 심심할 때면 청설모가 숨긴 호두를 찾아 교정 여기저기를 들쑤셔 보았지만 머리도 코도 안 좋은지 소득은 변변찮았다.
이래저래 호두 먹는 적절한 시기나 유력한 보관방법에 대해선 청설모한테 물어보는 게 나을지도 모르겠다.

✳

집에서 현재 작업실로 쓰고 있는 동성분교로 가는 길은 상주에서 가장 아름다운 드라이브 코스 중의 하나다. 야트막한 산과 강과 들판을 바라보며 한적한 길을 차로 15분 정도 달리면 까만 비닐하우스에 둘러싸인 하얀 콘크리트 슬래브 단층 건물이 보인다. 겨울이라, 옥상에 있는 하얀 물탱크 앞 오동나무가 가지만 앙상하다. 운동장에는 표고버섯을 키우는 비닐하우스가 잔뜩 들어차 있어 폐교다운 아담하고 쓸쓸한 맛은 없다. 하지만 비닐하우스 덕분에 폐교된 지 몇 년이 지났는데도 교실은 유리 한 장 깨진 데 없이 말짱하다. 다 키운 표고버섯을 도둑맞은 적이 있어 주인 내외가 무인 경보기를 달았더니 교실까지 저절로 경비가 되었던 것이다. 비닐하우스가 볼썽사납다고 불평하기는커녕 오히려 주인아저씨, 아주머니께 감사드려야 한다.

어차피 건물 안으로 들어가면 창밖의 풍경은 아무래도 상관없다. 영수초등학교나 배영분교에 있을 때는 하루 종일 운동장 너머 바람에 흔들리는 교문을 바라보며 누군가 찾아오기를 기다려 본 적도 있지만, 여기서는 운동장도 교문도 보이지 않으니 달리 마음 쓸 일이 없다. 겨우내 검은 비닐이 바람에 퍼덕거릴 뿐이다. 가만히 듣고 있으면 꼭 파도소리 같다.

문을 열고 들어가면 희미한 먼지 냄새 같은 교실 특유의 냄새가 난다. 이제 막 대청소를 마쳤을 때의 그 매캐하고 오래된 먼지 냄새 같기도 하고, 도시락 냄새, 가방에 쏟은 김치 국물 냄새, 분필가루 냄새, 실내화 냄새들이 범벅이 된 아련한 추억의 냄새 같기도

하다. 복도에는 얻거나 주워온 나무토막들이 쌓여 있다. 거기에도 냄새가 있다. 주로 박달나무, 밤나무, 느티나무 판자와 토막들인데 상주에서 목재소를 하는 오병학 씨한테서 얻거나 켜 온 나무들이다. 매콤하고 짭짤하고 향긋한 가지각색의 나무 냄새들이 섞여 있다. 나무를 만지는 일이 즐거운 이유는, 고운 나뭇결이나 매끈한 촉감, 사각거리는 소리 말고도 나무의 향기가 큰 몫을 차지한다. 송진 냄새 향긋한 노란 대팻밥을 바구니에 잔뜩 담아 아내한테 선물했더니 그렇게 좋아할 수가 없었다.

복도 오른쪽에는 옛날 교무실로 썼던 교실 하나가 따로 떨어져 있다. 폐교되기 전 1995년 겨울방학 때 이 교무실에 들어와 본 적이 있다. 작은 난로 하나가 피워져 있었는데 정남향에 이중창이라 그런지 참 밝고 따뜻했다. 당직 여선생님이 차를 끓여주셨다. 이런 데서 그림을 그리면 얼마나 좋을까 생각만으로도 기분이 좋았는데, 꼬마들과 선생님들이 모두 떠나고 2001년부터 나 혼자 여기를 쓰게 되었다. 겨우내 퍼덕이는 저 검은 비닐소리 말고 아이들 노랫소리를 다시 들을 수 있다면 얼마나 좋을까.

이 교실도 온통 주워온 나무토막과 깎다 만 나무부스러기로 어수선하다. 옛날에 쓰던 오래된 책꽂이를 가져다 놓았는데 그 위에 작은 자귀들을 나란히 얹어놓았다. 98년 수해 때 할아버지가 쓰시던 작은 손자귀를 잃어버린 후에, 골동품점만 보면 들어가서 손자귀가 있나 살펴보는 버릇이 생겼다. 손에 쥐어보고 흔들어보고 더러 하나씩 사기도 한다. 할머니가 쓰시던 오동나무 장롱도 지금은 공구 수납용으로 쓴다. 배영분교 과학실에서 얻은 무거운 탁자에 목공용 바이스를 달아놓고 다용도로 쓴다. 교실 뒤쪽 게시판에는 칼 던지는 과녁이 붙어 있고, 남쪽 창밖 운동장 쪽으로는 커다란 단풍나무가 한 그루 서 있다. 어느 책에인가 저 빨간 단풍잎을 책갈피로 끼워었는데……

복도 왼쪽으로는 교실 두 개가 나란히 붙어 있다. 팻말을 보니 첫 번째 교실에서 2, 3, 4학년이 공부하고 그 옆 교실을 5, 6학년이 썼나보다. 그럼 1학년은? 1학년은 어디서 공부했을까? 아이들이 없어도 학교는 참 밝고 환하다. 그리고 너무나 깨끗하다. 이 콘크리트 슬래브 교사를 새로 지은 지 얼마 안 되어 폐교가 된 게 틀림없다. 미술평론가 박영택 선생은 자기가 본 폐교 중에서 여기가 가장 깨끗하단다. 양쪽 유리창을 통해 들어오는 풍부한 자연광 덕분에 그림의 색감을 아주 예민하게 조절할 수 있다. 밝고 깨끗한 교실에서 오랫동안 일하다 보면 마음도 저절로 밝아진다. 희고 깨끗한 벽면, 짙은 초록색 칠판, 아름다운 붉은갈색 마룻바닥이 아직도 새것이라 작업실로 쓰기엔 진짜 송구할 지경이다.

내가 그림 그리던 교실은 이 복도 왼쪽 첫 번째 교실이었다. 수성 아크릴 물감을 붓으로 뿌리면서 작업을 하는지라 하는 수 없이 얇은 미송합판을 사다 깔았다. 예쁜 마룻바닥에 도저히 물감을 묻힐 수가 없었던 것이다. 재작년 장마 때 천장에서 빗물이 떨어져 바닥에 눕혀놓은 200호 캔버스에 큰 얼룩이 생겼다. 천장의 석고보드를 뜯어보았으나 물이 새는 곳을 알 수 없었다. 옥상에 올라가 보니 방수공사를 한 흔적이 있었다. 그게 부

© 안기천

옛날 교무실 자리가 지금은 목공실로 변했다.
물감이 마를 동안 여기 와서 나무를 깎거나 칼을 던지기도 한다.

실공사였을지도 모르겠다. 교육청에선 폐교까지 손 댈 예산이 없다기에 방수공사 업체에 물어보았더니 비용이 상당했다. 할 수 없이 주 작업실을 바로 옆 교실로 옮겼다. 바닥 합판을 모조리 다시 뜯어 옮겨야 했다.

장마철에는 누수로 인한 내부 합선으로 누전 차단기가 내려가서 어두침침해진다. 고치려면 학교 전체 배선을 다 바꾸어야 한단다. 방수공사를 새로 하지 않는 한, 전선은 바꾸나 마나다. 그러나 건조한 날이 계속되면 다시 전기가 들어온다. 저녁에는 집으로 돌아가니 전기가 없어도 크게 불편하지 않다. 영수초등학교에 있을 때부터 전기, 수도, 난로 없이 작업하는 데 길이 들어서일까.

그림 그리는 교실에는 배영분교에서 얻은 베이지색 탁자 두 개를 붙여놓고 물감들을 잔

뚝 올려놓았다. 별로 튼튼하진 않지만 8년 동안이나 내 물감을 받쳐 들고 있어서 정이 든 탁자다. 낮에는 햇빛이 잘 드는 데다 하얀 새시 이중창이라 그런지 석유난로 하나로 온도가 20도까지 올라간다. 물감을 뿌리다 보면 몸이 금방 더워져서 한겨울에도 수시로 난로를 꺼야 한다. 그렇지만 밤에는 가끔 영하로 내려간다. 영수초등학교에 있었던 96년부터 겨울이면 스티로폼 상자에 물감을 넣어두고 쓰는 게 버릇이 되었다. 탁자 앞쪽 모서리에는 작은 못을 나란히 치고 붓이랑 나이프들을 걸어놓았다. 탁자 앞에는 붓을 빠는 작은 양동이들이 세 개 이상 늘어서 있다. 오른쪽 양동이에서부터 씻기 시작해 언제나 왼쪽 끝에서 맑은 물로 헹군다. 물감을 힘주어 뿌리다 보면 붓이 가끔 부러지는 탓에 큰 붓에는 부목을 대고 테이프로 감아 보강을 했다. 부러지기도 전에 미리 깁스를 한 셈이다.

유리가 깔린 조그만 식탁에서 오후 한 시쯤 아내가 싸준 도시락을 먹는다. 음식을 좀 시켜 먹어봤으면 좋겠다. 제일 가까운 식당도 보통 몇 km 밖에 있고 좀 먹을 만하다 싶은 데는 더 멀다. 8년 이상 혼자서 도시락만 먹다보니 가끔 지겹다는 생각도 든다. 식사 후엔 난로 가에 앉아 졸기도 한다. 뒤로 눕힐 수 있는 낚시의자를 가져다 두었지만 아무래도 수해 때 떠내려간 소나무 비치의자만 못하다. 짙은 나뭇결에 두꺼운 캔버스 천을 입혀 제법 모양새가 있는 우아한 의자였는데 생각할수록 아깝다. 결이 좋은 소나무로 새로 만든다는 게 6년째 벼르고만 있다.

교실 뒤쪽에 있는 숙직실과 창고, 화장실 너머로 탁 트인 들판과 긴 강둑이 보인다. 강둑까진 한 200m 될까. 시인 소월이 표현한 '강물이 봄바람에 헤적일 때에' 는 자주 강둑을 서성거린다. 복도 끝에 호리한 측백나무 지팡이가 비스듬히 기대어 있고 그 위에 밀짚모자가 걸려 있다. 비닐하우스로 어수선한 운동장 쪽에 비해 뒤뜰은 참 시원하고 개운하다. 오후엔 뒤뜰 테라스에 의자를 내놓고 앉아 오랫동안 들판을 바라보기도 한다. 여름엔 잉어 낚시꾼들의 알록달록한 파라솔이 줄지어 늘어선다. 산책길에 낚시구경은 몇 번 했으나 아직도 낚시를 해보진 못했다. 가끔 대낮에도 노루가 내려와 들판을 뛰어다닌다.

소풍 나온 듯 15년을 살다

✽

아내에게 장롱을 만들어준다고 약속한 지 5년이 넘었다. 나무를 사다놓고도 2년이 지났으니……. 영준이가 쓸 책상을 만드는 걸 보더니, 아내가 대뜸 자기도 장롱을 만들어달라는 것이었다. "응, 만들어줄게"라고 해놓고 곰곰이 생각해보니 장롱은 장난이 아니었다. 그 핑계(!)로 오만 동서양의 목공 책들을 사다 읽고 목공구를 끌어모았다. 무슨 일이 있어도 이번에는 만든다고 마음을 단단히 먹고 있었다.

그러나 출판사로 보내야 할 글과 화랑으로 보내야 할 그림이 한꺼번에 밀리는 바람에 도저히 장롱 만들 시간을 낼 수가 없었다. 결국 아내의 생일선물을 겸해서 크기가 작은 어린이용 장롱을 한 짝 사주었다. 원래는 두 짝이 있어야 하겠지만 옷방 천장이 낮은 데다 경사진 부분이 있어 그나마도 두 짝이 다 들어가질 않아서 우선 한 짝으로 만족해야 했다. 아내는 그 한 짝도 무척이나 감격스러운지 자다 말고 일어나 그 작은 장롱을 한참 동안 올려다 보았다고 한다. 우리가 신혼 때부터 쓰던 장롱은 천장이 낮은 시골집에 아예 들어가질 않았다. 우선 옷을 옷걸이에 잠깐 걸어두고 쓰자는 게 어느 새 15년이 지나버렸다. 시골집에서 불편한 게 어디 옷걸이뿐이랴.

처음 시골로 내려와서부터 8년 넘게 아궁이에 장작불을 땠다. 큰 무쇠 솥에 늘 물을 데워 썼다. 크지 않은 대청마루에 유리문을 달고 조그만 싱크대를 들여놓긴 했지만 6년 전 보일러를 들이기 전까지는 한겨울에도 찬물에 설거지를 해야 했다. 비 오는 밤에 대밭 뒤 재래식 변소에 가려면 플래시 들고 우산 들고 큰맘 먹어야 한다. 북향마을에 북향

집이라 겨울엔 춥고, 양철지붕이라 여름엔 얼마나 더운지 모른다. 집안은 좁고 마당과 텃밭이 넓어 한도 없이 풀이 돋아나고 나무가 우거진다. 뒷산에 가로막혀 TV도 잘 안 나오고 비만 오면 지하수가 누렇게 변한다. 94년 차를 살 때까지는 두 시간에 한 번씩 다니는 버스를 타고 장을 보러 다녔다.

그러나, 우리는 지금까지 15년을 살았다. 사람들은 우리 부부가 수많은 갈등과 인내와 눈물의 바다를 건너온 걸로 생각하겠지만, 사실은 그렇지 않다. 우린 그렇게 힘든 줄 모르고 살았다. 어떻게? 잠깐만 생각해보면 누구나 금방 알 수 있다. 어렵고 불편하고 괴로운 생활을 15년씩이나 억지로 참고 견딜 수 있을까? 우리가 무슨 대단한 수행을 한다고, 내가 무슨 불굴의 투사라고 그 세월을 무조건 참아내겠는가 말이다.

우리는 이런저런 단점과 불편을 뜻밖에도 쉽게 받아들였다. 방법은 생각보다 간단하다. 우린 그저 '잠깐 소풍을 나온 것처럼 가볍게' 살았던 것이다. 아내는 그걸 '소꿉장난'이라고 표현했다. 나는 내가 그림만 그릴 수 있다면 다른 모든 건 웃으며 받아들일 작정이었다. 중요한 한 줄기만 확보되면 나머지는 아무래도 좋은 것이다. 우린 둘 다 주어진 주변상황을 순순히 받아들임으로써 비로소 즐길 수 있게 되었다.

물론 즐길 수 있게 되기까지는 어느 정도의 시간과 노력이 필요했다. 그때는 잘 몰랐었지만 지금에 와서야 곰곰이 생각해본 결과, 우리는 그렇게 가볍게 웃어넘김으로써 이런저런 어려움을 어느 정도 쉽게 이겨왔다는 것을 알게 되었다. 아내 말로는 우리가 둘

다 워낙 낙천적인 성격이어서 그렇단다. 나는 타고난 개구쟁이 기질에 밑도 끝도 없이 농담을 지껄일 수가 있어서 아무리 힘들고 곤란한 일이 있어도 일단 한 번만 웃고 나면 그 일은 벌써 쉽고 재미난 일이 된다는 것이다. 농담은 무거운 일을 가볍게 만드는 최선의 방법인지도 모르겠다. 소풍 나온 사람들한테는 지나가는 소나기도 즐거운 법이다. 웬만한 어려움도 같이 웃어가며 받아들이고 즐기고 해결한다. 그런 면에서 가장(보이스카우트 지도자처럼)의 역할이 매우 중요하단다(아내의 말). 따지고 보면, 어떤 고난에도 당황하지 않고 정확하고 재치 있게 대처해 재미있고 의미 있는 시간과 공간을 만들어내는 능력은 일이나 인생을 살아가는 데 있어서 매우 중요하다. 그래서인지는 몰라도 우리 부부는 싸운 적이 거의 없다. 영준이가 일곱 살 무렵이었을때 우리 어머니가 영준이에게 물은 적이 있다. "너희 엄마 아빠, 자주 안 싸우니?" 그러자 영준이는 이렇게 되물었다. "싸우는 게 뭐예요?" 아이가 싸우는 게 뭔지 모를 정도로 우린 싸운 적이 없다. 싸움이란 의견이 강하게 맞부딪쳐야 생기는 법이다. 아내는 나하고 사는 게 무척 재미있단다.

여러 대학에서 교수 제의 등 선배들의 여러 가지 요청이 있었으나 나는 동기들이 있는 충주 건국대학에 일주일에 한 번 출강을 하는 걸로 만족한다. 지금까지 14년을 충주 건국대 한 군데에만 시간강사로 나가고 있다. 몇 번의 다른 요청이 있었으나 모조리 거절, 내가 오히려 미안하다고 밥까지 사야 했다. 모 국립대학엔 가서 부임만 하면 된다고 했지만 나는 교수보다 백수가 좋다고 했다. 가난한 살림에 굴러 들어온 복을 찼으니 미쳤다고 할지도 모르겠지만 난 지금도 그림 이외에 다른 직업을 갖는 일을 부끄러워한다. 그 결벽 때문에 내 인생은 힘들어졌다. 그래도 아내는 어디 묶이기 싫어하는 나를 이해해준다. 주위에서 말하길, 그러니 같이 산단다. 천생연분이 아닐 수 없단다.

난 절대 아내한테 강요하지 않는다. 아내는 시골집의 모든 게 낯설고 두려워 처음 몇 년간은 마당으로 내려서기도 꺼려했다. 아내가 나름대로의 방식으로 천천히 적응할 때까지 충분한 여유와 완충을 줄 필요가 있었다. 그런 면에서 우리 집에 끊임없이 찾아오는 우리 가족과 친구, 선후배들의 역할이 컸다고 본다. 특히 시골로 내려온 첫 해에는 우리끼리 있었던 시간이 채 한 달도 안 될 정도로 손님이 많았다. 아내는 심심하고 외로울 틈이 없었다. 손님들의 눈을 따라다니면서 집 안팎을 돌아보기 시작했다. 나무와 꽃, 새와 달, 강물, 소나기 등 주변 모든 것들의 아름다움에 조금씩 조금씩 눈떠 갔다. 손님들은 번번이 먹을 걸 싸들고 왔고, 같이 장을 보았고, 온갖 말도 안 되는 핑계로 돈을 쥐어주고 달아났다. 집에는 약간의 논이 있어 항상 충분히 먹고도 남을 만한 양식이 곳간에 있었고, 그때만 해도 아이도 어리고 차도 없어 딱히 돈 쓸 일도 없었다.

유난히 즐거운 우리 집안 가족 분위기도 아내의 시골 적응에 한몫을 했다. 가족들이 자주 모이는 데다, 아내가 여러 시누들(4명)과 허물없이 지내며 옷이나 화장품을 나누어

시골집에는 항상 손봐야 할 데가 있다.

쓰고, 내 둘째 여동생과는 대학시절부터 죽고 못 사는 친구 사이라 지금도 매일 전화통을 붙들고 산다. 어쩌면 다들 '힘들겠지'라는 지레짐작으로 인한 일종의 연민 때문에 아내에게 잘 대해준 건지도 모르겠다.

우리 집 아궁이만 해도 그렇다. 나는 보기와 달리 몸 쓰는 일을 가끔 즐긴다. 체인 톱을 들고 쓰러진 큰 나무들을 베어와 장작을 만드는 일을 좋아한다. 호리호리한 나무는 상대하지 않는다. 도끼질 할 필요가 없기 때문이다. 최소 한 뼘 이상, 굵으면 굵을수록 도끼질이 신난다. 장작 패는 일은 하루 종일 해도 질리지 않는다. 아궁이에 불 때는 일은 또 얼마나 재미있는지 모른다. 그래서 불 때는 일은 언제나 내 몫이었다. 아궁이 앞에서 불을 바라보면 저절로 생각에 불이 붙고 생각이 훨훨 타고 생각이 연기가 되고 재가 된다. 불이 활활 타는 아궁이 앞에서 우리 세 식구가 모여앉아 불을 들여다보면서 놀기도 했다. 고구마를 굽고 탄 감자를 굴려내느라 서로 불을 지피고 싶어했다. 손님들한테 자기가 잘 방에 알아서 불을 때라고 하면 다들 아이들처럼 즐거워했다. 어떤 친구는 군불을 너무 많이 때는 바람에 이불을 죄다 걷어내고 밤새 더워서 헐떡거렸다. 후배들한테 장작을 패라고 했더니 도끼자루를 몽땅 분질러놓기도 했다. 절절 끓는 방에서 이불을 덮어 쓰고 만화책과 군것질거리를 산더미처럼 쌓아놓고 한방에서 오글거리며 겨울밤을 지새우기도 했다.

여름에 집이 더우면 우리 식구는 마당에서 시간을 많이 보낸다. 모깃불을 피우고 평상에 앉아 별을 헤고 노래를 부르고 수박을 먹다보면 땡볕에 달구어진 양철지붕도 적당히 식는다. 너무 더우면 영준이 방에 조그만 에어컨을 달아놓고 세 식구가 모여 있기도 하지만, 나무가 많은 우리 집은 여름밤에도 이불을 덮어야 할 만큼 춥다.

개뿐만 아니라 거의 모든 짐승을 싫어하던 아내가 지금은 개 없이는 못살겠단다. 강아지가 빤히 바라보기만 해도 무서워 벌벌 떨던 아내가 지금은 옷에 묻은 하얀 개털 하나도 "줘봐, 줘봐" 하며 빼앗아보고 감탄하는 경지에 이르렀다. 그 하얀 털 한 오라기에 진돗개 한 마리가 다 들어 있는 것처럼 들여다보고 흐뭇해한다. 남의 집에 분양한 우리집 진돗개 강아지들을 되찾아오라고 생떼를 쓰고, 길가에 하얀 강아지를 묶어놓은 집을 지날 때마다 무조건 차를 세우라고 성화를 부리는 걸 보면 놀라운 변화가 아닐 수 없다. 우린 올 여름이 오기를 손꼽아 기다리고 있다. 우리 집 하얀 진돗개 '쏭'과 '칸'이 또 이쁜 강아지를 여러 마리 낳아줄 테니까.
개에 대한 아내의 이러한 태도변화 속에는 아내가 낯선 시골생활에 적응해가면서 주변 사물과 자연의 아름다움에 눈을 떠가는 과정이 집약적으로 잘 나타나 있다. 사람이나 자연이나, 일이나 놀이에서 조화로운 관계를 자발적으로 만들어가는 것은 누구에게나 매우 중요한 일이다. 그것이 바로 온 세상 만물과 친구가 되는 방법이기도 하다.

화가가 바라본, 화가 박동진

*

아래의 글은 1994년에 쓴, 화가 박동진의 개인전 카탈로그의 서문이다. 박동진 군이 최근 큰 수술을 해 그 큰 덩치가 반쪽이 되었다는 소리를 듣고도 통화만 했을 뿐 아직 찾아가 보지를 못했다. 못난 선배가 사과하는 뜻으로, 다시 옛날처럼 건강해지기를 바라는 마음으로 여기에 그 글을 싣는다.

몇 해 전인가, 어느 월간지(객석)에 화가 박동진의 전시평을 쓴 적이 있다. 잘 기억이 나진 않지만 그 글의 마지막은 대략 이러했다.

'대도시 한복판에 버려진 사슴 한 마리가 온전히 살아갈 수 있다고 믿는 사람이 어디 있겠는가. 예술가들이 현실에서 실패하는 이유 중 하나는 그 사슴이 온전히 살아갈 수 있다고 믿는 데 있다.'

그는 자신에 대한 기사를 좋게 해석했고 고마워했지만 난 그 글이 내 기분에 치우쳤음을 고백하고 언젠가 기회가 닿는 대로 내 미안함을 만회하겠노라 약속을 했었다. 그러나 막상 그의 개인전 서문을 쓴다고 생각해보니 그간의 공백도 공백이지만 도무지 감이 잡히는 게 없었고 감이 잡힌다손 치더라도 단어 하나 문장 한 줄 명쾌히 떠오르는 게 없었다. 버릇처럼 간단한 메모부터 시작했다.

박동진, 188cm, 94kg. 약간의 고혈압과 전형적인 다혈질.

그는 꾸미지 않는다. 있는 그대로 솔직할 따름이다. 말이 그렇고 옷 입는 것이 그렇고 행동이 그렇다. 그는 빨리 걷는다. 그 큰 키에 코트자락 휘날리며 앞장 서 걷는 모습은 장관이다. 그는 밥도 엄청난 속도로 먹어 치운다. 약간의 비만과 고혈압 기미는 식사 속도와 관계 있는 듯. 당연히 바둑도 빨리 둔다. 그만큼 후회도 빠르다. 거창한 욕심이나 웅대한 포부, 음험한 술수도 없고 모든 건 그때그때 부딪쳐 나가고 되는 대로 밀어붙인다. 때론 수십 수를 물리고도 미안해하기는커녕 쳐다보지도 않는다. 물려 달라 떼쓰지도 않고 그냥 왕창 들어내고 다시 둔다. 우린(나를 포함한 주변 선후배들) 그걸 재미있어한다.

낚시터에서도 그는 기다리질 못한다. 잔비 오는 강변 백사장의 한가로운 기다림을 그는 견뎌내지 못한다. 끊임없이 걷어 올리고 확인하고 투덜대며 안달을 낸다. 그는 아이들처럼 물고기에 집착하고 있었다. 그는 확실히 성미가 급하고 참을성이 모자란다. 그러나 시원시원하고 꾸밈없이 대담한 성격 탓에 우린 늘 편하다. 그의 바둑과 그림은 잘 닮아 있다. 속도감과 박진감은 타의 추종을 불허한다. 그는 그만큼 빨리 그린다.

빨리 그릴수록 본능의 역할이 증대된다. 이성적 사고와 판단이 채 작용할 시간이 없는 것이다. 본능적 에너지와 감각에 의존하게 되면서 붓자국은 격렬해지고, 다듬어지지 않게 되며, 큰 붓을 사용할수록 화면에서는 거칠게 부수어진 파편화의 양상

〈나른한 정물 – 꿈꾸는 백마상〉캔버스에 아크릴, 혼합 재료, 46×46cm, 2003

박동진은 요즘도 그림 속에다 가끔씩 말을 그려넣는다.

화면은 10년 전보다 훨씬 밝고 화사하고 고요해졌지만 상대적으로 힘은 좀 빠진 듯하다.
어디로 튈지 모르는 그 불뚝불뚝한 힘을 이젠 차분하게 가라앉힌 걸까?

이 두드러지게 된다. 그러나 그의 화면이 활력을 얻고 기운이 넘치는 대신 화면 내부의 밀도가 약해짐으로써 상대적으로 공허한 느낌이 생겨나기도 한다. 속도와 밀도는 반비례하는 것일지도 모른다. 큰소리를 내며 굴러가고 있지만 어딘가 겉도는 듯한 느낌은 확실히 그리는 속도의 양면적 성격일 것이다. 왠지 허전한 다이내믹.

어둡고 무거운 색채에 대한 기호는 이런 허전함을 부분적으로나마 보충한다. 이런 색채 기호는 혹 그의 혈액순환 장애와 관계 있을지도 모른다. 실제로 화면 위에 어지러이 교차된 붉은 선들은 부푼 혈관을 연상시키기도 한다. 이런 색채는 그의 초기 회화에서도 많이 보여진다. 저명도·저채도 위주의 색감에서 가끔씩 선명한 붉은색이 불쑥불쑥 나타나는 것이.

어두운 색감과 격렬한 붓자국의 만남으로 화면은 자주 침울해진다. 불안, 우울한 열정, 일렁이는 자의식, 우울증이나 강박성 신경증의 기미, 예측 불가능성, 묵시록적 혼돈에 대한 세기말적 징후까지.

속도감과 비례하는 화면의 저밀도 상태를 그는 몇 개의 이미지 도입으로 처방한다. 토르소, 신체로부터 분리된 두상이 주는 고립감, 현실과 이상·정신과 육체의 상호 모순, 부조화, 매끄럽지 못한 세계와의 관계, 내 마음대로 되지 않는 나, 일상적 삶의 한복판에서도 문득문득 피어오르는 알 수 없는 괴리감, 소용돌이, 도피와 참여의 상반된 유혹, 고립에 대한 동경과 두려움, 구원에 대한 희망과 절망의 무분별한 교차, 반짝이는 푸른 구슬, 아무것도 바라보지 않는 눈동자, 베일, 파도, 밀물, 완성에 대한 초조감, 자신과 작품 사이를 맴도는 공허감에 대한 지속적 공포, 권태, 깊어지는 심연, 점점 크고 무서워지는 수술을 혼자서 자기 자신을 상대로 해야 할지도 모른다는 강박, 그러면서도 여름 한낮 텅 빈 거리를 어슬렁거리는 집 없는 개처럼 한가로운 배회와 느긋한 소요에 대한 부단한 욕구, 또다시 소용돌이, 밤 부둣가를 일렁이는 미련들, 파도.

세계는 본질적으로 어둡다. 변화무쌍한 세계의 한복판에서 작가들은 자주 고립된 이상의 모습으로 자신을 형상화한다. 변화를 따르기에는 너무 피곤하고 자신만을 믿기에는 불안하다. 젊은 작가들의 긍정적 세계관은 아주 희귀한 것이 되어버렸다. 마치 내다버려야 할 구시대의 유물이거나 한 것처럼. 아무도 '황금시대'의 기억을 간직한 사람은 없다. 세계는 언제나 뛰어들어야 할 대상이기보다는 그저 똑바로 가로질러 가야 할 장애물에 불과한 것이었고, 진정한 예술적 자유의 실현은 이 세계의 '저편'에만 존재하는 것이었다. 예술가들의 끊임없는 동경과 미련과 절망들은 상당부분 두 세계 사이의 회복할 수 없는 거리감에서 비롯되는 것이다. 이런 종류의 세계관은 이제 따분한 것이 되어버리고 말았지만 아직도 설득력을 갖고 있다. 대부분의 작가들은 아직도 그 날카로운 경계선을 의식하고 있으며 칼날 위를 걸어가야 한다는 불안감에 여전히 치를 떠는 것이다. 그러나 그 칼날은 확실히 자신의 생각 속에서 존재한다. 그 칼날에 몸을 다친 예술가들보다는 자기 생각의 사슬 속에서 절망한 예술가들이 더 많다.

박동진에게는 무거운 생각의 사슬이 어울리지 않는다. 실로 아무런 사슬이 없다. 난 그가 왜 걸리적거려 하고 거추장스러워하는지 모르겠다. 그는 사슬 없음을 오히려 두려워하고 있는지도 모른다. 있다면 그 사슬뿐이다. 그러나 이젠 뒤돌아볼 필요가 없다. 이젠 뛰어내릴 수 없으므로. 미련 가질 필요도 없고 불안해할 필요도 없다.

"나는 미지의 종국으로 떠밀리는 느낌을 받고 있다. 내가 그곳에 이르는 순간, 내가 불필요하게 되는 순간, 나를 갈갈이 찢는 데는 한 입자의 원자면 충분하다. 그러나 그때까지는 전 인류가 모두 힘을 합치더라도 나를 해칠 수 없을 것이다."

—나폴레옹

이제 박동진에게는 활달하게 떨치고 가는 길만이 남았다. 자신의 성격에 좀 더 충실함으로써 시원시원하게 부수고 거침없이 내닫는 길밖에 없다. 꼼꼼하게 만지작거리는 그림은 자신의 성격에 맞지 않고 혈압에도 좋지 않다. 완전한 본능에 이르기까지 그림 앞에서 폭발시키고 휘둘러버려야 한다. 그것이 완전한 자유인지, 진짜로 완성된 자유인지 가서 확인해보아야 한다. 그건 그만이 할 수 있는 일이다.

누구나 가슴속에는

누구나 가슴속에는 한 줌 바람이 있고 작은 불씨가 있고 흐린 거울이 있고 흔들리는 꽃이 있고 반짝이는 별과 하얀 오솔길, 잊혀지지 않는 소풍과 첫눈이 내리던 운동장이 있고 빛바랜 사진 한 두 장과 희미해진 이름과 가물가물한 전화번호가 있다.

누구나 가슴속에는 강물이 흐르고 안개 낀 가로수 길과 이제 막 가로등이 켜지는 다리가 있고 우산을 쓰고 집으로 돌아가는 사람들과 건너뛰어야 하는 물웅덩이가 있고 물속에 가라앉은 빛나는 동전이 있고 길모퉁이 구멍가게와 작은 평상이 있고 도마 소리, 찌개 냄새 자욱한 골목길과 오래된 철대문과 대답 없는 초인종, 비에 젖은 우편함과 되돌아온 편지가 있다.

누구나 가슴속에는 낡은 책상 서랍이 있고 지우개 달린 몽당연필과 잃어버린 구슬과 쓰다 만 편지, 지우지 못한 낙서, 들켜버린 일기장이 있고 망설이던 고백과 허망한 맹세, 지키지 못한 약속이 있고 크지 않은 여행가방과 돌아가고 싶지 않던 여행과 젖은 우산과 잃어버린 장갑이 있고 쓰러져 가는 눈사람과 사라진 무지개와 별똥별이 있고 허물어진 모래성, 떠내려간 종이 배, 날아간 파랑새가 있고 멈추지 않을 것 같던 바람, 아물 것 같지 않던 상처, 돌아오지 않는 친구가 있다.

누구나 가슴속에는 나부끼는 깃발이 있고 커다란 바위가 있고 드높은 나팔소리와 아련한 북소리가 있고 아직도 터지지 않은 조그만 폭탄이 있고 한 번도 쓴 적이 없는 녹슨 비수가 있고 나도 모르게 새어나온 한숨과 숨기지 못한 눈물과 맴도는 회상, 돌아가고 싶은 미련, 산맥 같은 그리움, 그리고 침묵……, 한 번도 입 밖으로 불러보지 못한 이름이 있다.

누구나 가슴속에는 한 그루 나무가 자라고 맑은 시냇물이 흐르고 고요한 저녁마다 등불을 밝히는 작은 창과 아담한 호숫가 오두막이 있고 징검다리와 작은 배와 낚싯대와 소나기, 손때 묻은 나무의자와 화분 몇 개와 풀밭, 새소리 요란한 눈부신 아침이 있고 작은 연못과 흔들리는 그물침대와 아이들 웃음소리가 있고 하모니카와 삐걱거리는 낡은 자전거와 밀짚모자, 저문 철교를 건너는 기차 소리와 모닥불 타는 소리와 옛날에 부르던 노래가 있다.

누구나 가슴속에는 푸른 바다가 있다. 누구는 말을 하고 누구는 말을 하지 않았을 뿐, 누구는 일찍 알았고 누구는 늦게 알았을 뿐, 누구는 지금 바다를 보고 있고 누구는 잠깐 고개를 숙였고 누구는 바다를 잠시 잊었을 뿐, 누구나 가슴속에는 때 묻지도 않고 사라지지도 않는, 아득한 파도소리에 햇살이 눈부신 푸른 바다가 있다.

「스타타워갤러리」개인전

*

2004년 5월 7일 금요일. 개인전 오프닝 시간은 오후 6시다. 작품은 보름 전에 미술품 전문 운송트럭으로 모두 올려 보내고 디스플레이까지 완벽하게 끝냈다. 작품을 걸고 나니 화랑공간에 너무너무 잘 어울린다고 「스타타워갤러리」의 장동조 사장님이 일부러 며칠 전에 전화를 하셨다. 덕분에 한결 마음이 가벼워졌다. 오전에 집을 나서 오후 두 시쯤 역삼동 스타타워 빌딩에 도착했다. 건물과 입구며 주차장이 으리으리하다. 지하 3층 주차장 입구에, 내 전시에 오는 사람들은 지하 4층에 주차하라는 안내판이 서 있었다. 나중에 알고 보니 오프닝을 위해 약 200대가량의 주차공간을 미리 확보했다고 한다. 뉴욕에서 화랑(Inkhan Galley)을 하시던 분이라 스케일이 다르다는 생각이 들었다. 엘리베이터로 2층 화랑으로 올라가는 도중에도 군데군데 안내판이 있었다. 온통 불빛으로 번쩍거리는 검은색 대리석 때문에 하얀 안내판이 눈에 잘 띄었다.

「스타타워갤러리」에 처음 왔을 때가 생각난다. 2002년, 국민대 교수로 있는 후배 권여현 군 결혼식에 왔다가 여류화가 장선영 선생님을 만났는데, 자기가 강남의 모 화랑에서 전람회를 하고 있으니 같이 좀 가주어야겠다며(!) 세종대 교수로 있는 박항률, 김종학 형과 같이 거의 납치되다시피 끌려왔었다. 공간이 온통 크고 높고 번쩍거리고 휘황찬란했다. 워낙 엄청난(2005년 현재 우리나라에서 제일 크다) 건물이라 처음 들어오는 사람은 누구나 조금씩은 주눅이 든다고 한다. 전시장 바닥에는 거울처럼 반질반질한 까만색 대리석이 깔려 있고, 높고 흰 벽면엔 큰 반투명 블라인드를 통과한 은은한 자연광이 풍부하게 들어오고 있었다. 강력한 실내 탓에 웬만한 작품은 보이지도 않겠다는 생각이 들었지만 시원한 벽면에 걸린 장선영 선생님 특유의 대형작품의 힘과 에너지는 그 공간을 이겨내고 있었다. 아무리 200평이 넘어도 그렇지, 30m가 넘는 거리에서 작품을 보게 될 줄은 몰랐다. 멋진 공간과 작품에 입을 쩍 벌리고 있는데 장선영 선생님이 나에게 물었다. "어때요, 이 공간 탐나지 않으세요?" "아, 탐나죠." 내가 이렇게 대답하자 장 선생님이 말했다. "오 선생님 작품이 크고 시원시원하니까 이 공간이랑 잘 어울릴 것 같은데, 어때요 내가 장 사장한테 한번 이야기해볼까요? 장 사장이 바로 제 동생이에요."

그 이듬해인 2003년 여름에 장선영 선생님을 통해 「스타타워갤러리」에서 개인전을 하자는 제의가 들어왔다. 내 자료를 꼼꼼히 검토해보고 장 사장님이 아주 좋아하시더란다. 그러나 큰 작품이 좀 모자란다는 생각이 들어 내가 전시를 미루자고 했다. 모처럼의 서울 전시니만큼 보다 화끈한 화력시범을 보여줄 필요가 있었다. 그 대신 기획전에 먼저 150호짜리 세 개가 붙은 큰 작품(227×545cm)을 출품했다. 그 작품은 전시가 끝난 후에 새로 생긴 김대중 도서관에 걸리게 되었다. 그림이 고요하고 우아하여 도서관의 정적인 이미지에 잘 어울린단다. 개관식에 참가한 전 현직 대통령과 각국의 외교사절과 수많은 내외귀빈이 내 작품을 보았다고 한다. 나중에 가보니 자연광이 들어오지 않는 자리라 내 그림의 힘을 제대로 보여줄 수 없는 자리였다. 팔린 게 아니어서 아쉬웠지만 많은 사람이 본 것만으로도 충분히 기분 좋은 일이다.

내가 전시장에 도착하기도 전에 다녀간 후배가 있었다. 부지런하기도 하지. 큰 창가에 새까만 가죽의자가 한 줄로 나란히 놓여 있었다. 의자에 앉아 은은한 자연광에 눈부신 바다 그림을 보노라면 저절로 한숨이 터져나온다. 난 그 가지런한 의자들을 보고 장 사장님의 섬세한 배려에 감사했다. 풍부한 자연광이 비추면 간섭색(Interference Color)을 쓰는 내 그림은 환하게 빛날뿐더러 하루 종일 색감이 미묘하게 바뀌는 까닭에 진짜 바다 같은 느낌이 든다. 마술 같다는 사람도 있고 어마어마한 원근감 때문에 소름이 끼친다는 사람도 여럿 있었다.

화랑 바닥에 누군가 배선을 깔고 스피커를 설치하고 있었다. 천상의 목소리를 가진 팝페라 카스트라토 정세훈(jungsehun.com)이 와서 노래를 부르기로 했단다.

오프닝이라고 평소에 즐겨 입는 까만 양복을 입고 나섰다가 여류화가 김명숙의 핀잔을 듣고 베이지색 콤비로 갈아입었다. 뭘 좀 한다는(?) 대한민국 남자들은 죄 까만 옷을 입고 설친다는 것이다. 할 말이 없다. 순순히 시키는 대로 따라했다. 1996년 갤러리 「서미」 전시 이후 서울에서는 8년 만의 전시다. 제일 큰 작품이 259×582cm이고, 그다음

크기인 194×520cm가 두 점, 330cm×130cm 한 점, 260×150cm 두 점 등 모두 20점 정도를 출품했다. 큐레이터 경력 탓인지, 아니면 전시를 몇 번 해서 그런지 오프닝에도 전혀 긴장되는 비가 없어 너무 맨송맨송한 느낌마저 들었다. 준비는 완벽하고 할 일은 없어 아내 손을 잡고 건물 안을 이리저리 떠돌아다녔다.

늦은 오후로 접어들면서 사람들이 하나 둘 나타나고 주변이 점점 시끌시끌해졌다. 선후배 동문들이 줄지어 나타나고 여러 선생님들께서 먼 길을 찾아주셨다. 이런저런 기관들에서 사람들이 나왔고 여러 외국인들 사이에는 유럽 몇 개국의 대사들도 있었다. 서울 시내에서 저녁 무렵 어디를 찾아간다는 일이 얼마나 번거로운지 아는 사람으로서 그저 고맙고 송구할 뿐이었다.

하얀 테이블보가 깔린 큰 식탁 두 개가 서로 멀찍이 떨어져 놓였다. 한쪽 탁자에는 붉은색 와인 수십 병이 빽빽이 올라와 있고 큼직한 와인글라스가 탁자 가득히 불빛에 반짝이고 있었다. 와인만 해도 수백만 원이 넘는다고 한다. 반대쪽 탁자에는 최고급 지하 식당가에서 올라오는 스낵이며 음식들이 잔뜩 차려지고 있었다. 나는 와인 잔을 들고 이리저리 돌아다니며 인사하고 인사받느라 정신이 없었다. 장 사장님이 많은 사람들을 소개하고 인사를 시켰다. 장선영 선생님은 마침 미국여행 중이라 부군이신 이항 선생님이 대타로 나오셔서 방명록에 장 선생님 이름까지 나란히 적어놓으셨다. 이 선생님과의 대화는 편안했고 유익했다. 서양식 파티 분위기에 익숙하지 않은 우리 부부에게, 돌아다니며 이야기 나누는 법을 자상하게 가르쳐주셨다.

가수 정세훈이 와서 마이크 테스트를 마쳤을 즈음, 장 사장님의 짤막한 인사말이 있었다. 수많은 사람들이 내 작품을 좋아하는 걸 보고 자기도 많이 놀랐다며 앞으로도 잘 지켜봐 달라는 대략 그런 요지였다. 그러더니 나한테 마이크를 넘겨 얼떨결에 받아 쥐었다. 난 시골구석에 처박혀 그림을 그렸을 뿐인데 오늘 밤, 이 휘황찬란한 곳에서, 이 많은 사람들 앞에서 이게 무슨 일인지 모르겠다고, 꿈인지 생신지 어리둥절하다고, 대충 그런 말을 했던 것 같다. 그리고는 정세훈이 전시장 중앙에 걸린 큰 그림 앞에서 노래를 부르기 시작했다. 미리 녹음된 반주에 맞춰 부르는 아주 높고 맑은 음색의 고요한 노래들이었다. 다들 와인 잔을 들고 노래에 빠져 움직일 줄을 몰랐다. 한 시간 이상 부른 노래를 많은 사람들이 끝까지 서서 들었다. 나는 인사받느라 정신이 없어서 노래를 제대로 듣지 못한 게 지금도 후회된다.

노래가 끝나자 사람들이 조금씩 흩어지기 시작했다. 내 그림과 정세훈의 노래가 잘 어울린다는 말을 여러 번 들었다. 정세훈은 자기가 돈을 벌면 내 그림부터 사겠단다. 내가 원할 때 노래를 불러주면 언제든 그림을 주겠다고 말하고 싶었지만 부끄러워 말을 못했다. 노래가 없었다면 이 많은 사람들을 전시장에 잡아두긴 힘들었을지도 모르겠다. 작가들끼리 모여서 인사만 잠깐하고 식당에서 밥 먹고 헤어지는 인사동식 오프닝에 젖어 있다가 이게 웬일인가 다들(나도!) 눈이 휘둥그레졌다. 앞으로 장 사장님 안 계신

〈내 마음의 바다〉 258×194cm, 2004
원래는 이만한 200호 캔버스 두 개가 한 그림이다. 이 그림들은 보통 그림들보다
훨씬 밝게 빛난다. 하지만 그 빛은 카메라에 포착되지 않는다.

오프닝은 눈에 차지도 않을 텐데 걱정된다.

몇몇 선생님들은 노래고 뭐고 소주 한잔 하시겠다며 일찌감치 식당으로 직행하셨다. 나는 9시가 넘어서야 식당으로 가서 따뜻한 국을 먹었다. 선생님들과 선배들이 먼저 들어가시고 난 다음 여럿이 음료수를 사들고 스타타워 빌딩 앞 분수대 근처 벤치에 앉아 이야기꽃을 피웠다. 부드러운 바람이 불고 나뭇잎이 끝없이 일렁이고 반짝거렸다. 장 사장님이 인근의 깔끔한 호텔을 잡아주신 덕분에 우리 부부는 이틀 밤을 묵었다.

정세훈이 사인을 해준 CD를 일요일 밤 늦게 집으로 돌아와서야 비로소 제대로 들어볼 수 있었다. 첫 곡이 시작되자마자 우리 부부는 똑같이 그날 저녁의 화려한 오프닝이 다시 시작되는 기분이 들었다. 한 곡이 끝날 때마다 박수소리 속에 누군가가 브라보를 외치고, 다시 술잔이 부딪히고, 잔잔한 이야기 소리와 웃음소리들이 다시 들려오는 것 같았다. 여기 시골집에선 양철지붕을 두드리는 세찬 봄비 소리가 들릴 뿐인데…….

옆집 할아버지

*

1

옆집 할아버지 할머니는 두 분 다 귀가 안 들려서 가끔 전화를 좀 받아달라며 찾아오신다. 전화가 걸려오는 것은 어떻게 아냐고? 벨이 울리면 불이 번쩍번쩍하는 전화기를 쓰신다. 나도 옆집에 가보고야 그런 전화기가 있는 줄 처음 알았다. 낮엔 주로 들이나 밭에 나가 계시니 전화도 주로 밤에 오는 편이다.

그날도 저녁 먹고 조금 지난 시간에 할아버지께서 전화 때문에 오셨다. 번거롭게 해서 미안하다는 표정이 역력하다. 너무 그러시지 않아도 되는데. 그래서인지 할아버지는 번번이 맛있는 나물이나 야채들을 뽑아다 주시곤 한다.

슬리퍼를 끌며 옆집으로 갔더니 밥상을 금방 물렸는지 반찬 냄새가 난다. 먼 친척뻘 되는 동네 아저씨가 와 계신다. 약주 한잔 하셨나 보다. 밤인데도 모자를 쓰고 계신다.

언제나 모자를 쓰고 있는 시골 사람들을 보면 저 모자는 도대체 언제 벗는지 궁금하다. 심지어 어떤 사람은 잘 때도 모자를 쓰고 잔다. 희한하지. 정자나무 아래나 가게 앞 평상에서 대낮부터 쓰러져 자는 사람들은 거의 다 모자를 쓰고 잔다.

그런데 아저씨야 모자를 썼건 말았건 아까부터 할아버지는 푸슬푸슬 웃고 할머니도 생글생글 웃는다. 전화는 잠시 후에 새로 온다는데 무슨 일일까.

할아버지가 메모를 건네주길래 받았다. 아저씨가 먼저 온 전화를 받고 메모를 하셨단다. (할아버지는 귀가 안 들리는지라 일부러 한글을 깨치셨다. 서로 정확한 내용 전달을 위해서는 필담이 요긴하다. 상대방이 얘기하는 짧은 말은 입 모양을 보고 아신다. 발음은 좀 이상하지만 웬만한 말씀은 하신다. 할머니는 훨씬 발음이 안 좋은 데다 말씀은 많은 편이다. 그래서 할머니와 얘기할 때 어떨 때는 거의 알아들을 수가 없어 대충 끄덕이며 웃기만 한다. 한글도 모르시니 대책이 없다.) 그런데 메모를 받고 보니 아무리 쳐다봐도 무슨 글씨인지 알 수가 없다. 거꾸론가 싶어 뒤집어보기도 하고 세로로 쓰셨나 싶어 세워도 봤다. 아무리 봐도 모르겠다. 이게 뭐 이래. 글자 같은데 이상하다. 초서도 아니고 영어도 아니다. 장난을 치셨나? 내가 메모지를 이리저리 돌려보며 고개를 갸웃거리고 있으니 할아버지가 낄낄거린다. 할머니도 웃고. 어! 뭔가 이상하다. 나는 메모지와 할아버지와 아저씨를 번갈아 쳐다보았다. 그랬더니 할아버지가 아저씨를 쳐다보며 더 크게 웃으신다.

"거봐, 모르잖아."

"아, 글씨 그만하면 됐지 뭐."

아저씨는 짐짓 술이 오른다는 표정으로 모자를 푹 눌러 쓴다.

그제야 퍼뜩 감이 왔다. 아항, 아저씨가 한글을 모르시나 보다. 할아버지도 나하고 똑같이 당하셨나 보다. 어쩐지 이상하더라니. 글씨는(그림이라고 해야 옳겠지만) 군데군데 각이 져 있으면서도 전체적으로는 영문 필기체 비슷한 느낌으로 구불구불 잘도 흘려 썼다. 더욱이 그럴듯한 것은 대체로 문장의 마지막쯤, 그러니까 '~다' 자(字)가 들어갈

자리쯤에 자신 있게 내리그은 세로 선이 있고 거기다 가로 점을 호기롭게 툭 찍어놔서 그게 꼭 '다' 자처럼 보인다는 사실이었다. 그리고 보니 우리가 쓰는 문장에 '다'로 끝나는 문장이 그렇게나 많았던가 하는 생각이 들었다.

요즈음 같은 시대에도 아저씨 연배의 시골 농부라면 간혹 한글을 모르는 분이 있겠지만, 무엇보다도 글을 모르는 사람이 글을 써야만 하는 상황으로 내몰린 자체가 우습기 짝이 없다. 보나마나 아저씨는 지나가다 얼떨결에 붙들려 온 게 틀림없다. 자초지종을 들어보곤 술도 한잔 걸쳤겠다. 에라 모르겠다고 볼펜을 잡았겠지.

그런데 그 문제의 메모는 비록 내용은 없었지만 형태는 정말 그럴듯하였다. 우리 같은 추상화가들이야말로 내용 없는 형태의 달인들이 아닌가(내용이 없지 않은데도 내용이 없어 보이는 건 사실이다). 전문가적 입장에서 보더라도 모양이나 굴곡이 아주 익을 대로 익어서 힘과 멋이 넘쳐 흘렀다. 워낙 힘차고 능숙한 필세라 글씨가 아니라고 생각하기 힘들 정도였으니 말이다. 오랜 시간 연습을 해온 게 아닐까 혹시. 아무도 없을 때 혼자 방바닥에 엎드려 몽당연필에 침을 묻혀가며 문장 일반의 형태적 특성을 오랫동안 궁리해왔을지도 모르는 일 아닌가. 누가 들어오면 싹 감추어가면서 말이다.

아마도 여태까지 할아버지는 "자네, 한글 모르지"라고 다그치면서도 혹시나 하는 마음에 자신이 없었던 것이고, 아저씨는 "왜 남의 글씨를 몰라보느냐"고 일단 우겨보긴 했지만 속으론 '제길 들켰나' 불안했을 것이다. 그러다가 내가 나타났으니 할아버진 의기

ⓒ 오병욱

옆집 할아버지는 올해 연세가 일흔여섯이고 할머니는 예순일곱이시다.
사진을 찍자고 하니 두 분 다 얼른 모자를 벗고
수돗가에 매달린 작은 거울을 보며 빗질을 하셨다.

양양 거 보란 듯이 싱글싱글 웃고, 아저씨는 모자를 있는 힘껏 눌러 쓰고 장판 모서리만 쥐어 뜯을 밖에.

할아버지와 할머니와 나는 그런 아저씨를 곁눈질하며 한참을 낄낄거리고 웃었다. 아저씨는 "글씨 그만하면 됐지 뭐"라며 여전히 구시렁거리고 있고.

이윽고 전화가 다시 걸려와서 메모를 하였으나 그 내용은 기억도 안 난다.

2

✳

벌써 십여 년 전의 일이다. 어린 아들 영준이를 데리고 옆집에 갔더니 난데없이 하얀 백로 한 마리가 묶여 있었다. 날지도 못하고 논에서 퍼덕거리는 걸 할아버지께서 잡으셨단다. 모내기한 지 얼마 안 되는 논이라 어린 모가 많이 쓰러질까봐 하는 수 없이 잡았단다. 어디서 총을 맞았는지 백로의 한쪽 날개에 피가 묻어 있었다. 키가 한 60~70cm 될까. 가늘고 긴 목이며 늘씬한 다리를 이렇게 가까이에서 보게 되다니. 이리 희고 우아한 짐승한테 누가 총질을 했을까. 상처를 보려고 다가가니 날개를 펼치며 부리로 쪼는 시늉을 한다. 발목은 묶였지 날개는 다쳤지 사람들은 왔다갔다하지, 그래, 신경이 날카로울 만도 하겠다. 자그마한 머리를 살살 쓰다듬어 보고 가느다란 목도 한번 쓸어내려 봤으면 했는데. 백로가 다 나으면 만져보자며 섭섭해하는 아이를 달랬다.

갑자기 할아버지께서 우리보고 데려가 키우란다. 순간 머릿속이 복잡해졌다. 다친 날개는 어떡하지? 무슨 약을 발라야 하나? 붕대를 감아야 할까? 뭘 먹나? 미꾸라지? 자연산? 얼마나 먹을까? 집은? 잠깐 생각해봐도 도저히 골치 아파 안 되겠다. 우리는 못 키우겠다고 머리를 흔들며 집으로 돌아갔다.

다음날 아침, 아이가 백로가 잘 있는지 궁금하단다. 사실 나도 궁금하던 참이었다. 아침을 먹자마자 아이랑 옆집으로 달려갔다. 그런데 웬걸, 백로는 안 보이고 끈만 나동그라져 있었다. 어찌된 거냐고 끈을 손가락질하며 물었더니 잡아먹었단다. 맛이 달더란다. 기가 막혔다. 거름더미 위에 흰 털이 소복한 걸 보니 정말로 잡아먹은 게 틀림없었다. 어이가 없었다. 어제 무조건 집으로 끌고 갈 걸 그랬나 보다. 그랬더라면 죽진 않았을 텐데. 그래도 그렇지, 그새를 못 참아 잡아먹다니. 더군다나 백로탕을 해드셨다고?

아이가 "잡아먹었대?" 하고 묻기에 고개를 끄떡였더니 아이는 울음을 터뜨렸다. 아이의 눈물을 보니 나도 가슴이 미어졌다. 삶이란 거름더미 위에서 바람에 일렁이고 있는 저 하얀 깃털조각 같은 것인가? 언제든 날아갈 준비가 되어 있는 가볍디가벼운 깃털조각 같은 것인가?

호미를 걸어놓는 흙벽 귀퉁이에 하얀 백로 날개깃이 한 뭉치 걸려 있었다. 그걸로 뭐 하실 거냐고 물었더니 모판에 볍씨를 고르게 펼칠 때 쓰려고 뽑아두셨단다.

나는 얼른 집에 있던 큰 평붓 하나를 가져와 깃털과 바꿨다. 할아버진 큰 붓을 맘에 들어하셨다. 나도 깃털이 마음에 들었다. 길이가 40cm나 되는 하얗고 빳빳한 날개깃이라 얼른 보기에도 그럴싸한 게 아무리 봐도 성공적인 물물교환이었다. 깃털마다 모양이 조금씩 달랐다. 날개 속에서의 위치에 따라 역할이 조금씩 달라서일까. 하나씩 떨어뜨려 보니 제각기 뱅글뱅글 도는 모양이 다르고 떨어지는 속도도 달랐다. 그것만으로도 우리한테는 충분히 재미난 장난감이었다. 일단 붓통에 꽂아놓고 무얼 만들지는 천천히 생각해보자고 아끼다가, 1998년 수해 때 작업실과 같이 몽땅 쓸려가고 말았다.

3

＊

개 두 마리가 짖고 난리를 쳐서 나가보니 낯선 강아지 한 마리가 뒤꼍으로 도망친다. 웬 강아지? 곧이어 옆집 할아버지가 그물을 들고 나타났다. 할아버지는 기진맥진 벌써 혀를 빼 물었다. 강아지를 잡으시려나 보다. 돕지 않을 수 없다. 나도 광을 열고 족대를 꺼냈다. 그물에 족대에 무슨 괴물 잉어라도 잡으러 나선 형국이다.

양쪽에서 몰아도 강아지 한 마리 잡기가 쉽지 않았다. 강아지는 생각보다 빨라서 잠깐 동안에 나도 숨이 찬다. 할아버지는 무거운 초망을 들고 강아지를 따라 다니느라 더욱 지쳤고 어쩌다 초망을 던져도 강아지는 이미 그 자리에 없다. 번번이 맨 땅에 먼지만 풀썩거리고 강아지는 제 바람에 깨갱거리며 엄살이다. 할아버지는 초망을 모아 쥐다 말고 허리를 펴며 한숨을 몰아쉰다. 나도 헐떡이다 눈이 마주쳐 한참을 둘이 마주보고 웃었다. 나중에 강아지가 제 발로 변소로 들어가는 바람에 겨우 붙잡아서 목줄을 묶었다. 웬 강아지냐고 물었더니 장날에 새로 사온 강아지란다.

옆집 개들은 주로 식용으로 키우는지라 여름철 넘기기가 힘들다. 그런 개들은 잘 먹고 잘 자라주면 그걸로 끝이다. 그런데 지난번 개는 먹성이 좋은 데 비해 참을성이 너무 없는 데다 목청까지 어마어마해서 집에서 오래 키울 수가 없었다.

할아버지 말씀이, 제 밥 다 먹고 제 물 다 먹고 제 똥까지 모조리 다 주워 먹고는 배고프다고 먹을 것 더 달라고 하루 온종일을 컹컹 짖어대니 사료도 사료지만 동네 사람들이 시끄러워 잠을 못 잔다며 이집 저집에서 말이 많더라는 것이다. 할머니 할아버지야 두 분 다 귀가 안 들리니 잘 모르시겠지만, 그놈 먹성이 엄청나다 보니 덩치는 일찌감치 송아지만해진 데다 목청이 유별나서 짖는 소리가 얼마나 큰지 우리 집 전체가 쩌렁쩌렁 울릴 정도였다. 오죽하면 내가 자다 말고 뛰쳐나가 돌을 다 던졌을까. 사방에서 민원이 쇄도하니 별수 없이 옆집 개는 일찌감치 솥뚜껑 밑의 이슬로 사라지고 새로 산 강아지가 그 자리를 대신하게 된 것이다. 제 딴엔 좀 더 먹어보자고 그저 조금 더 살아보자고 짖었을 뿐인데 결과적으로는 명을 재촉한 꼴이 되고 말았으니 개의 입장에선 기가 막힐 노릇이겠다.

그리고 몇 달이 지났을 즈음, 할아버지 말씀이 우리 개가 새끼를 낳으면 한 마리 달라신다. 강아지가 잘 자라고 있는데 왜 그러시냐고 물었더니, 이번 개는 또 너무 안 짖는다는 것이다. 낯선 사람이 와도 통 짖지를 않으니 뭐 저런 개가 다 있느냐며 이해가 안 된다는 것이다.

저 개는 또 왜 안 짖을까? 그러고 보니 통 개 짖는 소리를 못 들은 같기는 하다. 혹시 저번 개가 너무 짖다가 일찍 돌아가셨다는 걸 알아차리고 자신은 무슨 일이 있어도 입을 다물어 명을 보존하기로 한 게 아닐까?

결국 개들도 적당히 짖어야만 목숨을 보존할 수 있는데 그 '적당'의 기준은 전적으로 사람한테 있으니, 눈치가 빠른 개만이 살아남을 수 있나 보다. 그것은 사람도 마찬가지가 아닌가. 너무 짖어도 탈이고 너무 안 짖어도 탈이다.

어둠속에 벨이 울릴 때

✳

밤 열두시 쯤 전화벨이 울렸다.

"여보세요."

"내다." (서늘한 경상도 여자 목소리)

"누구?"

"내다 내. 내 목소리 모르겠나?" (여자가 술을 먹었다.)

"누군데?"

"내다. 전처(前妻) 목소리도 벌써 이자뿟나(잊어버렸나)?"

"전처?"

"그래, 전처."

이 무신 홍두깨 소리? (나는 이혼 경력이 없다.) 나도 모르게 곁에 있던 아내를 돌아보았다. '그럼 현처(現妻)?' 오싹하다.

"죄송하지만 몇 번에 거셨습니까?"

"거기 오병욱 씨 댁 아닙니까?"

"제가 오병욱인데요?"

"집이 대구 신천동에 살았지예?"

'네, 맞습니다'라고 말하려는 찰나, 머릿속에 뽀얀 안개가 확 퍼졌다. 진짜로 우리 집은 대구 신천동에서 20년 가까이 살았던 것이다. 그렇다면? 내가 어느 영화에서처럼, 교통

사고로 기억상실증이라도 걸렸단 말인가? 깡그리 잊어먹고 새로 결혼했다고? 그랬을지도 모른다. 뭔가 이상하더라니. 어떡하지? 어떡해? 머릿속에서 차르르르르 필름 거꾸로 돌아가는 소리가 다급하게 들렸다. 10년 전? 20년 전? 뿌얀 안개 지편에서, 어느 구불구불한 골목 끝에서, 또 다른 아내가 나를 기다리며 살았다고? 아이는? 아이도 있었나? 어디에서부터 잘못 되었을까? 무슨 일이 있었던 걸까? 지난 세월이 이렇게 안개처럼 몽롱하다니. 마음이 급해 더욱이 앞이 안 보인다. 여기저기 뿌얗게 흐려진 구석이 많다. 그러나 아무리 생각하고 또 생각해봐도 나는 기억이 말짱하다. 사고는 없었다. 기억상실증은 말도 안 된다. 그럼 저 여자는 뭐야? 전처라는데? '여보세요? 여보세요?' 여자가 나를 찾고 있다. 그러고 보니 내가 수화기를 들고 잠깐 얼이 빠져 있었다. 무서운 검산이 끝나고 내가 잘못한 게 없다는 확신이 들자 마음이 놓이는 동시에 울화가 치밀었다. 그 때 아내가 벌떡 일어나 수화기를 뺏었다.

"여보세요? 저는 오병욱 씨 부인입니다. …네, 오병욱 씨 댁이 맞습니다."

"…네. 대구 신천동에 오래 살았습니다."

"…혹시 시아버님 성함이 어떻게 되시죠? …아닌데요. …네, 아닙니다. 사람을 잘못 아셨나 봅니다. …네. 네."

아내가 수화기를 내려놓고 나를 빤히 쳐다본다. 무서워라. 혹시 숨겨놓은 여자가 있으면 솔직하게 말하란다. 기가 막힌다. 밤 열 두 시에 이 무슨 도깨비장난인가 말이다.

슬픈 꿈

1

좁은 길에서 누가 쓰러져 울고 있다. 혼자서 몸부림치며 울고 있다. 시인이란다. 나는 지나가야 하는데 어떡하지. 시인을 타넘고 갈 수는 없다는 생각이 들었다. 시인을 밟고 지나갈 수도 없다. 어떡하지, 어떡하지. 그 자리에서 시인을 내려다보았다. 그의 눈물이 볼을 타고 길바닥으로 흘렀다. 눈물 젖은 흙이 다시 그의 볼에 머리칼에 묻었다. 그의 슬픔이 전해져 온다. 무슨 일일까. 그의 빛나던 언어는 어디로 갔을까. 이렇게 온몸으로 길바닥에다 시를 쓰고 있으니. 뒤에서 누군가가 앞으로 가라고 떠밀었다. 나는 시인을 타넘어 갈 수 없다며 버텼다. 사람들이 자꾸 떠밀었다. 앞으로 쓰러질 판이다. 안 돼, 안 돼. 나는 버티다 말고 갑자기 울음을 터뜨렸다.

2

✽

어지러운 산속을 헤매고 있었다. 앞뒤가 구분이 안 가고 모든 게 서로 엉기고 끈적거리며 달라붙었다. 나는 조금씩 지쳐가고 있었다. 나는 어쩌다 여기까지 오게 되었을까. 길이든 뭐든 더 이상 찾을 수 없을 것 같았다. 그 자리에 주저앉고 싶었다. 그러던 어느 순간 시커먼 산들이 옆으로 비켜나면서 눈앞이 확 터졌다. 검은 계곡 사이로 멀리 하얀 눈에 덮인 산이 또렷이 나타났다. 아아, 맑고 높은 저 산. 걷잡을 수 없이 눈물이 쏟아지기 시작했다.

ⓒ 오병욱

3

＊

꿈속에 해변도로 아스팔트 위에 하얀 돌멩이로 그림을 그리고 있었다. 차도 사람도 없이 이상하고 고요한 길이었다. 해가 높이 떠오르면서 조금씩 더워지기 시작했지만 혼자서 신나게 그림을 그렸다. 어디선가 사람들이 몰려나와 나와 내 그림을 둘러싸고 박수를 쳤다. 나는 기분이 으쓱하였다. 손등으로 이마의 땀을 훔치다가 길 위로 높이 솟은 해안절벽이 눈에 들어왔다. 넓고 높은 바위벽이 햇살에 번쩍번쩍 빛나고 있었다. 와, 멋진 벽이다. 저기다 그림을 그리면 좋겠다. 나는 그 바위벽에 붙어 서서 열심히 그림을 그렸다. 사람들은 금방 어디론가 사라져버렸다. 얼마나 지났을까. 내가 그린 그림을 보기 위해 뒤로 물러났다. 그림을 보는 순간 맥이 탁 풀렸다. 내가 그린 그림은 고작 내 키보다 조금 긴 하얀 줄 몇 개가 전부였다. 그 위로 거대한 바위벽이 햇빛에 번쩍번쩍 빛나고 있었다. 바위벽은 너무 높고 나는 너무 작았다. 나는 그 바위벽에 기대어 울었다.

4

＊

나는 어느 해안 방파제 위에 있었다. 바다색이 이상할 정도로 짙었다. 잔뜩 흐린 탓일까. 철조망이 쳐진 바닷가 모래밭은 창백하고 고요하다. 그런데 모래밭에 누가 있다. 사람이다. 금지된 해변인데 누굴까. 그 사람이 달리기 시작했다. 저 사람은…… 도망치고 있다! 모래밭이라 잘 뛰지도 못하고 발이 자꾸 빠진다. 모래가 마구 날린다. 자꾸 뒤돌아보며 불안한 표정이다. 왜 저럴까. 뒤에 뭐가 있기에.

밀짚모자를 쓴 사람이 뒤에 있다. 금지된 해변을 지키는 파수꾼이다! 밀짚모자 비슷한 누런 모자를 깊게 눌러쓴 까닭에 파수꾼의 눈이 보이지 않는다. 여윈 턱에 거뭇한 수염자리. 옷소매가 넓은 허연 옷을 입었다. 그 사람 손에 굵은 밧줄을 쥐고 있다. 밧줄을 뭔가가 자꾸 당기고 있다. 줄 끝에는…… 검은 표범이다!

잔뜩 숙인 고개. 차가운 눈매. 앞발로 모래를 마구 긁어댄다. 울퉁불퉁한 앞다리 근육이 터질 듯이 번들거린다. 순간 모자를 눌러 쓴 사람 입가에 엷은 미소가 지나갔다. 저 사람, 곧 밧줄을 놓겠다. 정말로 밧줄을 놓았다. 잔인한 사람 같으니……. 도망치는 사람의 표정이 겹친다. 휘날리는 머리칼 사이로 격정과 공포와 체념이 범벅이 된 한 인간의 얼굴이 보인다. 모래를 날리며 튀어나가는 검은 표범. 굵직한 꼬리가 허공에 춤을 추는 듯. 차마 볼 수가 없어 눈을 돌렸다. 방파제 위에 비행기 격납고같이 생긴 어마어마하게 큰 창고가 있었다. 창고는 문이 없었고 그저 시커먼 어둠속으로 뻥 뚫려 있었다. 아까의 그 도망자는 오래전에 자살한 내 친구가 아니었을까. 그 친구는 아무래도 그 넓고 어두운 창고 안으로 사라진 것 같았다. 나는 창고 입구에서 친구를 불렀다. 아무리 불러도 대답이 없었다. 아무리 불러도……. 나는 친구 이름을 부르며 울기 시작했다.

자연의 빛깔,
자연의 향기에
빠져 들다

3

살구꽃이 아직 채 피지도 않았는데 벌들은 벌써 급하다.

살구꽃이 아직 채 피지도 않았는데 벌들은 벌써 급하다. 마구 날개를 휘저어 바쁘게 날아다니면서 빨리 꽃이 열리라고 주문을 외고 마술을 건다. 그래서인지 벌들이 날기 시작하면 살구꽃은 금방 핀다. 꽃잎이 열리면서 향기는 연한 바람을 타고 멀리멀리 날아간다. 향기는 다시 벌을 부르고 벌들은 채 피지도 않은 꽃잎을 마저 열어젖힌다. 그윽하고 푸른 봄밤일수록 맑은 향기는 더욱더 멀리 퍼져나간다. 햇살이 좋은 봄날 아침에는 꽃이 만발한 나무 아래에 서 있어 볼 만하다. 은은한 향기가 천지에 가득하고 벌들이 붕붕거리는 소리가 귓가에 쟁쟁하다. 이 소리야말로 고향의 봄, 달콤한 낙원, 꿈속 같은 전원생활의 표상이 아닐까? 까짓 벌들의 날갯짓 몇 번에도 하나 둘씩 나풀거리며 떨어지는 가녀린 꽃잎이 있다. 떨어질 핑계를 찾고 있었나 보다. 봄바람이 불거나 봄비가 오기를 기다리고 있었는데……. 어쩌다 바람이 불어 하얀 꽃잎이 눈보라처럼 휘날리면 나는 그만 절망적인 심정이 되고 만다. 세상 전체가 한 바탕 꿈처럼 '쟁' 하니 깨어져버릴 것만 같다. 그렇지 않아도 성긴 꽃그늘로 발밑이 얼룩덜룩하더니 이제는 떨어진 꽃잎으로 땅바닥이 환하다. 발밑을 보면 아, 어지러워라. 봄바람에 춤추는 꽃잎 그림자. 어디를 밟고 어떻게 지나가야 할지 땅 디디기도 송구하다. 여기까진 어떻게 왔나 뒤돌아보면 지나온 발자국이 새로 꽃잎에 묻히고 있다. 벚꽃 아래 우산을 쓰고 걸어보지도 못하고 올해도 봄날은 그냥 가는가.

별을 찾아서

*

1996년 어느 봄날 저녁 일기예보에서 이상한 소리가 흘러나왔다.

일본의 아마추어 천문학자가 발견한 하쿠다케라는 혜성이 현재 태양계 부근을 지나고 있으며 우리나라를 비롯한 북반구 전역에서 육안으로 관찰이 가능하다는 것이다. 혜성? 일기예보에서 덧붙이기를 경상도 쪽은 구름 때문에 별 보기가 쉽지 않겠고 전라도 쪽은 비교적 관측이 용이하겠단다. 혜성! 순간 곁에 있던 아내와 대번에 의기투합, 그 길로 졸고 있는 아이를 차에 태우고 집을 나섰다. 준비성 있는 아내는 그새 커피를 끓여 담았고 차가 상주 시내를 빠져나가기도 전에 벌써 비스킷부터 바삭거리기 시작한다. 아이는 얇은 모포까지 덮고 있고.

과연 달은 구름 속에 뽀얗게 가리어 꼬박꼬박 조는 듯하다. 달이 저러니 별이 어찌 보일까. 대충 남서쪽을 겨냥하고 일단 김천 쪽으로 방향을 잡았다. 아내한테 계속 달을 살피라 일렀더니 웬걸, 달이 점점 흐려진다는 것이다. 그러나 일기예보 탓인지 고개 하나만 넘으면 구름이 싹 걷힐 것 같은 생각이 줄줄이 꼬리를 물어 이 고개 저 고개 넘다 보니 어느새 시간은 12시가 넘었고, 여기가 어디메뇨 물어보니 경남 거창이란다. 기가 막혀 미터계를 보니 백 킬로미터를 넘게 달린 데다 맥이 빠져 하늘을 보니 달은 숫제 보이지도 않고 안개까지 끼기 시작한다.

다행히 불 켜진 휴게소를 발견, 가락국수 하나 먹고 여차여차 사람들한테 길을 물어보

〈혜성〉 97×161cm, 1995
페르세우스 유성우가 있는 8월 중순엔 아이들을 데리고 강가 모래밭에서
릴낚시를 던질 만하다. 의자에 나란히 앉아 입질을 기다리며 별똥을 헤다보면
짧은 여름밤은 꿈결처럼 지나간다. 어쩌다 큰 별똥이 밤하늘을 환하게 가로지르면
'히야' 탄성소리와 함께 아이들은 저마다 소원을 비느라 바쁘다.

니 도무지 황당하다는 표정으로, 무주 쪽으로 올라가면 길은 좀 험하지만 고원지대라 별이 잘 보이지 않겠냐고 한다. 무주라…… 첩첩산중 꼬불꼬불 밑도 끝도 없는 오르막 내리막이 눈에 선하다. 한밤중에, 산길에, 초행에, 안개 속에, 내일 아침 학교 갈 아이를 데리고…… 마음이 약해진다. 인적 없는 휴게소 계단에 쭈그리고 앉아 잔뜩 흐린 밤하늘을 원망하며 담배를 한 대 피웠다. 푸른 연기에 한숨을 섞어 하늘로 길게 내뿜다가…… 포기, 차를 돌렸다. 마음에 드는 별 하나 보기가 이렇게 어렵구나. 별 찾아 밤길 간다는 낭만에 무작정 집을 나선 나나, 철없이 따라나선 아내나 그야말로 허허탈탈, 둘 다 실없긴 매일반이었다. 그래도 미련이 남아 돌아오는 길에 간간이 하늘을 살폈으나 여전히 깜깜, 김천 부근에 와서는 아예 포기해버렸다.

아내는 이미 잠든 지 오래고, 졸린 눈을 비벼가며 겨우 집에 도착하니 새벽 세 시경, 밤 길 수백 리가 꿈같이 허무하였다. 힘없이 마당에 내려 허리를 펴는데 아니 이게 웬일이야, 온 하늘에 별빛이 찬란하지 않은가. 온 마당에, 지붕에, 산에, 들에, 별빛이 무지무지 쏟아지고 있었던 것이다. 그렇게 찾아도 없더니 여기들 있었구나. 꽁꽁 숨어 있던 별들이 한꺼번에 나타난 것 같았다. 마치 쓸쓸한 생일 저녁에 혼자 빈 집에 돌아와 불을 켜니, 숨어 있던 가족이랑 친구들이 한꺼번에 '와' 나타나는 것처럼.

그 속에서 난 쉽게 혜성을 찾아냈다. 북쪽 하늘에 수십 개의 별이 뭉친 듯이 크고 부드러운 빛을 내는 낯선 별이 보였던 것이다. 아직 선명하진 않았지만 동쪽으로 희미하게 불빛을 뿜어내는 듯한 꼬리도 확인할 수 있었다. 바로 저것이로구나……. 내 평생에 저런 걸 다 보게 되다니……. 아아, 아아, 감탄사만 늘어놓고 있다가 문득 찬바람에 정신이 들었다. 부랴부랴 아내를 깨우고 초등학교 2학년이나 되는 아이를 안고 우린 한참 동안 별을 보고 또 보았다. 수많은 생각들이 밀물처럼 몰려왔다. 바로 여기에 있는 것을, 우리 집 마당에 있는 것을 찾아 그렇게 먼 길을 헤매다니, 가까이 있는 것을 멀리 찾아 헤맨 동서고금의 수많은 이야기가 은하수처럼 떠올랐다. 난 그날 밤 몰려드는 생각 속에 잠을 이루지 못했다. 그리곤 혜성이 사라질 때까지, 아니 혜성이 사라진 뒤에도 별이 빛나는 밤하늘을 바라보면서 생각을 떠올리고 지우곤 하는 버릇이 생겼다.

길에 대한 짧은 이야기

1

길에 뭔가 있다. 브레이크를 천천히 밟아 차를 세웠다. 전조등 불빛을 상향으로 올려보
니 비에 젖은 새끼 노루 한 마리가 길 복판에 서 있다. 차를 움직여 바싹 다가가도 눈만
껌뻑껌뻑할 뿐 꼼짝도 않는다. 울고 있나 보다. 아니, 빗물인가? 눈이 저렇게 크니 빗물
이 흘러들 만도 하겠다. 살짝 올라간 눈꼬리며 쫑긋한 두 귀가 이쁘기도 하여라. 어미는
어디 가고 새끼 혼자 비에 젖어 떨고 있을까. 한참을 그렇게 마주 보고 있다가 노루는
길옆 풀밭 아래 들판 쪽으로 더듬더듬 내려갔다. 그쪽엔 비를 피할 나무 한 그루 없는
데……. 걸을 때 보니 다리가 조금씩 휘청이는 듯해서 더욱 가슴이 아리다.

2

*

장대비 쏟아지는 한밤중에 할아버지는 우산을 들고, 잠이 덜 깬 나는 호롱불을 들고 큰
집에 제사를 지내러 가는 길이었다. 어두운 골목길은 이미 진창으로 변한 데다 호롱불
은 거의 있으나 마나여서 어디가 어딘지 전혀 알 수가 없었다. 그러다가 뭔가에 발목까
지 푸욱 빠졌다. 진흙이 아니다. 호롱불을 가까이 대어보니 비에 퉁퉁 불은 쇠똥이다.
비명을 지르며 급히 발을 뺐으나 발만 빠지고 고무신은 걸쭉한 쇠똥 속에 다시 잠겼다.
한 손으론 할아버지 옷자락을 부여잡고, 한 손엔 호롱불을 들고, 엄지발가락으로 쇠똥

이 가득 찬 고무신을 걸어 올릴 때의 그 묵직함이라니.

3

✲

낚시가방을 메고 저수지 부근 논둑길을 걷다가 삽을 메고 오는 노인과 마주쳤다. 비킬 데도 없고 뒤돌아 가야 하나 우물쭈물하는 사이에 노인이 텀벙 논으로 내려서 지나간 다. 고맙고 죄송하고 인사할 겨를도 없이 노인은 성큼성큼 멀어져 갔다. 그야말로 아무 일도 없던 것처럼, 한 번 뒤돌아보지도 않고, 젖은 발자국만 남기며 노인은 유유히 가던 길을 갔지만, 나는 묘한 감동에 젖어 아득히 멀어져 가는 노인을 한참 동안 바라보았다.

4

✲

사람들은 시골의 나지막한 돌담길을 따라서, 혹은 탱자나무 울타리 길이나 아카시아 꽃 이 활짝 핀 과수원 길을 걷고 싶어한다지만, 나는 가끔 갓 구운 빵 냄새에 커피 향에 온 갖 달착지근한 향내가 넘쳐나는 저녁 무렵의 압구정동이 그립다. 큰 창가에 앉아 봄비 속에 우산을 펴고 접는 멋쟁이들을 보면서 차를 마시고, 달콤한 노래를 듣고, 읽던 책 뒷장에 뭘 잔뜩 써보고 싶기도 하다. 사람들은 숲 속의 오솔길을 찾아 멀리멀리 떠나지

안개 속에서는 숲도 마을도 골목길도 고요하고 신비한 우수로 가득 찬다.
평범하고 진부한 일상이 은은히 흔들리는 뽀얀 베일 속으로 숨는다.
풀냄새로 사방이 향긋하고 촉촉하다.

만 우리 식구는 가끔 도시로 번화가로 소풍을 간다.

5
*

추석이 지나고 일주일 만에 할아버지 제사가 든다. 그때마다 한복에 두루마기를 입는데, 이상하게도 두루마기만 입으면 나는 늘 똑같은 상상을 한다.

온몸에 햇살을 받으며 나는 눈부신 들길을 간다. 연한 마파람에 두루마기가 펄럭이고, 가볍게 뒷짐을 지고, 싱긋싱긋 웃으며 누렇게 익은 벼이삭, 그 황금빛 파도 사이를 간다.

6
*

큰 수레에다 벽돌을 어마어마하게 싣고서, 하필이면 그 작은 조랑말로 끌게 하다니. 모래에 톱밥에 먼지에 긴 속눈썹까지 뽀얗게 덮인 그 가련한 짐승은, 비 갠 가을 아침부터 얼마나 힘들었으면, 온몸이 폭삭 젖어 배 밑으로 뚝뚝 떨어지던 그 땀, 허연 거품을 질질 흘리며, 뜨거운 콧김을 푹푹 내뿜으며, 머릴 숙여 깨진 발굽을 보고 있었을까. 언제부터 견디고 있었을까, 그 모진 매질을. 내가 곁에 가도 눈만 껌뻑껌뻑, 뽀얀 눈썹 때문에 보이지도 않던 눈동자. 어둠속으로 휭하니 뚫린 듯. 그 녀석은 날 쳐다보지도 않았다. 울고 있었겠지. 아주 작은 오르막길 밑에서, 갈 수도 안 갈 수도 없는 그 길을, 끝없는 매질을, 피 맺힌 살덩어리를, 버릴 수 없는 짐을, 달아날 수 없는 자신을, 마구마구 슬퍼하고 있었겠지.

7

✳

달 밝은 밤에 차도 사람도 없는 들길을 지날 때면, 가끔씩 전조등을 끄고 미등을 끄고 차를 천천히 몰아본다. 깊고 어두운 푸른색 달빛이 온 들판에 가득하다. 달빛에 은은하게 빛나는 구불구불한 들길을 따라가다 보면 바다 속으로 가라앉은 옛길을 가는 듯, 이 모든 것이 꿈이 아닐까 하는 생각이 절로 든다. 바람이 불면 푸른 물이 흐르는 듯하다.

8

✳

아침에 화장실에서 쓰러져 의식이 없는 할머니를 들것으로 구급차에 옮겨 싣고 나도 보호자석에 올랐다. 하필이면 상수도 공사를 한다고 도로가 엉망이라 구급차는 사이렌을 울리며 비포장 강둑길을 달렸다. 빨리 가야 되는 차가 빨리 갈 수 없는 길을 마구 달리는 통에 할머니 손이 침대에서 자꾸 떨어졌다. 혹시 할머니가 눈을 뜰까 난 할머니 눈만

© 안기천

172~173

상주 시내로 들어가는 '동시내 다리'다.
지금도 맑은 물속에 깨끗한 모래가 환하다.
여름엔 홀랑 벗은 새카만 꼬마들이 다리 밑에 오글거린다.

바라보았다.

그날 오후, 의식이 돌아오지 않는 할머니를 같은 구급차로, 같은 길로 집으로 모시고 왔다. 구급차는 사이렌도 울리지 않았고 빨리 달릴 필요도 없었다. 할머니 손은 제자리에 가만히 놓여 있었다. 꼼짝도 않고 제자리에 가만히 놓여 있었다. 겨울 들판이 창밖을 지나고 있었지만 나는 창밖을 보기 싫었다. 난 할머니 손만 내려다보았다.

9

*

30여 년 전만 해도 동네 앞 병성천에 다리가 없었다. 어쩌다 얼기설기 나무로 엮은 다리가 있을 때도 있었지만, 장마 한 번에 깨끗이 쓸려가곤 해서 다리가 없는 때가 훨씬 더 많았다. 그래서 장날마다 사람들은 짐을 내려놓고 바지를 둘둘 걷어 올리고 신발을 벗어 들고 냇물을 건너와야 했다. 물이 많을 때는 사벌 쪽으로 멀리 돌아가야 했고 추운 겨울에는 얼음이 떠다니는 차가운 물에 치를 떨어야 했다. 가끔은 한참 동안 물을 바라보며 서성거리다 그냥 돌아가는 사람도 있었고, 짐을 들고 기우뚱거리다 넘어져 동네 개구쟁이들의 웃음거리가 된 사람도 있었다. 누구는 소를 타고 어떤 꼬마는 목말을 타고 또 어느 계집아이는 등에 업힌 채 흐르는 물에 들국화를 뽑아 던지며 건너왔다.

10

＊

중학교 다닐 때까지만 해도 여름방학만 시작되면 대구의 무서운 더위를 피해 상주로 도망치곤 했다. 포장도 안 된 신작로를 버스로 두 시간 넘게 덜컹거리고 나면, 차멀미가 나서 노랗게 삭은 얼굴로 지금의 논실 어디쯤에 내렸었다. 뽀얀 먼지를 일으키며 버스가 사라지는 산모퉁이 너머로 하얀 뭉게구름이 몽실몽실 솟아오르면 여름방학이란 게 비로소 실감이 났다. 거기서 우리 마을까지 한 3km 정도는 걸어야 하는데, 엄마는 왠 수박을 그리 큰 걸 사 보내는지, 그 큰 수박에 나일론줄은 어찌 그리 가늘었던지, 7월 말 그림자 한 점 없는 땡볕 3km가 얼마나 무섭던지.

11

＊

어느 가련한 짐승이 차에 치였나 보다. 아스팔트 위에 붉은 살점이 여기저기 흩어져 있어 속도를 줄이던 중, 크고 시커먼 덩어리가 하나 있어서 결국 차를 세웠다. 그 검은 덩어리가 움직이는가 싶더니 갑자기 보자기처럼 확 펼쳐지며 하늘로 날아오른다. 독수리다! 부랴부랴 차를 길옆에 대고 뛰어내렸다. 독수리는 먹이에 미련이 남아 떠나지 못하고 빙빙 돌기만 한다. 한 손으로 눈부신 하늘을 가리고, 다른 손으로 아픈 목을 주물러

가며, 어지러우면 고개를 흔들어 정신을 다시 차려가며, 독수리를 실컷 쳐다보았다. 차 폭보다 더 큰 거대한 날개를 펴고 푸른 하늘, 푸른 산을 배경으로 유유히 바람을 타는 그 독수리가 한없이 부러웠다.

12

※

좁은 골목에서 소를 몰고 오는 동네 아저씨를 만났다. 뒤로 돌아가기에는 제법 멀었다. 무서운 생각도 들었지만 귀찮기도 하여 에라 모르겠다 돌담에 바싹 달라붙었다. 곧이어 씩씩 하는 콧김과 함께 암소의 불룩한 배가 내 등허리를 쓸며 지나갔다. 소의 배에 떠밀린 내 배가 돌담에 부딪혔다.

야릇한 흥분에 나도 모르게 입이 헤벌어졌다. 소는 금방 지나갔고 방울소리는 골목을 돌아서며 금세 희미해졌다. 나는 다시 천천히 발걸음을 옮기면서 뭔가 묻었을지도 모르는 등을 툭툭 털고 배도 털어냈다. 그러다 우뚝 서서 소가 사라진 쪽을 다시 한 번 돌아보았다. 돌담 사이로 좁게 휘어진 오르막길에는 저녁 햇살이 누렇고 어디선가 푸른 연기가 조금씩 흘러들고 있었다. '이 좁은 길에서 내가 암소를 비켰단 말이지.' 스스로 대견하다는 생각이 들었다. 그래서 집까지 마구 뛰어갔다.

13

＊

앞차가 선다. 왜? 한가로운 국도변에 뭐가 있다고? 앞차를 자세히 보니 앞쪽을 손가락질하며 뭐라고 옆 사람과 지껄이는 듯하다. 영문을 몰라 이리저리 목을 빼 보았으나 앞차에 가려 보이는 게 없다. 마침 맞은편에 차가 없어 앞차가 중앙선을 넘는다. 그러고보니 길 복판에 까만 염소가 한 마리 서 있다. 염소가 왜 여기 있지? 늘어진 끈을 따라가니 가로수에다 묶어놨다. 크지도 않은 염소는 노란 눈을 반짝이며 새김질 하느라 나름대로 바쁘다. 아니 끈을 이렇게 길게 해놓으면 어떡해. 기가 막혀 웃었다. 이 근방 어딘가에 술 취한 노인이 있을 것 같아 두리번거리다 백미러를 보니 뒤차에서도 이리저리목을 빼어 앞쪽을 기웃거린다. 나랑 똑같네. 아쉽지만 비켜줘야 한다. 에라, 나도 중앙선을 넘을 수밖에. 저러다가 끈만 남는 거 아냐? 혹시 염소를 묶어놓고 경찰이 잠복 중?
「오늘의 주요 단속대상 : 중앙선 침범」

작은 연못

1

집 뒤에 있는 텃밭 안쪽에 한 서너 평 남짓한 작은 연못이 하나 있다. 바로 뒷산 쪽으로 이어지는 축대 아래라 맑은 물이 꽤나 스미는 걸 보고 내 할아버지께서 젊었을 때 일꾼들을 동원해 연못을 만드셨다고 한다. 뒷산 계곡으로 연결된 작은 도랑물을 끌어들이기 위해 파이프도 묻었다는데, 어디쯤인지 짐작은 가지만 땅속이라 확인이 안 된다. 몇 년 전 가뭄이 심한 해에 연못 위쪽에서 맑은 물이 송송 솟아나는 걸 본 적은 있지만 수량은 그리 많지 않았다.

옛날부터 이 고기 저 고기 잡아넣고 붕어들이 흙탕물을 일으키며 몸을 숨기는 걸 지켜보았다. 아들아이가 다섯 살 무렵에 아주 짧은 낚싯대로 처음으로 물고기를 잡은 곳이 바로 여기다. 그날 상당히 시끄러웠던 걸로 기억한다. 몇 년 전에는 한 선배가 강에서 허탕을 치고 와선 씩씩거리며 여기 세 평짜리 연못에다 릴낚시를 던진 적이 있다. 장마철에는 물이 작은 도랑으로 흘러 넘치게끔 만들어두었더니 물이 넘칠 때마다 붕어들이 도망치는 바람에 작은 철망을 세워놓았다. 어릴 때 동네 어른들이 한 뼘이나 되는 두꺼운 얼음을 깨어내고 손바닥보다 큰 허연 붕어들을 잡아내는 것을 본 적이 있다.

연못 뒤로는 나지막한 축대가 있고 두릅나무가 제법 우거져 초봄에는 돌담 위에 올라가 두릅 순을 따곤 한다. 딸 때는 가시 많은 두릅나무처럼 무서운 나무가 없지만(본의 아니게 몇 번 껴안은 적이 있다) 먹을 때는 두릅 순처럼 향기롭게 아삭거리는 것도 드물

다. 연을 심고 싶었으나 번번이 시기를 놓치고 방법을 몰라 아직도 성공을 못 했다. 시장에서 파는 식용 연뿌리를 사다가 진흙에 그냥 푹 꽂아놓고는 무작정 기다렸다. 연뿌리는 마디에서 나온다는 것도 모르고 시장에서는 진부 마디를 잘라 판다는 것도 몰랐으니……. 껍질 벗긴 걸 심지 않은 것만 해도 다행이다. 수질 정화에 도움이 된다기에 올해도 부레옥잠을 사다 넣었다. 늦가을에는 연못 속으로 홍시가 떨어지고 알록달록 감나무 낙엽이 가라앉아 어두운 물속이 환해진다. 천천히 헤엄치는 검은 붕어가 더욱 볼 만해진다.

응달진 곳이라 겨우내 두꺼운 얼음이 녹지 않는 까닭에 어릴 때는 할아버지가 만들어주신 썰매를 타기도 하고, 새로 산 스케이트를 신고 연습을 해보기도 했다. 그때는 낙동강과 금호강이 꽁꽁 얼어붙어 스케이트를 타고 상주에서 대구까지 가보는 게 꿈이었다. 동화 속에 나오는 북유럽의 얼어붙은 운하가 그렇게 부러울 수가 없었다.

연못 오른쪽에는 큰 바위가 하나 있고 그 옆으로 두어 평쯤 되는 미나리 꽝이 붙어 있다. 오랫동안 흘러든 진흙으로 수심이 얕아진 연못을 파내다가 진흙 속에서 짤막한 썰매용 창 한 개가 나왔다. 얼마나 반갑던지. 아마 내가 쓰던 거겠지. 할아버지가 만드신 거겠고. 나는 한참 동안 그야말로 감개무량했다. 40년 전에 여기서 썰매를 타다 말고 얼음 속에 갇힌 미꾸라지를 파내던 개구쟁이 소년이 생각났던 것이다. 그리고 씽긋씽긋 웃어가며 함께 썰매를 만들던 장난꾸러기 노인이 떠올라 갑자기 코끝이 찡해졌다.

ⓒ 오병욱

2

*

누군가 연못에 황소개구리를 잡아 넣있나 보다. 우는 소리가 황소 우는 소리보다 낮고 장중해 들을 때마다 탄성이 절로 나온다. 연못에 가까이 가기만 하면 번번이 풍덩 하고 큰 돌 던지는 소리는 나는데도 눈에 보이는 건 없다. 늘 그놈의 장중한 울음소리와 우람한 풍덩 소리만 있을 뿐이었다.

그러던 어느 날인가, 풍덩 소리가 난 이후에도 연못 앞에 우두커니 서서 무슨 생각에 잠겨 있는데 갑자기 물속에서 하얀 거품이 일면서 놈이 모습을 드러냈다. 꼼짝 않고 서 있었더니 내가 떠난 줄 알았나 보다. 멍청한 개구리 같으니라고. 덩치는 실로 대단했다. 머리에서 발끝까지 30cm가 넘어 보였다. 연못물이 차가워서였을까. 뭍으로 슬금슬금 기어 올라와 따끈히 데워진 호박돌에 그 징그러운 몸뚱이를 척 갖다댄다. 돌에서 치익 소리가 나며 김이 오르는 듯하다. 멀쩡하게 생겼는데 어쩌다 생태계를 망치는 천덕꾸러기가 되었을까. 양서류, 파충류, 어류 가리지 않고 입에 들어가는 것은 뭐든지 닥치는 대로 먹어치우는 엄청난 식성에 번식력 또한 대단해서 황소개구리는 잠깐 만에 우리나라 생태계의 못 말리는 문제아가 되었다.

그래? 어디 점프 솜씨 한번 볼까. 일부러 발을 살짝 움직여 봤다. 아니나 다를까, 훌쩍 뛰어 한 번에 풍덩 물속으로 사라지는데 한 번 도약에 적어도 2m는 족히 뛰었다. 과연 대단하다. 저 녀석들은 5m 이상 도약할 수 있다 하니 일단 뭍으로 상륙하면 도저히 잡을 길이 없겠다. 흙탕물이 가라앉으면서 물풀 속에 가만 웅크리고 있는 모습이 겨우 보였다. 제법이네. 저러니 눈에 보일 턱이 있나. 저러다가도 내가 움직이지 않으면 어느 순간 그 긴 뒷발을 한번 툭 차겠지. 워낙 다리 힘이 좋으니 단 한 번 발길질이면 저쪽 기슭까지 충분히 도달하고도 남음이 있다. 그러고는 물귀신처럼 하얀 물거품을 내면서, 물을 뚝뚝 흘리면서 무슨 개선장군처럼 늠름히 기슭으로 올라오겠지. 저걸 어떻게 잡는다?

처음엔 개구리가 다니는 길목 여기저기에 낚시 바늘을 매달아 늘어뜨려 놓았다. 어찌 되었나 보러 가면 풍덩 소리만 들리고 빈 낚싯줄만 바람을 타고 있었다. 다음번엔 흔들리는 바늘에 지렁이를 꿰어놓았다. 지렁이는 금방 바짝 말라서 미라가 되었고 풍덩 소리는 여전히 계속되었다. 그 다음번엔 지렁이 낀 바늘을 연못에 던져놓았다. 그래도 소식이 없었다.

그러던 어느 날 배영분교에서 작업실을 같이 쓰던 서범수 군한테서 황소개구리는 살아 있는 개구리를 미끼로 쓴다는 말을 들었다. 옳거니. 마침 대구에 사는 동생네가 왔다. 모처럼 마당에 아이들이 뛰어다닌다. 조카들과 같이 샘가에서 조그만 무당개구리를 잡아 미끼로 쓰기로 했다. 개구리 엉덩이 위쪽에 릴낚시 바늘을 꿰어 연못에 던져놓았다. 얼마나 지났을까. 동생이랑 바둑을 두고 있는데 조카들이 한꺼번에 몰려와 뭔가 잡혔다고 난리다. 가보자. 낚싯대가 휘청휘청 춤을 춘다. 걸리긴 걸렸나 보다. 동생이 호기롭게 낚싯대를 홱 잡아챈다. 무슨 대단한 고기 입질이라도 되는 것처럼. 옆에서 봐도 휨새가 예사롭지 않다. "우아, 손맛 좋은데." 낚시 좋아하는 동생은 싱글벙글 입을 못 다문다. 잠시 옥신각신하더니 이윽고 축 늘어진 황소개구리가 번쩍 들려 나왔다. 미끼를 얼마나 깊이 삼켰는지 무당개구리는 아예 보이지도 않는다. 공중에 대롱대롱 매달린 황소개구리 몸이 더욱 길어 보인다. 두 뼘 정도로, 40cm는 족히 돼 보였다. '우아' 아이들이 입을 못 다문다. 땅에 내리니 개구리는 다시 버둥거리기 시작한다. 바늘이 막 벗겨질 찰나에 개구리는 몽둥이로 한방 맞고 쭉 뻗었다. 개구리는 빈사상태로 퇴비더미에 파묻혔다. 미안하지만 할 수 없다.

막내조카가 자기 엄마한테 쪼르르 달려가 숨막히게 보고를 올렸다. "엄마, 엄마, 우리가 잡은 개구리가 갑자기 커졌어." 눈이 반짝반짝한다. 그런데 팔을 너무 크게 벌렸다. 녀석, 보나마나 조그만 무당개구리가 거대한 황소개구리로 '변신' 한 줄 알았겠지.

꽃을 사랑하는 방법

*

안 계시더군요. 제 화분을 경비실에 맡겨놓고 갑니다.

제가 다녀올 동안 보살펴주겠다는 말씀 듣고 얼마나 기분이 좋았는지. 작년까지만 해도 여행갈 때마다 가지고 다녔는데 일 년 사이에 너무 많이 자라서 말이죠. 저번 여행에서 조금 무리다 싶었는데도 그냥 가져갔다가 무지 고생 했답니다. 그래서 이번엔 아예 신세지기로 했습니다.

우선, 물주기부터 시작할까요. 아침저녁 하루에 두 번 물을 주면 좋겠지만 바쁘시다면 하루에 한 번이라도 괜찮습니다. 다만, 물을 줄 때는 뿌리가 흠뻑 젖도록 충분히 주셔야 합니다. 그리고 화분을 남쪽 베란다에 놓아주세요. 햇빛을 받아야 하니까요. 하루에 한 번쯤은 창문을 열고 환기도 시켜주셔야겠습니다. 이유는 아시지요. 걔네들도 숨을 쉰다는 거. 저는 늘 빗물을 받아두었다가 화분에 주곤 했습니다만, 염치가 없어서……

밤에는 어두워야 식물도 잠을 잔다고 들었습니다. 깜박 잊고 밤새 베란다 불을 켜놓은 적이 있었는데 그날 하루 종일 이파리가 창백한 게 졸린 듯 보였답니다. 워낙 예민한 녀석이라서요. 제가 그렇게 키웠다는 거 인정하겠습니다. 저는 아침에 가장 기분이 좋을 때를 골라 일부러 노래까지 불러가며 물을 준답니다. 그러면 기지개를 켜면서 기분 좋은 하품소리가 들리는 듯하여 정말로 기분이 점점 좋아집니다.

따스한 햇볕이 들고 신선한 바람이 들어오는 봄날 아침에는 노래하는 소리가 들릴 것 같아 귀 기울여 본 적도 있습니다. 봄비 속에 화분을 들고 나가 텅 빈 놀이터 벤치 위에

ⓒ 오병욱

올려두었더니 얼마나 좋아하는지 연한 비바람에 춤추듯이 몸을 떨더군요. 빗방울을 주렁주렁 달고 있는 그 모습 보셨나요. '어때, 나 예쁘지' 하며 보석 같은 방울방울을 흔들면서 방울 하나하나에다 나를 비추고 노란 벤치를 비추더군요. 그때, 꽃이 나를 보고 있다는 생각이 갑자기 들더라고요. 그날 하루 종일 꽃을 들여다보면서 젖은 벤치에 앉지도 못하고 봄비 속을 서성거렸답니다. 저녁 무렵에야 우산 든 팔이 아프고 몸이 으스스해 집으로 들어왔습니다. 그날부터 우리는 더욱이 뗄 수 없는 사이가 되었답니다.

작년까지만 해도 의자 위에 올려놓아야 눈높이가 맞았습니다마는 올해엔 그냥 바닥에 두는 게 보시기에 편할 듯합니다. 제가 없는 동안 꽃을 보면서 말을 한번 걸어보시든지요. 《핀드혼 농장 이야기》라는 책을 보면 꽃은, 그 꽃의 정령이 자기를 표현하는 방식이라고 합니다. 꽃의 정령과 대화할 수 있는 사람들이 기적의 농장을 일구어낸 이야기인데요. 꽃에게 말을 걸 때 참고하실 만하답니다. 기분이 좋은 날을 골라 고요히 꽃을 바라보면서 천천히 아주 부드럽게 인사부터 한번 시작해볼까요.

산불

밤 9시나 됐을까.

갑자기 사이렌이 울리며 마을 스피커에서 다급한 목소리가 터져나왔다.

"산불이 우리 마을로 내려오고 있으니 청년들은 빨리 진화장비를 가지고 마을회관 앞으로 모여주십시오. 다시 한번 말씀드리겠습니다. 산불이 우리 마을로……."

슬리퍼를 끌며 부리나케 마당으로 달려나가 뒷산을 보니 7부 능선쯤에 빨간 불길이 한 줄로 선명하다. 불이다! 정말로 불이 났구나. 오후에 산 너머에서 자욱한 연기 속에 헬리콥터들이 난리를 치더니 불이 덜 꺼졌나 보구나.

자, 드디어 출동이다. 피할 수 없는 일이고말고. 내 평소에 동네일에 무심했지만 이번만큼은 그럴 수 없다. 부랴부랴 모자를 찾아 쓰고, 등산화를 단단히 졸라 신고, 람보칼까지 꺼내 차고 마을회관으로 달려갔다. 물론 괭이 한 자루 들고 플래시 비춰들고.

그런데 집합장소엔 아무도 없다. 아니, 뭐가 이래? 벌써 다 올라갔나 보다. 사방을 둘러봐도 마을은 더 고요하고 산불은 더 선명할 뿐, 어떤 소리도 움직임도 없다. 올라간 게 분명하다. 빠르기도 하지. 따라잡으려면 서둘러야 한다. 목표지점은 그야말로 명약관화하다. 보름인지 달이 워낙 밝아 플래시를 껐다. 달빛 푸른 오솔길을 따라 인적 없는 산을 오르자니 문득 내가 귀신에 홀린 게 아닌가 하는 섬뜩한 느낌이 들었으나, 불길이 저렇게 보이는데 그럴 리가 없다고 마음을 다져먹었다.

불길 가까이에 도착했으나 웬걸, 사람 하나 없이 씻은 듯이 고요해 다시 가슴이 철렁 내려앉았다. 이게 뭐야. 어떻게 이런 일이? 그 사이렌 소리는 내 귀에만 들린 거 아냐 혹시? 머리칼이 삐죽삐죽 섰다. 아냐, 그럴 리가 없어. 아내도 같이 들었는데. 그렇다면…… 내가 너무 빨리 올라왔나 보다. 거의 뛰다시피 올라왔는걸. 어쨌거나 여기까지 올라와서 그냥 내려가긴 그렇고, 이왕 람보칼은 뽑았겠다, 마침 바람도 없어 불길이 고만고만하니 내친 김에 불구경이나 하고 가자는 생각이 들었다. 어차피 나 혼자 산불을 끌 수는 없으니까.

혼자 불 가까이 바짝 다가가기가 무서웠으나 불길은 생각보다 높지 않았다. 무릎 정도나 올까, 모닥불처럼 나지막하고 얌전했다. 더구나 올라붙는 불이 무섭지, 바람도 없는 경사를 거슬러 내려오는 불이라 순하기 그지없었다. 덕분에 산불이 어떻게 바람을 거슬러 아래쪽으로 번지는지 알 수 있었다. 불붙은 솔방울이나 불타는 나무토막이 데굴데굴 굴러 내려오는 바람에 아래쪽에 있는 마른 덤불에 새로 불이 옮겨 붙고 있었다. 불은 모든 불리한 조건들을 극복해가면서 살아남아 자신의 영역을 넓히고 성장하고 씨앗을 퍼뜨리며 번식하고 있었다.

평소에 불이 얼마나 이쁜지는 알고 있었지만, 한 줄로 가지런한 수만 개의 모닥불이 구불구불 온 산을 휘감는 첫 장면에 나는 그만 넋을 잃고 말았다. 수만 마리 불 뱀이 한꺼번에 기어가면 저럴까. 수천 마리 불새가 한꺼번에 날아오르면 저럴까. 나는 그날 밤 귀신에 홀린 게 아니라 불꽃에 홀린 게 틀림없었다. 불을 이뻐하고, 불을 만지고, 불을 냄

ⓒ 안기천

달이 뜨면 어두운 숲속에서 산길이 환하게 빛난다. 보이는 게 별로 없어선지
귀가 저절로 밝아지는 기분이 든다. 벌레 소리가 없는 겨울산에 바람마저 잘 때에는
깊은 연못에 빠진 것처럼 사방이 고요하고 푸르다.

새 맡으며, 불을 고마워하고, 불을 대견해하면서 불의 영혼, 불의 정신, 불의 고뇌, 불의 광기, 불의 신비, 불의 관능, 불의 감미로운 속삭임과 귀여운 한숨소리, 그 은밀한 유혹과 몸부림과 절망적인 탐닉 속에 나는 오랫동안 홀로 서 있었다. 부러진 오리나무 등걸에 기댄 채, 달빛 자욱한 산속에서.

불을 보고 있노라면 내 속에 숨어 있던 어떤 불꽃이 밖에 있는 저 불꽃과 만나 그렇게 뜨거운 폭풍이 가슴속에 몰아치는 걸까. 그 폭풍의 끝은 언제 그랬냐는 듯이 늘 그렇게 고요하고 평화로운 걸까. 내가 불을 아끼고 사랑하는 까닭에, 불은 그 순수한 정화의 힘으로 내 정신을 태우고, 내 영혼을 걸러서 다시금 투명하게 버려놓은 것일까. 고요히 타오르는 불을 한참 들여다보고 난 뒤부터, 오히려 마음이 편안해지고 정신이 맑아진 듯해서, 어두운 산속의 그 모든 일이 더욱더 선명하고 신기하였다.

얼마나 지났을까. 아래쪽이 시끌시끌하면서 불빛들이 올라오는 게 보였다. 그러면 그렇지, 내가 잘못 들은 게 아니었구나. 얼핏 안심이 되면서도 마음 한구석은 서운하였다. 나와 불, 우리 둘 사이의 비밀스런 만남은 끝이 나고 이제 헤어질 시간이 된 것이다. 다시는 이렇게 만나지는 못하리라. 난 마음속으로 불을 떠나보냈다.

불 앞에 내가 혼자 서 있는 걸 보고 마을 사람들이 많이 놀랐다.

불을 끄는 일은 단순하였다. 재빨리 폭 1m 이상으로 낙엽을 박박 긁어내고는, 굴러 내려오는 불붙은 솔방울이나 나무토막들을 밟아 부수는 일이 되풀이되었다. 가끔씩 포위

망을 뚫고 굴러 내려간 불씨가 우리 아래쪽 덤불에 옮겨 붙어 몇 번 놀라기도 했지만 별로 대수롭지 않았다. 불이 제 딴엔 우릴 협공한 셈이지만 바람이라는 결정적 지원이 없는 한, 산불도 그저 귀엽고 조그만 고양이 새끼에 지나지 않았다. 날카로운 이빨은 있으나 겨우 양말 끝이나 자근자근 씹을 뿐인 어수룩한 장난꾸러기들 말이다. 그러나 일단 조건이 만들어지면 꼬박꼬박 졸고 있던 고양이 한 마리가 순식간에 길길이 날뛰는 수십만 마리 미친 호랑이 떼로 변해, 온 산과 들과 마을과 도시 전체를 지옥같이 휘감아가는 무시무시한 소용돌이를 만들어낸다.

영국의 낭만주의 화가이며 시인인 윌리엄 블레이크(William Blake, 1757-1827)의 '호랑이(The Tiger)'라는 유명한 시에 다음과 같은 구절이 있다.

Tiger, Tiger, burning bright,
In the forests of the night ;
What immortal hand or eye,
Could frame thy fearful symmetry?

호랑이, 호랑이, 훨훨 타오르는 호랑이,

사벌왕릉 쪽에서 본 병풍산이다. 오른쪽에 보이는 능선과
　　　　　왼쪽 낮은 계곡과 봉우리 일대가 산불의 피해를 많이 입었다.
　　　우리 마을 앞쪽으로 병성천 제방이 보인다.

밤의 숲속에서.

어떤 불멸의 손이, 눈이

너의 무시무시한 균형을 빚어낼 수 있었을까?

그 구절을 처음 읽은 순간, 몸에 불이 붙은 호랑이가 어두운 숲속을 뛰어다니는 장면이 떠올랐다. 불붙은 호랑이가 사람한테 달려드는 꿈은 갑작스런 사고사의 예시나 영적 대오각성의 징조가 아닐까. 아니면 복권당첨?

그 뒤로 불붙은 호랑이가 정면으로 달려드는 그림을 생각한 적이 있었다. 전시장 모퉁이에 걸어놓고 사람들이 코너를 돌자마자 그냥 확 덮치게, 압도적인 크기와 색감으로 튀어나오듯이 생생하게 느끼게. 그럼 어떤 반응을 보일까. 누가 기절하는 등 골치 아픈 일이 생기진 않을까.

이글거리다 못해 허옇게 까뒤집힌 두 눈에서 불을 줄줄 흘리면서, 목 뒤로는 온통 불. 그래서 어두운 숲, 외로운 산을 달릴 수밖에 없는. 한 아름도 훨씬 넘는 아름답고 거대한 노란색 줄무늬 대갈통. 대갈통이 쩍 갈라지면서 나타난 어두운 붉은색의 심연. 심연을 배경으로 구원처럼 다이아몬드처럼 반짝이는 15cm짜리 하얀 송곳니. 송곳니 끝에 매달려 흔들리는 저 투명한 침. 침 한 방울에 비친 이 덧없는 우주. 우주 속의 이 덧없는 시간. 시간의 강물이 갑자기 딱 멈춘, 처음이자 마지막인 그 유일한 순간. 어마어마한

지린내에 노린내에 머리칼 타는 냄새에 정신이 아득해지는.

우리가 산불을 끄고 내려와 보니 산의 반대쪽 사면에는 새로 불이 붙기 시작해 불길이 수십 미터씩 치솟고 있었다. 그쪽은 경사가 급한 데다 마침 바람까지 불어서 밤에는 접근할 수도 없고, 헬기는 내일 아침에나 올 테니 우린 그저 지켜보는 수밖에 없었다.
불은 이제 자유를 얻었다. 사람도 헬기도 내일 아침까지는 오지 않을 것이다. 불은 제가 할 수 있는 최선의 방식으로 제 본성에 충실하면서 제가 가지고 있는 모든 힘과 재주와 폭력과 광기를 마음놓고 드러낼 수 있게 된 것이다. 내일 아침까지 한시적으로 우리에서 풀려난 호랑이 떼처럼 말이다. 어차피 마음껏 유린해도 좋다는 허락도 받았겠다, 오늘 밤이 마지막이라는 절박함에다, 천만 우군 북풍 군단까지 새로 도착했으니 드디어 '조건'이 만들어졌다. 누구나 진정으로 기다린다면 '조건'은 언젠가 찾아오게 되는 것일까. 오늘 밤엔 아무도 저 불을 말릴 수 없으리라. 온 산을 훤히 밝힌 미친 불꽃들이 기고 뛰고 핥으면서 소리에 연기에 냄새에 지옥 같은 광란의 밤이 그렇게 지나갔다.
다음날 아침, 날이 밝자마자 헬기들이 일고여덟 대가량 나타나 오전 중에 불을 끄고 사라졌다. 푸른 연기가 희미하게 남았다. 어딘지 허망하고 씁쓸했다. 이제 사람이 불을 끄는 시대는 지났나 보다.
호랑이는 사라졌으나 상처는 남아 온 산이 얼룩덜룩하다. 이 하룻밤의 상처가 제대로 아물기까지 수십 년이 걸린다고 하니 호랑이한테 물린 후유증이 틀림없다. 불이야 그야말로 하룻밤 불장난을 치고 사라졌지만, 그 상처를 수십 년씩 안고 괴로워해야 하는 숲과 나무의 입장은 또 뭔지 모르겠다.

그래서 산불은 아름답고도 가슴 아픈 것일까. 산불의 아름다움은 사라져 가는 나무의 아름다움과 짝을 이루기 때문에 그렇게 가슴이 미어지는 것일까. 가장 아름다운 나무에 붙은 가장 아름다운 불.

땅을 지키는 방법

✳

뭐니 뭐니 해도 내 차가 동네에서 제일 더럽단다.

꼬마들은 내 차만 보면 손가락이 근질거리는지 수시로 낙서를 해 놓는다. 핑계 같지만 우리 집 마당이 비포장 흙바닥이니 어쩔 수가 없다. 어쩌다 큰 맘 먹고 세차를 한번 해도 바람 한 점, 비 한 방울에 끝장이다. 금세 뿌얀 먼지가 앉고 누런 진흙이 튀어 번번이 세차비가 아깝다. 또 있다. 내 차는 워낙이 더러워서 눈에 곧잘 띄는데, 세차했다는 걸 깜박 잊고 더러운 내 차를 찾아 주차장을 헤맨 적도 있고 보면, 역시 세차는 함부로 할 게 못 된다.

우리 마을에도 웬만한 골목길은 거의 시멘트 포장이 되어 있고, 마당까지 시멘트로 덮은 집이 많다. 주로 노인들만 사는지라 풀도 안 나고 손도 덜 간다지만, 아스팔트 콘크리트 피해 서울서 도망친 나한테는 어림없는 소리다.

어느 날 동네 이장이 찾아와서 우리 집 들어가는 골목을 포장해 줄까 묻는다. 나는 당연히, 정중히 사양했다. 이장은 이해가 안 된다는 표정으로 돌아갔다.

그리고 며칠 뒤, 이번엔 우리와 골목을 같이 쓰는 옆집 할아버지가 오시더니, 왜 이장한테 포장 안 하겠다고 그랬냐고 물으신다. 옆집 할아버지는 귀가 거의 안 들리는지라 우리는 자주 필담을 나눈다. 나는 나무막대기를 하나 주워 땅바닥에 크게 썼다.

'흙이 좋아서.'

할아버지는 갑자기 웃음을 터뜨렸다. 눈물까지 찍어 가며 한참을 웃더니 고개를 끄덕끄

덕하며 돌아 가셨다. 그 뒤로 몇 년이 지난 지금까지 할아버지는 포장에 관한 한 일절 말씀이 안 계시다.

마당에서 타작을 하던 옛날에는 추수 전에 한 번씩 마당에 고운 흙을 개어 고르게 발랐다고 한다. 매끈하게 다져진 마당에서 타작을 해야 곡식이 깨끗하고 밥에 돌이 없단다. 우리는 그 매끈한 마당에서 자주 땅따먹기 놀이를 하였다. 촉촉한 듯 단단하면서도 부드러운 황토마당에 긴 그림자가 들어올 때까지 깔깔거리며 엎드려 놀았다. 뚜닥뚜닥 갑자기 소나기가 쏟아지면 비명을 지르면서 마루로 뛰어 올라갔다. 양철지붕을 때리는 빗소리에 귀를 막고, 비릿하고 매캐한 흙먼지 냄새를 킁킁거리며, 우리가 그어놓은 가느다란 빗금을 따라 빗물이 번져 들어오고, 빗줄기에 씻기어 희미해져 가는 작은 손자국들을 지켜보았다. 비 오는 날엔 마당 가운데를 피해 가장자리로 다녀야 했다. 반반한 흙바닥에 깊은 발자국을 남기면 꾸중을 들었다.

방학 때마다 시골에 오면 아침 식전 마당 쓸기는 항상 내 몫이었다. 그땐 마당이 어찌나 넓어 보이던지 여러 번 허리를 펴고 서서는, 비질한 무늬가 얼마나 가지런하고 보기 좋은지 살펴보곤 했다. 다 쓸고 난 뒤에도 비질한 자국이 맘에 안 들면 새로 몇 번 비질을 더해서 무늬를 고치기도 하였다. 환한 마당을 내려다보며 아침을 먹을 때는 늘 칭찬을 들었다.

나도 이제는 철마다 풀 뽑기에 지친다. 빗줄기만 굵어지면 마당 끝을 돌아 흐르는 작은 물길이 넘칠까 신경도 쓰인다. 그래도 비옷을 꺼내 입고 모자를 쓰고 바지를 둥둥 걷어 올리고 삽을 메고 나설 때면, 큰 들에 무슨 대단한 물꼬를 보러 가는 것처럼 거창해, 내 폼에 내가 웃는다. 비록 마당 끝에 있는 작은 도랑에 해 봤댔자 삽질 열댓 번이지만, 새 장화를 신은 꼬마가 진창을 만난 듯, 빗속에 삽 들고 나선 자체가 신나고 즐겁다. 한 번씩 슬리퍼가 미끄러지면 발가락 사이로 차가운 진흙이 쑤욱 미끄러져 올라오는 것도 좋고.

촉촉하게 다져진 논둑길이나, 강으로 내려가는 따끈한 자갈길, 바삭거리는 왕모래가 눈부신 그 길들을 맨발로 걷는 일은 이미 비싼 사치가 되어 간다. 봄날 양지바른 마당에 노니는 햇병아리 떼는 시골서도 보기 힘들어졌다.

동물원에 가야 동물이 있듯이, 도시에서는 공원에나 가야 맨땅을 볼 수 있다. 그러나 맨땅은 주로 전시용이다. 들어가면 욕을 먹고, 앉기도 전에 호각소리가 난다. 맨땅이라는 표시는 어딜 가나 한결같다.

'들어가지 마시오.'

그래도 악질들은 들어간다. 이렇게 하면 어떨까.

'지뢰.'

폭설

✳

아침 일찍 마을 스피커에서 "간밤에 눈이 많이 온 관계로……" 어쩌고 하는 말을 듣는 순간 잠자리를 막차고 일어나 마루문을 열었다. 내 눈을 믿을 수가 없었다. 천지가 하얗다. 진짜로 눈이 왔구나.

"우아! 많이도 왔네."

금방 아내가 달려나와 내 턱밑으로 고개를 내밀었다.

"많이 왔네~."

잠옷 차림에 마루문 밖으로 아래위로 나란히 얼굴을 내밀고 우리는 감탄에 감탄사를 연발했다. 눈은 얼핏 보아도 20cm가 넘어 보였다.

그리고 중요한 것은, 지금도 눈이 계속 내리고 있다는 사실이다. 아니, 내리는 게 아니라 퍼붓는다는 게 좋겠다. 어제 저녁 뉴스나 일기예보를 안 보기를 잘했다. 밤에 눈이 올 거라고 미리 알았더라면 눈을 기다리느라, 눈을 맞이하느라 잠을 설쳤을 것이다. 눈이 내리는 밤엔 커피가 더 구수하고 방바닥이랑 이불이 더 따뜻해지고 집이 더 포근해지지 않던가. 그런 밤일수록 상념은 더욱더 멀리멀리 달아나지 않던가.

겨울에 태어나서 그런지 나는 유난히 겨울을 좋아하고 눈을 좋아하지만, 지난겨울에는 눈이 거의 안 왔던지라 못내 섭섭해하고 있었다. 눈도 안 오고 겨울이 뭐 이래, 아이들처럼 투정을 부렸었다. 그러던 것이 어느덧 3월에 들어섰으니 눈은 이제 포기하고, 마

ⓒ 오병욱

대나무가 눈 이불을 덮고 누웠다.
그냥 두면 땅바닥에 그대로 얼어붙어 버린다.

당가의 매화가 피기를 기다리던 참이었다. 그런데 난데없이 이게 웬 경사란 말인가.

아침을 먹는 둥 마는 둥 숟가락을 놓자마자 카메라를 들고 밖으로 나갔다. 외투에 모자는 필수, 눈이 깊어 무릎까지 오는 장화를 신고, 마당을 가로질러 나지막한 대문을 닫고, 낑낑거리는 강아지를 풀어놓았다. 강아지 다리 길이보다 눈이 깊어 강아지는 폴짝폴짝 뛰어다녀야 한다. 저렇게도 좋을까. 작고 빨간 혓바닥을 할딱거리며 온 마당을 돌고 돌며 즐거워 어쩔 줄을 모른다. 평소 같으면 강아지가 더러운 발로 달려와 안기는 바람에 부르기도 겁나지만, 오늘이야 묻을 흙도 없으니 어떨라고.

"쏭, 이리 와. 장독대에 눈이 얼마나 쌓였나 가보자."

날카로운 양철지붕 모서리에도 부드러운 눈이 높이높이 쌓여간다. 물받이가 벌써 조금 휘었나? 괜찮을까? 긴 돌담은 흰 눈을 머리에 이고 늘어섰고, 소복이 눈 쌓인 동그마한 장독대는 옛날이야기 속 풍경 같다. 대나무는 아예 눈 이불을 덮고 누웠고, 터지기 직전의 빨간 매화 꽃봉오리가 흰 눈 속에 곱긴 하다만, 얼면 어떡하나 걱정이 앞선다. 늙은 감나무 검은 가지에 눈이 한 뼘씩은 쌓인 듯, 희고 검은 대비가 눈발 속에도 선명하다. 앵두나무 작은 가지가 많이도 휘었네. 창밖에 우거진 찔레 덤불 속에서 참새들은 졸고 있나 보다. 길에도 차는 끊긴 지 오래, 눈발이 점점 굵어져 아무것도 보이지 않는다. 기러기 우는 소리에 고개를 들어보니 기러기 떼는 보이지 않고 날리는 눈송이만 온 하늘에 빽빽하다. 이 눈속에 어딜 가는지.

여자가 아이를 낳고 나면 눈 오는 소리를 듣는다는 말이 있다. 그러나 실제로 눈 오는 소리는 따로 없단다. 물론 눈의 종류에 따라 다르겠지만, 눈의 성긴 입자가 소리를 흡수하는 까닭에 눈이 올 때는 오히려 평소보다 고요해진다고 한다. 그렇다면 눈 오는 소리란 결국, 눈이 내리는 고요, 눈이 쌓이는 침묵, 혹은 눈이 덮이는 적막 같은 게 아닌가. 남정네들은 천둥 같은 제 코고는 소리도 못 듣는데, 아낙네들은 눈 내리는 고요를 듣는다니…….

3월 6일 토요일

밤새 눈이 더 내렸다. 마당에 쌓인 눈이 30cm가 훨씬 넘는다. 폭설로 고속도로가 난리란다. 안동고등학교 기숙사에 있는 아이를 데리러 가야 하는데 걱정이다. 평소엔 안동까지 1시간 30분이면 충분하지만, 오늘은 감이 안 잡힌다. 큰길에 나가보니 완전 빙판이다. 자신이 없어진다. 갓 입학한 신입생이라 아이는 이번 첫 주말을 몹시 기다릴 텐데. 길은 멀고 또다시 눈발이 날리기 시작하니 금세 앞이 안 보인다.

한 이틀 눈이 좀 왔기로, 그래도 명색이 대나무란 놈이, 대낮에도 흰 눈을 이불처럼 덮고 누워, 주인의 게으름을 흉내 내고, 주인의 절개를 비웃다니.

대나무가 눈 무게에 휘면서 차 지붕 위로 쓰러져 차하고 한 덩어리로 얼어붙었다. 차가 움직일 정도로 대나무를 떼어내고 앞유리와 본네트 위의 눈을 치우는 데 30분 이상 걸

© 오병욱

렸다. 아내가 외출 준비를 하는 동안 내친 김에 대나무에 쌓인 눈을 털었다. 시루떡처럼 뭉친 눈덩이를 긴 장대로 툭툭 치다보면 어느 순간, 홀연히 대나무가 고개를 들고 쏴아 일어선다. 까만 오죽(烏竹)에 푸른 잎에 흰 눈이라 눈이 시원하고, 귀가 시원하고, 일어나 우뚝 서니 속이 시원하다.

온 천지가 눈에 덮인 이 아침, 동쪽으로 가는 길은 몹시도 눈부셨다. 겨우 뚫린 좁은 차선 위에 새들이 많았다. 모든 것이 40cm 눈 속에 파묻혀 땅 한 자락 보이지 않으니 아스팔트 위에서 먹이를 찾는 새들이 안쓰럽다. 차가 가까이 가도 날지를 않아 여러 번 브레이크를 밟았다. 뒤늦게 새들이 날아올라도 별로 빨리 날지를 않아서 자주 속도를 줄여야 했다. 새들은 내 차에 안 부딪힐 자신이 있었는지 몰라도, 나는 새들과 안 부딪힐 자신이 없었다. 더구나 며칠씩 굶어 힘도 없는 새들이 아닌가. 나는 미끄러운 길에서 새들을 피하느라 바빴고 아내는 차에 있던 비스킷을 부수어 던지느라 바빴다. 유난히 산비둘기가 많았다.

그날 저녁, 뉴스를 보니 우리가 길 위의 새들한테 모이를 뿌리던 그 시간에, 헬기가 고속도로에 갇힌 사람들한테 비상식량을 뿌리고 있었다. 오늘은 이래저래 하늘에서 먹을 게 떨어지는 날인가 보다.

3월 7일 일요일

햇빛이 쨍하니 선명한 아침이다.

감나무에 만들다 만 크리스마스 트리처럼 굵직한 눈덩이들이 수십 개씩 매달려 있다. 밤새 누군가 솜뭉치로 나무에다 장난을 친 것처럼 보인다. 나도 저런 대규모 장난을 칠 수 있다면 좋으련만. 땅바닥은 아직 한 점도 보이지 않고 30cm 아래 흰 눈 속에 그대로 파묻혀 있지만 나뭇가지들은 제법 눈을 털고 일어나 봄맞이 채비를 서두르는 모양이다. 매화나무 가지를 막대기로 툭툭 쳤다. 푸른 가지와 붉은 꽃송이 사이에 붙은 하얀 눈송이가 부석부석 떨어져 쌓인다. 얼었는지 채 피지도 못한 매화 꽃송이가 여러 개 떨어졌다. 흰 눈 위에 빨간 석류 알을 흩뿌린 듯하였다. 그다음에 자두나무를 툭툭, 앵두나무를 툭툭, 석류나무를 툭툭 치는 걸로 눈 털기는 끝났다. 호두나무, 살구나무, 감나무 들은 키가 커서 털 수가 없다. 특히 매화나무랑 자두나무, 앵두나무는 꽃 필 시기가 가까운지라 동해(凍害)의 우려가 있었지만, 다른 나무들은 키도 클뿐더러 개화기까지는 다소 여유가 있어서 애써 눈을 털지 않아도 될 것 같았다. 그 큰 나무 위의 눈을 털어주려면 가을에 감을 딸 때 쓰는 긴 대나무 장대를 꺼내야 하는데 그렇게 번거롭게 일을 벌이느니 차라리 따뜻한 방에서 책이나 읽으며 나무에 볕이 들기를 기다리는 게 나을 듯싶다. 힐끗힐끗 한 번씩 쳐다보기만 하면 눈뭉치가 툭툭 떨어져 내릴 테니 게으름뱅이한테 딱 어울리는 일이 아닐 수 없다.

눈은 쌓여 있겠다. 아이도 집에 왔겠다. 오랜만에 맛보는 즐거운 고립감. 학생들의 소원(내 소원!)은 폭설 때문에 휴교령이 내리는 게 아닐까.

언제부턴지 아이가 눈사람 만들자는 이야기가 없어졌다. 고등학생쯤 되면 그런 건가. 대충 이해는 가지만 은근히 섭섭하다. 그렇다고 나 혼자 콧수염을 휘날리며 눈을 굴릴 수도 없고, 속상하다. 아이는 빙긋빙긋 웃고 아내는 혀를 차겠지. 내가 먼저 눈을 굴리기를 기다리고 있는 게 아닐까 혹시. 조카들은 다 뭘 하고 있을까. 눈을 굴리던 시절은 이제 다 지나가 버린 걸까. 내 속엔 아직도 철부지 소년이 저렇게 눈밭을 뛰어다니는데.

뽀얀 간유리 밖으로 반짝이며 움직이는 게 뭔가 싶어서 창문을 막 열어젖힌 참이었다. 처마 끝에서 떨어지는 눈 녹은 물이 돌담 위로 쏟아지고 있었다. 따사로운 햇살에 영롱한 구슬 조각이 이리 튀고 저리 튀어 황홀한 봄날 아침이다. 고드름 조각이 철컥철컥 떨어진 주변이 벌써 푸릇푸릇하다. 눈 녹은 물은 참 맑기도 하지. 초봄에 이렇게 큰 눈이 오다니. 저 눈 녹은 물이 흘러가는 속도로 봄이 다시 다가오는 것이리라. 그래, 봄 눈 녹 듯이, 그저 봄 눈 녹듯이 그렇게……

물안개
피어 오르는
마을의 화가

4

가을에는 안개가 자주 낀다.

＊

가을에는 안개가 자주 낀다. 우리 마을은 낙동강이 가까워서 맑은 가을 아침에는 거의 틀림없이 안개가 낀다. 낮 동안에 따뜻하게 데워진 강물 위로 차가운 밤공기가 지나가면서 안개가 생기게 된다. 10월경부터는 대략 밤 열 시가 넘으면 강물에서 안개가 조금씩 피어오르기 시작한다. 밤은 깊어 고기는 입질도 없고, 낮은 강물소리에 귀 기울이며 피어오르는 물안개를 지켜보던 날이 있었다. 내 눈앞에서 따뜻한 물과 차가운 밤공기가 서로 섞여드는 신비한 배합이 이루어지고 있다. 금방 눈앞이 뿌옇게 흐려지고 머릿속은 아득하고 몽롱해진다. 안개 낀 강가, 밤이슬 촉촉한 모래밭에서 혼자 꼬박꼬박 졸다가 문득 고개를 들면 하늘엔 별이 총총하다. 검은 기름처럼 번들거리는 강물 위에, 이리저리 불꽃처럼 느리게 느리게 춤추며 흔들리며 천천히 천천히 머리를 들어올리는 안개 자락들을 보노라면 상념은 어느새 동서고금을 헤맨다. 흐르는 안개 위로 별이 빛나는 꿈을 꾼다. 언제 이 모든 강물이 말라서 그 깊은 강바닥을 따라 걸어볼 날이 있을까? 짙은 안개가 끼는 가을날이면 잎이 다 져버린 쓸쓸한 고목나무 숲길을 걷고 싶어진다. 오래된 가로수가 멀리 뿌옇게 사라지는 저 길을 따라가면, 누렇게 바랜 흑백사진처럼 잃어버린 뭔가가, 혹은 사라져버린 누군가가 거기에서, 옛날 그 모습 그대로 서 있을 것 같은 생각이 든다. 저 안개 속으로 걸어가면 과거로 돌아갈 수 있을까. 저 뿌얀 안개 속 어딘가에 시간의 소용돌이가 맴돌고 있다는 느낌도 들고…… . 난 무얼 잃어버린 것일까.

강가에서 만난 친구

✻

비쩍 마른 반백의 영감이 저 쪽에서 낚시를 하고 있다. 푸르스름한 여름 저녁 촉촉한 강가 모래밭의 운치를 아는가 보다. 인기척에 미끼를 갈아 끼우던 노인이 고개를 들었다. 어! 어디선가 본 듯하다. 저 눈. 누구더라 누구였더라.

노인이 천천히 일어섰다. 이리로 온다. 어어, 아니 이게 누구야. 초등학교 2학년 때 헤어진 동네친구다. 그 친구도 놀랐다. 그 친구 또한 나를 콧수염에 창백한 얼굴, 넓은 이마의 중노인으로 보았을 것이다. 우린 그렇게 35년 만에 저무는 강가 모래밭에서 다시 만났다. 이야기라 봐야 뻔하다. 좀 잡았냐? 아니 금방 나왔어.

미끼 통을 들여다보니 아 징그러워라 시커먼 거머리가 너울너울 춤을 춘다. 물에 들어가면 금방 축 늘어지는 지렁이에 반해 거머리는 고기가 건드리지만 않으면 새벽까지도 꼬들꼬들 살아 있으니 게으름뱅이 밤낚시 미끼로는 최고다. 나는 지렁이를 쓴다고 했더니 자기는 되레 지렁이가 징그럽단다. 우린 피장파장이다.

어두워지면서 그 친구는 작은 양초에 불을 붙여 물가 모래밭에 세웠다. 그리고 친구는 그 옆에 동그마니 쪼그리고 앉아 입질이 오기를 기다리는 것이었다. 이렇게 랜턴 플래시가 넘쳐나는 요즘 같은 세상에 강가에서 촛불이라니. 친구는 석수란다. 나는 그림을 그린다고 했다. 동네에서 들은 적이 있단다.

저녁 내내 바람에 흔들리는 촛불을 바라보며 흔들리는 촛불보다 더 가물가물한 옛날이야기를 이어갔다. 그랬구나. 그랬어? 바람에 촛불이 훅 꺼졌다. 이야기가 잠깐 끊어졌다가 다시 이어졌다.

재작년 여름인가 보다. 저녁 무렵에 강아지를 데리고 냇가로 산책을 나갔다.
마침 그 친구가 아이를 데리고 초망을 들고 나왔다. 강아지들한테 피라미를 잡아 먹인
단다. 이참에 투망질을 배워 보겠다고 한두 번 시범을 청했다. 크고 동그랗게 잘도 던진
다. 본 대로 시키는 대로 그물을 말아 쥐었다. 던지기 전에는 으레 그물을 두어 번 흔들
기 마련이다. 그런데 이놈의 강아지가 흔들리는 그물을 덥석 물고 늘어졌다. 비린내 나
는 게 눈앞에서 흔들흔들하니 얼씨구나 달려든 모양이다. 도저히 던질 수가 없다. 그냥
던지면 강아지 이빨이 다칠까 놓으라고 소릴 질렀으나 들은 척도 안 한다. 내가 웃었더
니 더 잡아당긴다. 안 되겠다. 그물을 놓고 따라갔다. 요리조리 살짝살짝 도망을 친다.
번번이 잡을 수가 없어 약만 바짝바짝 오른다. 강아지는 멀리 도망갔다. 다시 초망을 들
고 찬찬히 감아쥐고 두어 번 흔들고 막 던지기 직전에 또 초망이 뒤에서 딱 멈췄다. 또
나타났구나, 이놈의 강아지.
투망연습이고 뭐고 강아지 따라 다니다가 도로 둑으로 올라오고 말았다. 멀리서 보니 친
구는 다릴 둥둥 걷고 냇물로 들어갔다. 노을 진 냇물 위에 친구의 초망이 활짝 펴졌다.
물살이 동그랗게 박살이 났다. 노을이 줄줄 흐르는 초망을 감아쥐고 친구가 모래밭으로
올라간다. 아이랑 고개 숙여 반짝이는 고기를 떼어 내고 있다. 뭘를 얼마나 잡았을라나.

산에서 만난 사람

✳

우리 동네 뒷산인 병풍산은 해발 365m로 그리 높진 않으나 산성과 고분이 산재해 산 자체에 볼 게 많고, 경사도 제법 있는 데다 상주벌이며 낙동강을 내려다보는 전망이 좋아 산책 겸 운동코스론 그만이다. 뱀이 들어가고 낙엽이 진 11월 말부터 이듬해 늦봄까지는 다닐 만하다. 초여름부터는 온갖 산딸기니 청미래, 찔레덩굴, 가시덤불이 우거져 다닐 수가 없어 초겨울에도 칼이나 낫을 들고 길을 내다시피 하며 다녀야 한다.

1992년 초겨울이었다. 몹시 추운 날이었지만 집을 나섰다. 나는 쨍 하고 이마에 부딪히는 찬바람을 좋아한다. 바람 부는 날 산꼭대기에 올라서면 장쾌한 맛이 있다.

동네를 벗어나 한적한 오솔길로 접어들었다. 선산(先山) 뒤편을 돌아 강 쪽으로 내려가는 길가에서 흩어진 토기 조각들을 발견했다. 경사로에서 흙이 무너져 내리면서 크고 작은 토기 파편들이 잔뜩 드러나 있었던 것이다. 다른 산이라면 몰라도 뒷산 일대에서는 결코 드문 일이 아니다. 한 해 전에 도굴꾼이 버리고 간 토기항아리를 주운 적도 있고 보니 절대로 그냥 지나칠 수 없고말고. 길옆에 쪼그리고 앉아 피켈로 파편더미를 헤집어 보고 있던 중 저만치 언덕 위에서 인기척을 느꼈다. 누굴까? 누군가 소나무 뿌리를 발로 툭툭 차고 있었다. 왜 저런 짓을 하고 있을까? 이 외딴 산 속에서? 나는 순간적으로 도굴꾼일지도 모른다는 생각이 들었다. 이 부근에서 뭔가를 파헤치다 내가 나타나자 일부러 딴청을 부리는 걸지도 모른다. 그 사람도 나를 보고는 길 위로 내려섰다. 손에는 막대기처럼 죽 뻗은 굵직한 나무뿌리 하나를 들고 있었다. 우리 동네 사람은 아니었다.

"여기서 뭐 하십니까?"

"소나무 뿌리를 캐고 있습니다. 이게 복령입니다. 복령. 수천 년 묵은 복령."

"아, 복령. 그게 약이 된다면서요."

나도 들은 적이 있어 맞장구는 쳤지만 아무리 봐도 그건 복령이 아니라 단순한 소나무 뿌리에 불과했다. 그리고 만약에 그게 복령이라고 해도 수천 년은 턱도 없고 기껏해야 한 오십 년이나 될까? 뭔가 좀 이상하다는 느낌이 얼핏 지나갔다.

그런데 그 사람의 복장도 좀 이상했다. 양말도 신지 않은 맨발에 운동화를 신었다. 청바지에 하얀 러닝셔츠를 입고 그 위에 바로 콤비 윗도리를 입고 거기다 파카를 껴입었는데 콤비고 파카고 모조리 앞을 활짝 열어놓아 러닝셔츠가 훤히 들여다보였다. 그런데도 추운 기색이 전혀 없었다. 새카만 가죽 허리띠를 빼내 목에다 걸고 있었는데 빡빡 깎은 머리에다 눈빛은 좀 풀린 듯하면서도 묘하게 사람을 쏘아보는 기분 나쁜 눈초리였다. 나이는 잘 돼봐야 이십 대 초반 정도. 체구도 보통에 얼굴도 별로 특이한 점이 없었다.

조금 전에 보고 나온 아침 뉴스가 퍼뜩 떠올랐다. 초겨울인데도 이상한파가 몰아닥쳐 영하 15도가 넘는 아주 혹독한 날씨라는 내용이었다. 그래서 나는 모자에 장갑에 등산화에 람보 칼에 물푸레나무 피켈까지 아주 최대로 중무장을 하고 집을 나섰던 게 아닌가. 당연히 그 사람의 맨발이며 러닝셔츠나 까까머리가 조금씩 이상하게 보이기 시작했다.

"그렇게 입고 안 추워요?"

"예, 안 춥습니다. 이 정도쯤이야."

젊으니 그럴 수도 있겠다는 생각이 들었다.

"우리 동네 사람은 아닌데, 집이 어디요?"

"뭐 여기라면 여기고 저기라면 저기고."

'이것 봐라.'

그 사람이 갑자기 내 람보 칼을 만져보려 했으나 잠금장치 때문에 뽑지는 못했다.

"잠가 놨구나. 그런데 이 산에서는 칼 차고 다니면 위험한데."

"왜요?"

"이 산에서는 총을 가지고 다녀야 합니다."

"총을? 왜요?"

"여기는 전갈이 많아요."

"그래요?"

'어? 뭔가 이상하다? 가만 있자. 전갈이라 전갈……. 아니, 우리나라에 전갈이 어디 있어. 그건 사막이나 아열대에나 사는 거 아냐. 농담으로 보기에는 표정이 너무 진지한데? 아닌가?'

집이 어디냐 다시 물어도 여전히 대답을 피하면서 이야기를 빙빙 돌린다. 이유를 모르겠다. 수배자? 탈영병? 전과자? 뭘까? 혹시 간첩? 설마?

손에 들고 있는 소나무 뿌리가 신경 쓰인다.

"어젠 어디서 잤어요?"

"산에서 잤어요. 고분 속에 들어가서 낙엽을 덮고 잤습니다."

'뭐라, 영하 15도가 넘는데 혼자 산에서 잤다고? 햐, 이거 뭔가 크게 잘못됐다.'

그러고 보니 눈빛도 점점 더 번들거리며 빛이 나고, 그리고 아까부터 계속해서 거의 십 초 만에 한 번씩 침을 뱉고 있다. 어쩌면 저렇게 침이 많이 나올까?

내친 김에 어디 사느냐고 한 번 더 물었다. 이웃 마을 이름에다 이 마을 저 마을 이름이 주절주절 딸려나오다가 드디어 나올 게 나오고 말았다. '음성 정신병원.'

그 말을 듣는 순간 '아이고 드디어 올 게 왔구나' 가슴이 철렁 내려앉았지만 겉으론 대수롭지 않다는 듯이 빙그레 웃었다. 하지만 속으로는 충격이 컸다. 뭔가 이상한 줄은 알았는데 그 정도나 될 줄이야. 이거 완전히 갈 데까지 간 게 아닌가. 곧바로 경계경보 발령. 한 겨울 맹추위에 사람 하나 없는 외딴 산길에서 미치광이와 단 둘이 있다고 생각하니 몸이 떨리고 기가 막혔다. 지금부터 정신 바짝 차려야 한다. 손에 들고 툭툭 운동화를 터는 저 나무뿌리가 자꾸만 신경에 거슬린다. 아까 저 녀석이 내 칼을 뽑았다면 어떻게 됐을까? 그야말로 미친놈이 칼 쥔 격인데 우와, 진짜 큰일 날 뻔했구나. 나는 피켈을 움켜쥐고 마음을 단단히 고쳐먹었다. 미치광이하고 일 대 일이라. 신경이 날카롭게 곤

두섰다. 만약에 저 나무뿌리를 휘두른다면? 좋아, 여차하면 선제공격도 불사다.

내가 속으로 경계경보를 넘어 이미 전시체제로 돌입한 걸 아는지 모르는지 그 녀석은 말문이 터져서 소크라테스, 공자, 석가모니, 예수 그리스도 등등 오만 동서양 인물이 찬란하게 쏟아지기 시작했다. 그러면 그렇지. 당연히 말 같지도 않은 말들이 마구 뒤엉키고 휘감겨 들을수록 점점 더 불안해졌다. 햐, 이거 완전히 본색을 드러내는구나. 미쳐도 단단히 미쳤는데. 어떡하지. 여기서 그냥 도망칠 수도 없고. 이를 어쩐다. 그래, 오늘은 산이고 뭐고 일찌감치 철수다. 완만하고 점진적인 철수. 방법은 그것밖에 없다. 절대로 자극하면 안 된다.

미친 듯이(?) 거품 물고 지껄이는 이야기를 그래도 한쪽으로 듣는 척하면서 자연스럽게 동네 쪽으로 방향을 돌려 천천히 걷기 시작했다. 그 사람도 따라 걷는다. 일단 나란히 걷기 시작하자 눈에 띄지 않을 정도로 조금씩 걸음을 빨리 했다. (이 상황에서 천천히 걷고 싶은 사람은 아무도 없을 것이다.) 그는 끝없이 지껄이며 눈을 흘기며 허옇고 끈끈한 침을 뱉고 또 뱉었다. 그 사람이 일단 정신병원 이야기를 한 다음에는 난 사실 할 말이 없어졌다. 무슨 말을 하겠는가? 미친 사람한테. 당연히 그 사람 이야기도 듣고 싶지 않았다. 무슨 들을 말이 있겠는가? 미친 사람한테서. 그러나 아무 말 없이 그냥 걷기만 했다면 아마 훨씬 더 불안했을 것이다. 그래도 말이라도 계속하고 있으니 우선은 감정의 굴곡을 지켜볼 수 있어서 사태는 비교적 안정적인 셈이다. 나는 어떻게든 그저 빨리 무사히 헤어지기만 굴뚝같이 바라고 있을 뿐, 말의 내용은 아무래도 상관없었다. 그러다 무슨 말 끝엔가 이런 말이 나왔다.

"바위 속에서 예쁜 소녀가 자라고 있다."

나도 모르게 그 사람을 쳐다보았다. 그 입술에서 꽃잎이 떨어진 것 같았다. 나비가 날아 갔거나. 혹시 미치광이 시인일까? 내 귀를 의심했다. 내가 잘못 들은 건 아니겠지. 겨울 숲을 지나가는 날카로운 바람소리가 들렸다. 그 아름다운 문장은 그 기묘한 상황에서 도, 아니 그 기묘한 상황으로 인해, 내 가슴속에 더욱더 깊이 들이박혔다. 혹시나 하는 마음에 귀를 쫑긋 세우고 그 뒷말을 열심히 들어보았으나 '역시나' 헛소리였다. 동서고 금을 종횡무진 넘나드는 수천 마디 잡설 중에 오로지 그 한 마디가 반짝반짝 살아 남았 다. 그 한 마디는 인정한다. 나머지는 모두 쓰레기다. 그런데 저 망할 놈의 소나무 뿌리 는 왜 저렇게 들고 흔드는지.

혹시나 있을지도 모를 기습공격에 대비하기 위해서 나는 일부러 한 발자국 정도 살짝 뒤로 처졌다. 나는 오른손잡이인고로 내 오른쪽 앞에 그 사람을 두어 내가 관찰하기도 좋고 공격하기도 좋은 유리한 위치를 우선적으로 확보해 둘 필요가 있었다. 만약에 돌 발 상황이 발생하더라도 미리 준비한 사람은 빠르고 정확하게 대응할 수 있을 것이다. 너무 뒤처져도 의심받는다. 그는 내 행동을 눈치채지 못했고 내 숨겨진 공격의도 또한 읽지 못했다. 만약에 그가 내 뒤로 반 발자국이라도 일부러 처진다는 느낌이 오면 나는

바로 공격했을지도 모른다. 그만큼 나는 예민해져 있었다. 나는 암암리에 공격을 준비하고 있었기에 상대방의 동작 하나하나에 숨겨진 공격의도를 읽을 수 있었다. 만약 나보다도 치밀하게 기습공격을 계산하는 미치광이를 만났다면 어떻게 되었을까? 교묘하게 동네 반대쪽으로 유인하려는 느낌을 받았다면? 누군가 동행으로 보이는 녀석이 숲에서 불쑥 나타났다면?

그러나 그 사람은 미친 듯이(?) 지껄이며 끊임없이 가래침만 내뱉을 뿐 공격적인 제스처는 전혀 없었다. 머릿속에 들어 있는 쓰레기를 모조리 입으로 토해낸다는 기분이 들었다. 그래봤자 겨울바람에 모조리 흩어져 버리겠지만. 그러나 상대가 상대니만큼 조금도 긴장을 늦출 수 없었다. 저 나무뿌리를 어깨 위로 들어 올리거나 팔을 죽 내려뻗기만 해도 나는 즉시 공격할 참이었다. 오해든 실수든 한 번만 공격을 하게 되면 피차 목숨을 건 싸움이 될 것이다. 심지어 그 사람과의 거리를 가늠하면서 몇 가지 가상공격을 그려보기도 했다. 머릿속에서 지옥문이 빠끔히 열렸다. 시간이 얼마나 흘렀을까? 얼마 되지 않는 거리인데도 빨리 걸을 수가 없어서인지 굉장히 오랜 시간이 흐른 것 같았다.

드디어 저 아래에 우리 동네가 눈에 들어왔다. 어찌 그리 반갑던지. 겨울 오전의 비스듬한 햇살에 희뿌연 연기가 자욱하다. 저기 아래 어디쯤에 빨간 양철지붕 집이 있고 작고 따뜻한 방 안에 아내와 어린 아들이 놀면서 나를 기다리고 있다고 생각을 하니 새삼 가슴이 뭉클해졌다. 빨리 이 악몽 같은 산행을 끝내고 집으로 가야지. 아이를 안아주고 뜨거운 커피를 마셔야지.

산에서 동네 쪽으로 가는 긴 내리막길을 걸으면서도 결코 안심할 수 없었다. 동네 안이
라 뜻밖의 변수가 생길 수도 있다. 갑자기 개가 튀어나온다든지, 그가 돌담 위의 돌을
집어 들 수도 있다. 마지막까지 방심해서는 안 된다. 미치광이들은 힘이 장사라는 이야
기가 자꾸 떠올랐다. 그러고 보니 그 사람이 집까지 안 따라온다는 보장도 없다. 가라고
말하면 그냥 돌아갈까? 계속 따라오면 어떡하지? 따라오지 말라고 팰 수도 없고 빌 수
도 없다. 무섭고 답답했다. 지옥이 따로 없었다. 그냥 집에 들어앉아 있을걸, 이래저래
후회가 막심하였다. 그러나 상황은 전혀 엉뚱한 방향으로 흘러가 갑자기 끝이 났다.

동네 안으로 막 들어설 무렵, 우물가에 누군가가 있었는데 그 사람이 먼저 말을 걸면서
그쪽으로 다가갔다. 아는 사람인가 보다라는 생각이 들었지만 그런 거에 신경 쓸 겨를
이 없다. 찬스다! 드디어 그 사람과 떨어지게 된 것이다. 재빨리 골목을 꺾어 돌면서 나
는 듯이 걸었다. 그래도 뛰지는 않았다. 따라오면 어떡하나 불안하긴 했지만 사나이가
그만한 일로 뛸 수는 없다. 마음이 조마조마하여 집에까지 오는 동안 모퉁이 돌 때마다
힐끔거리며 뒤돌아보았다. 바람에 몰려다니는 낙엽에도, 하얀 먼지 바람에도 가슴이 뜨
끔뜨끔하였다. 우리 집 마당에 들어설 때까지 얼마나 가슴이 두근거리고 뒤통수가 근질
거리던지.

마루문이 열리고 방문이 열리고 다섯 살 난 아들이 아빠를 부르며 달려와 안긴다. "춥

지?" 하며 아내가 걸어 나오고. '드디어 집에 왔구나.' 눈물이 핑 돌았다. 이렇게 따뜻하고 포근한 집을 놔두고 그 추운 산속을 왜 그러고 돌아다녔는지 모르겠다.

그 뒤로 한동안은 산에 가지 않았다.

세월이 지나면서 나는 그 일을 여러 번 다시 생각해보았다. 그런데 언제부턴가 나보다는 그 사람이 더 놀랐을 거라는 생각이 들기 시작했다.

우선 영하 15도에 집을 나선 건 나도 마찬가지라는 사실이다. 그렇게 추운 날 하릴없이 뒷산을 돌아다니는 사람이 과연 제정신일까? 나도 하필이면 그 해 초가을에 홧김에 삭발을 했던지라 머리카락이 그 사람 못지않게 짧았던 데다, 십여 년 전만 해도 시골에선 더욱이 보기 힘든 콧수염에, 아무리 자기 동네 뒷산이라고는 하지만 커다란 람보 칼까지 차고 설쳤으니 그 추운 날 인적 없는 산길에서 나를 만났을 때의 그 사람 심정이 오죽했을까.

게다가 마침 길가에서 토기 파편을 헤집고 있었으니 나야말로 도굴현장을 들킨 미치광이 도굴꾼으로 오인받아 마땅할 상황이었다. 또 손에는 날카로운 철심 박힌 지팡이를 불끈 움켜쥐고 쏘아보는 내 눈빛도 예사롭지는 않았을 터인즉, 이에 잔뜩 놀라고 겁먹은 나머지 급기야 다 나아가던 정신병이 그만 왕창 도지고 만 것이리라. 불안해하다 보니 자기도 모르게 흥분되어 말문이 터지고, 말하는 동안에야 설마 칼 휘두르고 덤비지

는 않겠지 싶어 일종의 방어차원에서 에라 모르겠다 내친김에 이판사판 난장판 닥치는 대로 지껄였던 바, 작전이 그럭저럭 성공하여 마을까지 무사히 들어오게 되었던 것이 아닐까.

그 소나무 뿌리만 해도 그렇다. 내가 피켈이라도 휘두르면 어떡하나 싶어 자기도 대응 차원에서 나무뿌리라도 하나 들고 있어야겠다고 생각했을지도 모른다. 다행히 그 추운 날에도 길에 사람이 있어 무조건 아는 척하며 다가가 아무 이야기나 닥치는 대로 주절대며 시간을 끌었더니, 어느새 칼 찬 미치광이 콧수염이 어디론가 사라져 '아이고 이제 살았구나' 그 자리에서 감격의 눈물을 뚝뚝 흘렸을지도 모르는 일 아닌가.

기타 소리

내가 중학교 다니던 70년대 초반, 우리 집에는 나보다 두 살 위인 누나가 치던 조그만 클래식 기타가 있었다. 처음 기타를 잡고 도레미파를 배우고 나서 '학교 종이 땡땡땡' 을 쳐보고 아리랑을 퉁겨보니 금세 자신이 붙었다. 나는 이런저런 노래 멜로디를 퉁기며 혼자 놀았다.

그러던 어느 날 처음으로 노래책을 보고는 '코드' 라는 게 있다는 걸 알게 되었다. 악보 위에 그려진 그림대로 손가락을 짚고 기타를 쳐보았다. 가수 김세환이 부른 '비' 라는 노래였다. '우리 처음 만난 날, 비가 몹시 내렸지……' 로 나가는 그 달콤한 노래는 초보자도 짚기 쉬운 Em 코드로 시작된다. 딱 한 마디를 불러보고 가슴이 뭉클해졌다. 우아, 기타와 노래가 어울리면 이렇게 되는구나. 새로운 세상이 열린 것이다. 그날부터 온 집안이 기타 소리로 시끄러웠다. 시도 때도 없이 틈나는 대로 기타를 퉁겼다. 욕도 참 많이 먹었다. 수시로 집에서 쫓겨나 기타를 들고 인근의 신천초등학교나 동대구 대로로 진출, 텅 빈 운동장 스탠드나 히말라야시다 가로수 밑에 앉아 두어 시간씩 노래를 불렀다.

그런데 어느 날, 학교에 갔다 오니 내 기타가 옥상 올라가는 계단 위에 세워져 있었다. 엄마한테 물어보니, 하도 시끄럽고 보기 싫어 밖에 내놓았다는 것이다. "아니, 기타를 이런 땡볕에 내놓으면 어떡해?" 화가 나서 기타 통을 계단 모서리에 '통' 소리 날 정도로 살짝 부딪친다는 것이 그만 '빠직' 소리와 함께 구멍이 뽕 뚫려버렸다. 아차차차 너무 셌구나. 근데 이게 뭐 이래? 너무 약하지 않은가? 시위 겸 살짝 화난 척만 한다는 것이 그만 진짜로 화가 나고 말았다. 그 자리에서 기타를 시멘트 계단에 휘둘러 와장창 박살을 내버렸다. "성질이 누굴 닮아 지럴꼬?" 엄마가 혀를 찼다. 내가 부셨으니 할 말도 없다. 무지 섭섭했다. 그래서 한동안 기타를 못 쳤다.

그러다 몇 달 뒤부터 다시 친구들한테 기타를 빌리러 다니기 시작했다. 70년대 중반에는 기타도 많고 치는 사람도 많아서 기타 인심이 참 좋았다. 솜씨가 늘면서 고등학교 때부터는 소풍만 가면 으레 기타는 나한테 넘어왔다. 당시 노래가 쉬워서 그런지 책을 보지 않고도 내가 아는 노래는 모조리 반주를 할 수 있었다. 노래책을 봐야 하는 아이들은 내 손을 보고 코드를 따라 쳤다. 고교 1학년 때부터 나가던 영어회화 클럽에 마침 기타 잘 치는 대학생 형이 있어서 열심히 보고 따라 치고 메모하며 배웠다. 수학여행 때는 기차가 떠나기 전부터 기타를 치기 시작해 기차가 서든 말든 터널이든 아니든 죽자 사자 내릴 때까지 기타만 쳤다. 기타만 치고 있으면 어딜 가나 음식이 날라져 오고 사람들이 모여들어 춤추고 노래를 불렀다. 지금이야 가는 데마다 노래방이지만 그때는 가는 데마다 기타였다. 지금은 노래방 기계 없으면 노래를 못 하지만 그때는 기타 없으면 노래를 안 했다.

기타교습소에 가본 적은 있으나 참을성이 없어 하루 이상 다니질 못했다. 하루 종일 똑같은 노래를 죽어라 퉁기라는 데 질리기도 했지만, 가는 데마다 만원이라 남의 기타 소리에 섞여 내 기타 소리가 잘 들리지도 않을 만큼 시끄럽고 어수선해 정신이 하나도 없었기 때문이다. 그냥 독학으로 무식하게 퉁긴 결과 지금도 악보에 서툰 편이다.

고2 때부터 그림 배우는 화실에 다니면서도 기타를 들고 다녔다. 정물 그린답시고 정물대 위에 기타를 올려놓고는 선생님이 자리를 비우기만 하면 기타를 꺼내 두드렸다. 여학생들도 그걸 원했다. 날마다 노래하는 즐거운 화실이었다. 당시 같이 그림 그리던 장희덕 군이 나랑 기타 솜씨가 비슷하고 목소리가 어울려 둘이 죽이 잘 맞았다. 대학 1학년 겨울방학 때는 같이 밴드를 만들어 아르바이트를 한 적도 있다. 돈을 벌어봐야 악기 빌린 값 주고 술 한잔에 당구 몇 게임 치면 남는 게 없었으나 재미가 있었다. (장희덕 군은 그 길로 곧장 나아가 미대 졸업 후 십 년 이상을 전업 딴따라로 살았다.)
미술대학 입학선물로 부모님이 기타를 새로 사주셨다. 그렇게 기쁜 선물이 또 있을까. 하드 케이스에 담긴 포크 기타였는데 소리가 아주 괜찮았다(물론 내가 잘 골랐겠지만). 1학년 때는 기숙사 생활을 했던지라 방에서 기타를 치다 지치면 가끔 복도에서 조용한 아르페지오를 뜯으며 기분전환을 했는데, 하루는 어떤 친구가 피아노 소리를 따라왔다며 나타났다. 내 기타 소리가 피아노 소리로 오인될 만큼 괜찮았던 것이다. 우리는 단박에 친구가 되었다. 지금 성공회대 신문방송학과 교수로 있는 김창남 군이 바로 그 친구다. 그때는 '메아리'라는 노래동아리에서 노래를 부르고 기타반주를 하던 시절이라 김

군한테도 '메아리'를 소개했다. 꼭 가보겠다며 아주 흐뭇한 표정(별명이 도사)이었다. 나는 기타를 들고 메아리 연습실로 갈까 미대로 갈까를 놓고 여러 번 망설였다.

그러나 캠퍼스 안에 있는 자하연 연못가에 앉아 노래냐 그림이냐를 고민하던 달콤한 시절은 오래 가지 않았다. 죽느냐 사느냐의 고민이 시작되자 다른 모든 문제는 저절로 묻혀버리고 말았다. '메아리'는 내가 졸업하고 난 후에 '노찾사'로 이름이 바뀌며 대외적으로 활동하기 시작했다. 김창남 군은 '메아리'에서 활동하다가 '노찾사' 창단 멤버가 되면서 '김민기'와 '노래운동론' 등 대중문화운동에 대해서 수많은 저서를 냈다. 만약에 김창남 군이 그날 밤 기숙사에서 내 기타 소리에 홀리지 않았더라면 어떻게 되었을까? 그래도 '메아리'가 '노찾사'가 되었을까?

회화과 동기 중엔 지금 미국에서 일러스트레이터로 활동 중인 이담 군과 서울대 미대 교수로 있는 심철웅 군이 클래식 기타를 잘 쳤다. 1학년 첫 MT 때 나랑 이담 군 둘이서 벤처스(Ventuers)의 '파이프 라인(Pipe Line)'과 슈베르트의 '밤과 꿈'을 연주했다. 이 군은 '알함브라의 추억'을 연주해 당시 학장이던 박세원 선생으로부터 천재라는 소리를 들었다.

미대 실기실에서는 그리라는 그림은 안 그리고 주로 노래를 불렀다. 노래는 저절로 잘도 흘러나오는데 그림은 과제나 숙제로 늘 쥐어짜는 바람에 저절로 흘러나올 틈이 없었다.

예나 지금이나 작품이건 행동이건 나는 동기의 순수성을 매우 중요시하는 편이다. 윌리엄 위즈워드(William Wordsworth)가 밝힌 낭만주의 시학(詩學)의 제1원칙은 '시(詩)는 감정의 자발적인 넘쳐 흐름이다'라고 되어 있다. 시뿐만 아니라 모든 예술은 술잔이 넘치듯이 '(가슴)속으로부터 자연스럽게 저절로 넘쳐 흘러야' 한다. 맥주잔에 거품이 흘러넘쳐도 나는 급하게 거품을 들이마시지 않는다. 거품이 술잔 속에서 자연스럽게 솟아올라 흘러넘치는 그 모양은 언제 보아도 멋있기 때문이다. 그리기 싫은 그림을 억지로 그리는 것보다는 진짜로 그림이 그리고 싶어질 때까지 참아보는 게 나을지도 모른다. 과제에 떠밀려 억지로 그림 그리는 걸 큰 수치로 알았으니 당연히 학점은 엉망이었다.

이상하지, 그림은 몇 달 안 그려도 멀쩡한데 기타는 몇 달 안 치면 생 몸살이 났다. 오랜만에 차갑고 가느다란 목을 쥐고 둥근 기타를 껴안고 기타 줄을 한 번 드르륵 긁기만 하면 가슴속에서 뭔가가 아스라이 무너져 내렸다. 소리에는 어떤 마성(魔性)이 숨어 있다. 1학년 기숙사 축제 때 한 친구가 피아노를 쳤는데, 그 친구의 표정을 가까이에서 지켜보고 난 뒤부터 나는 음악을 새로 보게 되었다. 나는 저 친구가 저러다 울음을 터뜨리는 게 아닐까 연주 내내 가슴이 조마조마했었다. 그 친구의 영혼은 기숙사 식당에 마련한 임시 무대를 벗어나 눈 덮인 산맥을 맨발로 기어올라 불타는 분화구를 내려다보고 있는 것 같았다. 25년이 흐른 지금도 그 친구의 감동어린 두 눈과 그 절망적인 표정이 생생하게 떠오른다.

성악과에 여자친구가 있어서 수많은 클래식 음악 감상실을 들락거리고 테이프를 빌려 밤 세워 듣고 수많은 노래를 같이 불렀다. 달밤에 동작동 주변 개나리 꽃길을 나란히 걸으며 가수 송창식의 '사랑이야'라는 노래를 한 소절씩 따라 부르기도 했다. 그 친구를 기숙사 오픈 하우스 때 내 파트너로 데려갔는데 그날 내 기타반주에 팝송 'Today'를 부르는 내 여자친구를 보고 기숙사 친구 여러 명이 정신을 잃었다.

1학년 때부터 머리를 계속 길러 2학년 초엔 드디어 상당한 장발을 펄럭일 수 있었다. (나는 원래 털이 잘 자란다.) 내가 까만 옷에 장발을 펄럭이며 기타 통을 들고 나타나면 기숙사 1학년들이 함성을 지르고 박수를 치곤 했다. 여러 번 장발단속에 걸렸었지만 그때마다 스케치북을 들고 있어서 위기를 모면했다. 내가 미대생이라고 하면 경찰은 꼭 스케치북을 보자고 했다. (누드를 기대했을지도!) 그러곤 똑같은 말, "거 그림도 좋지만 머리 좀 깎고 다닙시다, 잉."

지금은 경성대 기악과에 있는 임병원 군은 나하고 고교동창으로 서울 음대에서 바이올린을 전공했다. 때문에 수많은 음대 친구가 생겨 거리낌 없이 음대를 들락거리며 가까이에서 진짜 음악을 들을 수 있었다. 음대 안에 있던 음악 도서관에는 각자 개별적으로 신청한 곡이 나오는 헤드폰을 끼고 엎드려 울고 있는 음대생들로 가득했다. 다들 눈물을 부끄러워하지 않는 걸 보고 놀랐다. 여학생 하나가 눈물을 닦지도 않은 채 웃으며 알

은체를 했다. 가슴이 미어졌다. 여기서 눈물은 일상이 아닌가. 가슴이 터지지 않으면 안되는 게 음악인가 보다. 그 뒤로 음악가들을 보면 일종의 연민 같은 게 생기곤 했다. 아무리 멀쩡하게 생겨도 눈물 줄줄 흘리는 모습을 한번 떠올리고 나면 왠지 측은한 생각이 들기 마련이다. 그래봤자 소리에 온 영혼을 빼앗긴 가엾은 포로들이 아닌가.

음대 관현악 연습실에 들어가 뒷줄 콘트라베이스 부근 마룻바닥에 비스듬히 기댄 채로 연습 실황을 여러 번 들었다. 그 방에는 에어컨이 있어 여름엔 최상의 피서지였다. 어느 날인가 연습곡을 듣다 깜박 잠이 든 적이 있었다. 잠에서 깨어보니 악기는 그대로 고스란히 남아 있는데 사람은 아무도 없었다. 밖엔 비가 오고 있었다.

스케치 여행이나 MT 갈 때는 반드시 기타를 들고 다녔다. 내가 아니라도 누군가는 반드시 기타를 들고 왔다. 그땐 그랬다. 하숙집에서도 이래저래 보고 듣고 배우며 기타 솜씨가 늘고 아는 노래도 점점 많아졌다. 나중엔 팝송 책 여러 권을 거의 외우다시피 하였다.

내가 대학 입학 후 학교 기숙사로 들어가자 어머니는 내가 쓰던 방을 내놓아 하숙을 받았는데, 우리 집이 KBS 대구방송국 부근이라 KBS 카메라맨과 기자가 하숙생으로 들어왔다. 그중에 김웅기라는 카메라맨이 왕년에 미 8군 무대에서 기타를 쳤던 사람이라 대구에 가기만 하면 같이 어울려 기타를 쳤다. 그 형한테 배운 게 여러 가지 있었는데 '천국의 계단(Stairway to Heaven)' 전주곡만 조금 기억날 뿐 다른 건 다 까먹고 말았다. 김응기 형은 차분한 갈색 장발에 까만 양복을 즐겨 입는 세련된 딴따라였는데 나도 그 영향을 받은 건지 툭하면 까만 양복을 입고 나서는 버릇이 생겼다.

회화과 2년 선배인 76학번 홍미엽 누나한테서는 영화 '로미오와 줄리엣' 주제곡 'What Is A Youth'를 배웠다. 그 뒤, 미대에서 몇 번 불렀더니 반응이 괜찮아 나중에는 가는 데 마다 그 노래를 부르게 되었다. 나는 조용하고 달콤한 노래를 좋아하는지라 실기실 분위기를 헤치기는커녕 어딜 가나 분위기 메이커로 환영받았다. 여러 학년 실기실을 골고루 돌아다니며 때로 초청받고 때로 신청곡 받아 노래 부르고 얻어먹으며 여름 베짱이 같은 나날들을 보냈다. 신입생 환영회나 졸업식 환송회 같은 데선 여러 해 동안 빠지지 않고 노래를 불렀다. 내가 나직이 노래를 부르고 있노라면 누군가 노래를 따라 부르기 마련이다. 하나 둘씩 노랫소리가 모이면 고운 목소리로 화음을 넣는 여학생이 생기고 노랫소리는 점점 높아져 중창이 되고 합창이 된다. 노래는 그런 것이다. 졸업할 무렵엔 후배 여학생들이 모여 등록금은 자기들이 내줄 테니 학교를 더 다니며 노래를 불러달라고 했다. 물론 농담이었겠지만 기분은 좋았다. (혹시 진담이 아니었을까?)

1981년 이른 봄, 전남 보길도로 졸업여행을 갔을 때다. 전남대 임업시험장 관사 싸늘한 마룻바닥에 촛불을 세우고 덜덜 떨면서 술을 마시고 노래를 불렀다. 몸도 추웠고 마음도 추왔다. 사실 졸업여행은 처음부터 좀 무리가 있었다. 회화과 동기이자 나랑 같이 하숙생활을 했던 내 단짝 친구가 자살한 지 겨우 한 달 지났을 때이니 말이다. 내가 야구하다 무릎을 나쳤을 때 그 친구와 나는 하숙방에서 같이 살고 있었다. 내가 다친 그날 밤에 그 친구는 밤새 한 잠도 안 자고 내 발치에 앉아 있었다. 무릎을 다친 탓인지 내 왼발을 내 마음대로 옮길 수가 없어 힘들어하는 걸 보더니, 내가 돌아누울 때마다 편하도록 다친 발을 이리저리 옮겨주었던 것이다. 새벽에 눈을 떠보니 그 친구가 아직도 내 발밑에 앉아 있었다. 괜찮다고 아무리 그냥 자라고 해도 막무가내였다.

내가 그 밤을 어찌 잊을 수 있겠는가? 그 친구를 우리 손으로 벽제에서 화장(火葬), 학교가 내려다보이는 관악산 작은 언덕에 유골을 뿌렸다. 내 손가락 사이를 빠져나가 바람을 타고 온 산으로 흩어지던 그 하얀 뼛가루가 생각난다. 난 여러 번 그 언덕에 올라가 오랫동안 혼자 앉아 있다 오곤 했었다. 관악산에 봄은 오고 있었지만 내 마음속엔 슬픔이 가득했다. 꽃이 피면 더욱 슬펐다. 모두들 슬펐지만 그래도 잊어보자고 졸업여행을 무리하게 떠났던 것이다.

그날도 한참을 웃고 떠들며 노래를 불렀다. 그날 밤 무슨 노래 끝엔가 '난 이담에'라는 노래를 부르게 되었다. '난 이담에 장군 된다고 / 너도 이담에 장군 된다고 했었지. 들에서 뛰놀던 그 길을 돌아보면 / 눈부신 포플러 꿈 같은 시절 / 그 세월 흘렀네. 귀 기울이면 들리는 소리 난 이담에 장군 된다고……' 이 노래를 부르다 말고 문득, 그 친구가 생각났다. 목이 메어와 더 이상 노래를 부를 수가 없었다. 내가 갑자기 노래를 멈추자 다들 나를 빤히 쳐다보았다. 흔들리는 촛불 아래지만 눈물을 숨길 수가 없었다. 기타를 내던지고 밖으로 뛰쳐나갔다. 캄캄한 마당가에 쪼그려 앉아 울기 시작했다. 누군가 내 어깨에 가만히 손을 얹었다. 나는 한참을 흐느껴 울었다. 결국엔 다들 밖으로 몰려나와 내 주위에 모여 서서 앉아서 서로 울고 달래느라 눈물바다를 이루고 말았다. 마른 수숫 대가 바람에 서걱대고 온 하늘에 별빛 찬란하던 그 보길도의 밤을 우리 동기들은 평생 동안 잊을 수가 없을 것이다.

파랑새는 날아가고

어떤 여자가 다급한 표정으로 마구 손을 흔들어 차를 세운다. 눈에 확 뜨이는 대단한 미인이다. 왜 그러냐고 물을 틈도 없이 급하게 차문을 열고 타더니 상기된 표정에 숨을 헐떡이며 하는 말,

"아저씨, 저 차 좀 잡아주세요, 빨리요."

과연 저 멀리 버스가 한 대 달아나고 있었다. 시외버스를 놓쳤단다. 다음 버스는 기약도 없단다. 무지무지 급해 염치 불구했단다. 저 차를 꼭 타야 한다며 여자는 발을 동동 구른다. 여자의 말이 채 끝나기도 전에 내가 본 모든 영화의 자동차 추격 장면이 한꺼번에 다 떠올랐다. 따분한 일상이 와장창 내려앉고 갑자기 인생은 모험이 되었다. 내 언젠가는 이런 날이 올 줄 알았다. 음하하하.

"걱정 마쇼, 아가씨, 버스쯤이야."

나도 모르게 손바닥에 침을 뱉었다. 일단 라이트를 모조리 다 켰다. 그리고는 미친 차처럼 튀어나갔다. 나는 모든 신호와 횡단보도와 장애물을 모조리 무시할 각오를 했으나, 섭섭하게도 그 길은 무시할 신호등 하나 없고, 따라서 횡단보도도 없고, 차는 고사하고 자전거도 한 대 없는, 나른하고 느슨한 시골길이었다. 얼마나 무시무시한 속도로 달렸는지 순식간에 버스를 따라잡았다. 나는 경적을 울리며 라이트를 번쩍거리고, 여자는 팔을 흔들고 비명을 질렀다. 잠시 머뭇거리던 버스기사가 알았다는 손짓을 하면서 속도를 줄인다. 그래도 일단은 비상등을 깜빡거리며 버스를 앞지른 다음 브레이크를 서서히

밟아, 그야말로 완벽하게 버스를 '체포'하였다. 내 딴엔 버스 앞에 차를 바싹 붙여 세워 여자가 탈 때까지 버스를 확실하게 붙잡아둔다는 계산까지 했었다. 아무리 생각해도 난 너무 완벽하다.

너무 쉽게 잡혀 좀 아쉽다 싶어 버스를 자세히 보았더니 한눈에 보기에도 다 삭아 내리는 고물 시외버스가 틀림없다. 그러면 그렇지, 어쩐지 수월하더라니. 여자는 정말로 정말로 감사하다고 그 와중에도 두 번씩이나 깍듯한 인사를 하고 나서야 총알같이 버스에 뛰어올랐다. 그러고는 그때까지도 눈이 휘둥그런 운전기사 바로 뒤창을 열어젖히고, 차가 떠나는데도 차창 밖으로 몸을 내민 채 두 팔을 흔들며 고맙다고, 잘 가라고 소리소리 질러댔다. 원, 저렇게 좋을까. 활짝 웃는 얼굴에 긴 머리가 바람에 출렁인다. 새삼 가슴이 설레고 기분이 으쓱하여 나도 잘 가라고 손을 흔들어주었다.

햇살에 빛나는 구불구불한 들길을 따라 버스가 사라질 무렵(자막이 올라오며 영화는 끝이 나고), 나는 일상으로 돌아와 퍼뜩 제정신이 들었다.

내가 미쳤구나, 미쳤어. 버스를 그렇게나 빨리 따라잡다니. 그놈의 버스를 놓쳐야 아가씨와 다음 장면을 찍을 게 아닌가. 왜 그 생각을 못 했지? 하필 그때 자동차 추격 장면이 떠오르는 바람에 그만 미쳐가지고는……. 그런데 다 썩어 퍼덕거리는 그놈의 고물 버스를 도대체 놓칠 재간이 있어야 말이지. 이 무슨 천둥 같은 만남에 벼락 같은 이별인가. 아아, 파랑새는 날아가고, 나는 홀로 남았다네.

버스가 사라진 들판을 쓸쓸하게 바라보다 갑자기 드는 생각.

'아닐 거야, 이런 인연은 이대로 끝나는 게 아닐 거야. 혹시 알아? 그 여자가 또다시 버스를 놓쳐 내 차 앞으로 한 번 더 뛰어드는지.'

칼 던지기

2001년 봄이었다. 서울 강남의 어느 등산용품점에서 던지는 칼 한 쌍을 샀다. 칼은 한 20cm나 될까, 그리 크지도 비싸지도 않아 장난삼아 한번 던져보고 싶다는 생각이 들었다. 까만 칼집에 새하얀 스테인리스 칼 두 개가 나란히 들어 있어서 보기도 괜찮았다. 작업실에 두꺼운 나왕판자를 갖다놓고 몇 번 던져보았다. 칼은 생각보다 잘 꽂히지 않았다. 마룻바닥에 쨍그랑 칼 떨어지는 소리는 정말 듣기 싫었다. 그러다 우연히 칼이 제대로 한 번 꽂혔다. '떵'(영어로는 'thunk') 울리는 기분 좋은 소리. 히야, 꽂혔구나. 기분이 아주 짜릿하고 개운하고 뿌듯했다. 이 맛에 칼을 던지나 보다. 그때부터 어쩌다 한 번 꽂힌 '우연'을 '필연'으로 바꾸는 외로운(?) 연습이 시작되었다. 독학이다 보니 수많은 시행착오를 겪어야 했다. 답답해도 물어볼 데가 없어 amazon.com에서 원서를 사다 읽고 인터넷을 뒤졌다. 그럭저럭 솜씨가 늘면서 칼 꽂히는 맛에 점점 중독이 되어 작업하는 틈틈이 툭하면 칼을 던지게 되었다. 작업실에 출근하자마자 인사차 던지고 중간중간에 던지고 퇴근할 때 마무리로 던지고 다음날 해장으로 던졌다. 어떤 날은 하루 종일 칼만 던지다 돌아온 날도 있었다.

나는 일찍이 던지기에 남다른 소질이 있었다. 어린 시절에 딱지치기와 돌팔매질을 많이 해서 튼튼한 어깨를 가진 데다 구슬치기와 새총쏘기로 집중력이 더해져 뭐든 맞히는 것에는 자신이 있었다. 늘 호주머니 가득 구슬을 절거덕거렸고 새총으로 수많은 전등을 박살냈고 동네 양궁장에선 백원 내고 너무 오래 쏜다고 주인한테 쫓겨났다. 과녁의 한

242~243

중간을 맞히면 다음 10발이 공짜였기 때문에 단돈 백원 내고 한 시간씩 쏘는 건 일도 아니었으니 주인이 미워할 만도 했다. 대입 체력장에선 실제와 무게가 같은 550g짜리 가짜 수류탄을 50m 이상 던졌다. 수류탄을 그 정도 던질 수 있는 사람은 보통 70명 한 반에 한둘 있을까 말까 하는 정도였다. 턱걸이 20개야 체구와는 관계가 없어 나 말고도 여러 명이 20개씩 해냈지만 수류탄은 그 자체 무게 때문에 보통 체구로는 어깨 위로 던지기도 힘들다. 고3 때 내가 우리 반에서 가장 높은 체력장 점수를 받아 담임선생님이 놀라셨다. 대학 다닐 때는 미대 야구부 최고의 강속구 투수였다. 툭하면 미대 앞마당에서 야구공을 던졌다. 여학생들이 구경을 할 때는 더 세게 던졌다.

대학 2학년인 1979년 가을에는 총장배 쟁탈 단과대별 야구시합에 미대 투수로 나갔다. 지금 국민대 교수로 있는 조소과의 조병섭 군이 손이 두텁고 내 공을 잘 받아 당시 포수를 맡았다. 그러나 내야 플라이를 서로 받으려다 사인이 안 맞아 둘이 부딪혀 넘어지며 왼쪽 무릎을 다쳐 한 달 동안 다리 전체를 깁스하게 되었다. 다음날 아침 긴급 교수회의 결과는, 미대 대표선수로 공식시합 출전 중에 다쳤으므로 모든 치료비는 학교에서 대기로 하고 출석도 다 처리해줄 테니 걱정 말고 대구 집으로 내려가 푹 쉬라는 것이었다. 옳다구나 싶어 집에 벌렁 드러누워 오만 응석을 부렸으나 단 이틀 만에 좀이 쑤시기 시작해 깁스 기간 내내 지겨워 죽는 줄 알았다. 다친 지 일주일 만에 박정희 대통령이 서거한 10·26 사태가 일어나 전국에 대학 휴교령이 내렸다. 문병 오는 친구들이 많아져 그나마 좀 견딜 만했다. 한꺼번에 열댓 명이 찾아와 와글거린 적도 있다. 그러나 끝내 한 달을 못 참고 깁스를 한 채로 당구장을 출입하기 시작했다. 덕분에 약간의 후유증이 생긴 건지 지금도 왼쪽 무릎이 조금씩 삐그덕거릴 때가 있다.

졸업하고 나서는 운동 잘하는 미대 동문 박성진 씨가 가끔 공을 받아주었으나 하필이면 제주대학으로 자리를 얻는 바람에 그나마 공을 받아줄 사람이 없어지고 말았다. 박형 말로는 내가 던지는 공이 시속 130km 이상은 나올 거란다. 시골 내려온 뒤로는 어쩌다 어깨가 근질거려도 던질 거라곤 오로지 강가의 조약돌밖에 없었다.

조약돌은 강물이 받아주지만 아무리 잘 던져도 야구공은 누가 뻥뻥 소리나게 받아주지 않으면 재미가 없다. 그러니 혼자 놀기에는 상대가 필요없는 칼 던지기가 제격이다. 포수 대신에 말 없는 송판이 칼을 땅땅 받아주는 것이다. 송판은 포수처럼 피곤해하지도 않고 어쩌다 잘못 던져도 미안해할 필요가 없으며 언제나 제자리에서 묵묵히 칼을 받아낸다.

칼 던지기 자체로는 운동량이 부족해 칼이 꽂히지 않으면 나름대로 벌칙을 정했다. 칼을 주우러 갈 때는 오리걸음으로 기어가서 제자리에서 스무 번씩 쪼그려 뛰기를 하는 것이다. 그러나 명중률과 정확도가 높아지면서 점점 쪼그려 뛸 일이 없어져 다시 운동이 모자라게 되었다. 나중에는 벌칙과 상관없이 칼을 뽑으러 갈 때는 오리걸음으로, 던지는 위치로 돌아올 때는 뒷걸음질쳐서 왔다.

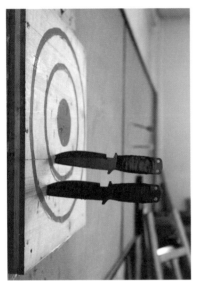

ⓒ 오병욱

과녁을 바라보면서 단전호흡을 몇 번 하고(나는 충주 도장의 석무 사범님한테서 국선
도를 배워 단전호흡을 조금은 할 줄 안다), 마음을 가라앉히고 과녁을 바라보면서 오로
지 꽂힌다는 한 생각, 내가 가진 칼은 오직 이 한 개뿐이라는 생각, 평생에 다시 던질 수
없는 마지막 단 한 번의 기회라는 생각을 해보기도 한다. 그렇다고 쓸데없이 힘이 들어

가면 안 된다. 부드러운 연결이 끊어지면 결과가 신통치 않은 경우가 많았다. 발의 움직임이나 그립(칼을 쥐는 방법), 동작의 연장선을 다시 한번 그려보면서 호흡을 다시 확인하고 부드러우면서도 힘차게 던진다. 최종적으로는 내 손을 벗어나는 칼의 촉감과 무게와 날아가는 소리와 꽂히는 소리를 즐긴다. 제대로 꽂힐 때의 감각을 기억하고 다시 그대로 반복할 수 있을 만큼 몇 번 더 던져본다. 늘 그렇게 하진 않지만 그렇게 해야만 칼 던지기도 정신 수양이 될 것이다.

마음만 먹는다면 모든 종류의 일이나 놀이에서 자기 수양적 측면을 찾아낼 수 있을 것이다. 정신을 한 군데로 모으는 집중력을 키움으로써, 산만하고 우유부단한 문약(文弱)을 극복하자는 목표는 너무 거창하게 들린다. 그저 한번 던져보고 싶었다고 말하자. 칼이 안 꽂힐 때는 칼 잘못이 아니라 분명히 내 잘못인 만큼 고칠 점은 나한테 있기 마련이다. 조금만 딴 생각을 하거나 정신이 흐트러지면 칼은 꽂히지 않거나 꽂혀도 비스듬히 꽂히거나 엉뚱한 데 가서 꽂힌다. 칼 하나 던진 결과에 나 자신의 안팎이 그렇게도 예민하게 나타나는 것을 보고 놀랐다. 여러 가지 변수를 감안하고 수용하고 자신의 안팎을 조절하고 통제하는 기술은 예술에서나 무술에서나 마찬가지로 중요한 목표이리라.

상주 검도계의 최고수로 검도장을 두 군데나 갖고 있는 태진이 아빠가 내 시범을 보고 내 이야기를 듣더니 내가 스스로 다 터득해 들어가고 있다고 칭찬을 했다. 난 그냥 씨익 웃었지만 속으론 뿌듯하였다. 진짜 고수들한테 인정받는 것은 언제나 기분 좋은 일이다.

비 오는 저녁 강가에서

✳

비 오는 저녁이라 우산을 들고 강으로 나갔습니다.

혼자서 강가를 서성이며 우산에 떨어지는 빗방울소리를 들었습니다. 점점이 돋아나는 강 건너 불빛들도 헤아렸지요. 푸른 강물 가득히 번져오는 저녁 안개 속에서 갈대밭 자욱한 빗소리도 들었습니다. 풀잎을 차던 발끝이 금방 촉촉해지고 바지가 젖어오고 간간이 부는 바람에 낡은 우산이 끄덕끄덕 흔들렸습니다.

갑자기 우리가 쓴 우산이 뒤집어졌을 때가 생각나 혼자 웃었습니다. 비에 젖은 머리칼을 쓸어 올리며 마주보고 웃던 그날이 언제였지요? 가지런히 빛나던 그 하얀 이를, 차갑고 매끄러운 그 창백한 손을 아직도 잊을 수가 없습니다. 오늘같이 빗속에 간간이 바람이 섞여 부는 날이면 일부러 우산을 들고 밖으로 나가봅니다. 어느 순간에 아득히 잊혀져 가던 그날들이 너무나 생생하게 되살아나는 바람에 혼자서 놀라기도 한답니다. 시간이 그렇게나 흘러도 이렇게나 생생하게 옛날이 되살아나다니. 그렇다면 시간은 강물처럼 흘러 사라지기만 하는 게 아닌지도 모르겠습니다. 시간은 저기 저 강물처럼 가끔씩은 소용돌이도 치고 제자리에서 맴돌기도 하는 걸까요? 제 가슴속에서 쉬지 않고 맴도는 이 그리움처럼 말입니다.

비 오는 날에는 모양보다도 들을 만한 소리가 많아집니다.

어떤 사물은 모양보다 소리로 자신의 영혼을 드러내는 게 아닐까요? 악기마다 소리가 다르듯이 우산마다 소리가 다르고 강물마다 바람마다 골짜기마다 소리는 달라집니다.

ⓒ 오병욱

빗방울은 거의 모든 사물이 가지고 있는 숨은 소리를 밖으로 끌어냅니다. 그래서 비 오는 날은 온 세상이 신기한 소리로 꽉 차게 된답니다. 장대비 쏟아지는 숲 속의 소리는 대단하지요. 저도 양철지붕 집에만 있을 수가 없게 된답니다.

가만히 귀 기울여 보면 모래밭에도 바삭바삭 간지러운 속삭임이 있고, 물이 불어난 강물은 더욱 깊고 무거운 신음소리를 내며 수런거리는 갈대밭을 지나갑니다.

옛날에 우리가 나누던 그 수많은 속삭임들은 다 어디로 갔나요? 지난 봄날 눈보라치던 그 꽃잎처럼 흩어졌나요? 빗방울에 돋아난 저 물거품처럼 사라졌나요? 저녁 강에 띄운 작은 종이 배처럼? 저도 그런 줄 알았어요. 그 모든 것들은 이미 흘러간 강물인 줄 알았어요. 하지만 어느 날 우연히 비바람 속에서 희미한 아우성 같기도 하고 애절한 속삭임 같기도 한 그 설레는 소리들을 다시 듣게 되었습니다. 그때부터 비 오는 저녁이면 집에 있을 수가 없답니다. 그날도 오늘처럼 강가에는 연한 안개가 깔리고 저렇게 불빛이 돋아날 무렵이었습니다.

그렇게나 오랜 세월이 흘러도 님의 목소리와 짙은 그림자와 희미한 향기는 아직도 제 가슴속에 흐르는 강물처럼 남아 있습니다. 행여라도 님이 오실까 비 오는 저녁이면 이렇게 우산을 들고 저무는 강가에 서 있어 봅니다. 우리 사이에도 시간은 이렇게 강물처럼 흘러가는데, 강 건너 등불이 저렇게 물살에 흔들리는데, 님은 아니 오고 푸른 밤이 오고 고운 비가 오고 그리움처럼 연한 바람만 내내 몰려왔습니다.

그림 그리는 기쁨과 슬픔

*

영준이가 다섯 살 때 처음으로 화가가 되겠다는 말을 했다. 나는 기쁘고 또 슬펐다. 철 없는 아이가 그림 그리는 기쁨을 어찌 알았을까 해서 기뻤고, 아직 어리니 그림 그리는 슬픔을 모르셨거니 해서 슬펐다. 그림 그리는 일이 그저 기쁘기만 한 일이라면 내 그 자리에서 아이를 껴안아 주었겠지만, 그림 그리는 슬픔을 아는 나는 아이를 말리고 싶었다. 이 넓은 세상 수많은 일 중에 하필이면 이 작고 가난한 그림을 그린단 말인가.

그러나 또 곰곰이 생각해보니 이 세상 모든 일이 기쁨과 슬픔으로 이루어지지 않은 일이 없거늘, 무슨 일을 어떻게 하더라도 슬픔을 모두 피해갈 수는 없겠다. 어느 분야의 무슨 일이든, 일이란 것은 일단 기쁘고 즐거운 마음으로 시작하지만, 결국에는 그 일의 그늘을 받아들이고, 그 일의 어둠을 건너가고, 그 일의 슬픔을 이겨낸 다음에야 비로소 그 일의 진정한 기쁨을 알게 되는 것이다. 그때에야 그 일이 자신의 일이 되고, 자신의 삶이 되고, 자신의 빛이 된다.

하지만 저 어린것이 장차 겪어내야 할 기쁨과 슬픔을 생각하면 나는 애비로서 어찌할 수 없이 불안한 심정이 된다. 그 자리에서 말리고 싶은 마음도 없진 않았지만, 내 차마 그러지 못했다. 저 철없는 기쁨에 미리 찬물을 끼얹을 필요가 없다는 생각이 먼저 들었고, 또 기쁨과 슬픔은 사람마다 시대마다 그 배합비가 다른 까닭에 혹시 저 아이는 나보다 기쁘게 그림을 그리게 될지도 모른다는 생각이 들어서였다. 다만 즐거이 자동차를 그리고 재미난 짐승들을 그리고 공룡그리기를 좋아할 뿐인 저 어린것이 화가가 누구이며 그림이 무엇인지를 어떻게 알고 저런 말을 하는지 생각할수록 기가 막혔다.

그 무렵이었을까. 초여름 대청마루에서 낮잠을 자던 아이가 혼자 일어나 앉아 마당에 내리는 소나기를 바라보고 있었다. 그 뒷모습을 보면서 왠지 저 아이도 어쩔수 없이 화가가 되겠구나 하는 생각이 들었다.

영준이가 여섯 살 때 지네 엄마한테 라면 끓이는 법을 가르쳐 달란다. 왜 그러냐고 물었더니 화가는 혼자 살아야 하기 때문에 요리할 줄 알아야 한다는 것이다. 우리 부부는 눈을 동그랗게 뜨고 마주 보았다. 화가는 왜 혼자 살아야 하느냐고 물어보았다. 그냥 그런 생각이 든단다. 혹시 내가 그런 소리를 했나 싶어 되돌아보아도 어린 아이한테 그런 말을 했을 리 만무하다. 누가 그런 소리를 했을까? TV에서? 책에서? 아니면 저절로 깨쳐 가는 중인가?

일곱 살이 되던 해에는 '죽어도' 화가가 되겠단다. '죽어도' 라는 말이 걸린다. 그렇게까지 해야 할 필요가 있을까? 서울여대에 있는 김태호 형이 영준이한테 화가가 못 되면 그땐 어떻게 할 거냐고 물었더니 이렇게 대답했다. "하다하다 안 되면 그땐…… 음…… 과학자가 될 거예요." 그 말에 김태호 형 왈, "얘는 순서가 제대로 되어 있지 않니?"

영준이는 언제 어디서든 종이랑 연필만 주면 혼자 그림을 그리며 놀았다. 단필에 공룡 한 마리를 쓱싹 그려내는 걸 보고는 친구며 선후배들이 하나같이 놀랐다. 아빠는 이제

사랑방 흙벽에 동쪽으로 작은 창문이 나 있다.
창밖엔 담쟁이가 말라붙어 있고 뽀얀 유리창엔 빗자국이 선명하다.
살구나무 가지 사이로 샘가가 내려다보인다.

붓 놓고 아이 뒷바라지나 하란다. 난 쩝쩝 입맛만 다셨지만 내심 흐뭇했다. '다들 눈은 있어가지고……'

난 일부러 그림을 따로 가르치지 않았다. 자기 나름대로의 방식으로 뻗어나는 야생화를 내가 건드려서 좋을 게 없다는 생각에서였다. 다만 풍성한 느낌은 넉넉히 제공해주고 싶었다. 세 살 때, 아이를 안고 기다란 대나무 젓가락으로 온 집안의 모든 물건을 모조리 두드려본 적이 있다. 이상하고 재미난 소리가 나는 물건이 뜻밖에도 많이 있었다. 물론 내 머리도, 아이 머리도 빠짐없이 두드려보았다. 음식도 좋은 자극이 되겠다 싶어 아이한테 고추장을 먹였다가 아내한테 몹시 혼났다. 내가 어릴 때 집에서 키우던 개한테 고추장을 먹인 일이 생각난다. 개가 하루 종일 혀를 길게 빼물고 있는 통에 나중엔 미안한 생각이 들었다. 엄마가 물었었다. "개가 왜 저러냐?" "글쎄? 덥겠지 뭐."

우리는 상주로 내려오자마자 18개월 된 영준이를 위해 커다란 모래상자를 만들어 깨끗한 모래를 담고 큰 파라솔을 꽂아두었다. 그 옆에는 큰 물통에 물을 가득 담아두고 햇볕에 따뜻하게 데워지기를 기다렸다. 영준이는 여름 내내 물통과 모래상자를 오가며 우리가 지나갈 때마다 물을 퍼붓고 모래를 끼얹었다. 물이나 모래는 아이들 감성교육에 아주 좋은 재료가 아닐까 한다. 물에 젖은 모래밭을 함께 걷다보면 온 세상이 저절로 평화로워진다. 무엇보다도 모래나 물은 우선 부드럽다. 그 자체가 반짝이며 형태나 상태가 끝없이 변한다. 쌓을 수 있고 몸에 묻힐 수 있고 던질 수 있으며, 특유의 촉감과 온도가 있고, 모아서 화분에 담을 수 있고 씨앗을 심고 물을 주어 꽃을 피워 올리니 아이들한테 그만한 장난감이 어디 있겠는가.

아침저녁으로 상추밭에 물을 주는 일도 아이들이 좋아하는 일이다. 물총놀이는 말할 것도 없다. 신체의 여러 감각을 동시에 자극하는 방법은 그 외에도 여러 가지가 있다. 새순이 올라오는 봄날에는 아이들과 함께 텃밭 주변의 여러 새순을 관찰하고 만져보고 냄새 맡고 먹어보고 이름을 알아두면 좋을 것이다. 밭일이나 추수, 각종 동식물 채집이나 낚시나 천렵, 등산과 야영, 각종 운동과 자전거타기 등과 같은 야외활동을 독서나 글짓기, 어학, 컴퓨터, 그림, 연주, 요리 등의 실내수업과 적당히 배합할 필요가 있다. 그물 침대에서 책을 읽거나 강가에서 풍경화를 그리고 숲 속에서 피리를 부는 아이들을 떠올리면 기분이 좋아진다.

어느 날은 내가 책에다 밑줄을 긋는 걸 보더니 자기 그림책 몇 줄 안 되는 본문에다 빽빽이 밑줄을 쳐놓았다. 그런 걸 보면 화가가 된다는 것도 아마 아빠 흉내가 아닌가 싶다. 영준이한테 30년 뒤의 자기 모습을 그려보라 했더니 저도 팔레트를 들고 콧수염까지 기른 걸 보면 흉내가 분명할지도 모르겠다. 내가 기타를 치면 나와 기타 사이를 파고 들어 할 수 없이 같이 기타를 쳤다. 시도 때도 없이 레슬링 시합이 벌어져 내 앞니가 영준이 이마에 부딪혀 여러 번 피가 났고, 결국 앞니 몇 개를 새로 해 넣어야 했다. 밤마다 (영준이가 초등학교 들어가기 전까지 우린 셋이 같이 잤다) 옛날이야기를 만들어내다

보니 수시로 밑천이 딸렸다. 가끔 내가 이야기를 딱 멈추고 그다음부터 네 나름대로 이야기를 이어가 보라고 시키면, 어떻게든 제 이야기 속에는 빰빠라밤~ 팡파르가 울리고 '파워~'하고 내뱉는 알 수 없는 괴성과 함께 언제나 변신로봇이 나타나고야 마는 것이었다. 슬픈 이야기로 여러 번 울리기도 했지만 너무 말도 안 된다며 낄낄거리고 핀잔을 듣기도 했다. 어느 날인가는 내가 이야기하다 말고 그대로 잠들어버렸다고 한다.

영준이가 초등학교 1학년 때 여름방학을 한 날, 마당에 텐트를 치고 같이 잤다가 영준이가 감기가 걸린 적이 있다. 아내한테 잔소리깨나 들었다. 여름 방학 내내 집안 등나무 밑에 텐트를 쳐놓고 수시로 들락거렸다. 뒷밭 늙은 감나무 위에 나무집을 만들어주마고 했다가 잊어버리고 말았다. 페르세우스 유성우가 있는 8월 중순에는 영준이를 데리고서 강가 모래밭에 텐트를 치고 낚싯대를 던져놓고 별똥을 헤아렸다.

시골에 사는 만큼 늘 도시를 보충해줄 필요가 있겠다는 생각이 들어, 영준이가 어렸을 때부터 서울이나 대구에서 내 전시가 있거나 볼일이 있을 때면 항상 데리고 다녔다. 사실 시골집에 어린 아이를 혼자 두고 다닐 수도 없었다. 영준이는 우리 동문들과 미술인들을 많이 만나는 바람에 자연스레 화가의 길로 들어서게 되는 건지도 모르겠다. 수많은 선배 동문들이 좋은 말들을 너무 많이 해주어 오히려 조금 덜 가르쳐야겠다는 생각도 해본 적이 있다.

영준이 방에 남쪽으로 난 작은 쪽문을 들어내고 큰 창을 냈더니 방이 훨씬 밝아졌다. 영준이 방의 공부하는 책상과 컴퓨터 책상은 내가 만들어서 창문 앞에 나란히 붙여놓은 것이다. 아이가 공부할 책상이니만큼 내가 가지고 있던 나무 중에서 제일 좋은 소나무를 골라 정성 들여 만들었다. 책상을 만들면서 얼마나 기분이 좋았는지 모른다. 책상에 앉으면 창밖의 앵두나무와 찔레덩굴, 담쟁이 우거진 돌담과 감나무 사이로 뒷산이 보인다. 철마다 저렇게 새들이 찾아오고 오늘처럼 눈이 내리고, 꽃이 피고 열매가 달리고 낙엽이 진다.

나는 영준이에게 네가 화가가 아니라 시인이 되었으면 좋겠다고 말한 적이 있다. 화가는 어딘가에 공간이 필요하고 많은 재료가 필요하지만, 시인은 공간도 필요 없고 그저 달랑 몽당연필 한 자루만 있으면 된다는 억지논리였지만(무용은 아무것도 필요 없다), 사실 말하고 보니 지독한 게으름뱅이 예술관이 아닐 수 없다는 생각이 들어 같이 웃었다. 화가나 시인이나 그림 한 점, 시 한 수에 어차피 기쁘고 슬프긴 매한가지 아닌가. 오늘 아침 아이의 책상에 앉아 눈 오는 창밖을 보며 어찌 이리 기쁘고 슬픈지. 아이도 저 눈 내리는 운동장을 바라보고 있는지.

또각또각
멀어져 가는
일상의 발자국

5

상주 시가지 동쪽 철도 건널목 옆으로 철로를 따라 남쪽으로 난 조그만 골목길이 있다.

＊

상주 시가지 동쪽 철도 건널목 옆으로 철로를 따라 남쪽으로 난 조그만 골목길이 있다. 차를 다고 건 널목을 지나다 보면 어쩌다 한 번씩 그 작고 구불구불한 골목이 눈에 들어오곤 한다. 길이 하도 좁아 서 둘이 나란히 걷지는 못하겠다. 겨우 가슴께나 올까. 나지막한 시멘트 블록 담장 위엔 구멍이 숭숭 뚫리고 아래쪽엔 이끼가 푸르다. 담이 저리 낮으니 틀림없이 보이는 것도 많을 거야. 낙서 가득한 모 퉁이 담장 위엔 보나마나 깨진 병 조각을 꽂아놨겠지. 난데없이 호박덩굴 우거진 빈 터가 나타나고 물걸레 말라붙은 초라한 평상에 때 묻은 강아지가 묶여 있을지도 몰라. 슬레이트 지붕 아래 녹슨 철 대문이 빠끔히 열려 장독대 앞에 깔아놓은 징검다리며 자갈밭이랑 알록달록 흐드러진 채송화도 보일 까? 가로세로 한 뼘밖에 안 되는 화장실 환기구멍이 어딘가에 있을 텐데. 거기 꽂아둔 빨간 전구에는 희미하게 불이 들어와 있고. 어딘가 나무판자를 이어붙인 옛날식 울타리도 있으면 좋겠다. 갑자기 무 당집이 나타날지도 모르지. 절세미인이 수돗가에서 칫솔을 물고 요강을 비우고 있지는 않겠지 설마. 그런데 저 길이 막다른 골목일 수도 있나? 그래, 내 언젠가는 저 길을 걸어가 보리라. 그렇지만 실제 로 가보고 나면 어딘가 맥 빠지지 않을까. 아니야 아니야. 골목 한 개쯤은 차라리 아껴두어야 하는 게 아닐까? 요즘도 그 골목 입구를 지나칠 때마다 마음속에는 뭔가 아른거리는 게 있다. 희미한 추억이 나 알 수 없는 유혹, 짧고 덧없는 모험 같은 것들이 그 오래된 골목 입구에서 살짝 윙크를 하고는 골 목 속으로 또각또각 사라져 가는 것이다.

플라타너스 그늘 아래

＊

우리 마을 입구 오른쪽 언덕배기에 어른 두 아름이 넘는 커다란 플라타너스 한 그루가
서 있다. 나무 밑에는 한 서너 평이나 될까 약간 앞으로 경사진 조그만 풀밭이 딸려 있
다. 지금은 마른 풀밭에 낙엽뿐이지만 몇 해 전까지만 해도 그 자리엔 돌아가신 덕배 아
저씨가 늘 오도카니 앉아 있던 낡은 의자 하나가 놓여 있었다. 아저씨가 돌아가시고 난
뒤에도 의자는 몇 년 동안이나 그 자리에 남아 있었는데, 언젠가 낡고 삭아서 비스듬한
가 싶더니 그만 어디론가 사라져버리고 말았다.

아저씨는 그 자리에서 바로 골목 건너 동네 첫 집에 살았는데, 좁은 시멘트 마당에 시커
먼 철 대문이 답답했던지 허구한 날 대문 밖 언덕배기에 나와 앉아 바람과 햇볕을 쐬며
지나가는 사람들을 하나하나 체크하고 간섭했으니 실로 우리 동네 검문소나 마찬가지
였다. 그 아저씨 인상이 또 워낙 험악해 볼 때마다 살아 있는 장승처럼 사람을 긴장시키
는 화난 표정이라 동네 입구를 지키기에는 그야말로 안성맞춤이었을지도 모르겠다. 아
저씨가 의자에 앉아 있는 자세(근무자세)는 오로지 한 자세밖에 없었다. 다리를 꼰 채
두 손으로 무릎을 감싸 안는 딱 그 한 자세. 늘 상체는 의자에 묶인 듯 빳빳이 세우고 얼
굴만 레이더처럼 움직여 지나가는 사람을 따라온다. 나도 번번이 검문에 걸렸다. 카랑
카랑한 목소리에 말은 또 얼마나 짧은지.

"어데 가나?"

"요 앞에요."

"뭐 하러?"

"친구가 온다고 해서요."

이쯤에서—뜻밖에도—갑자기 활짝 웃는다. 험악한 인상이라 웃음의 효과는 크다. 그러나 그 웃음은 그의 말보다도 짧다. 그저 입만 한 번 벙긋한 것일까. 아니 과연 웃기나 한 걸까. 웃었다 싶은 그 순간, 언제 그랬냐는 듯이 금방 예의 그 화난 표정으로 돌아가서는,

"가봐."

딱 한 마디다. 말이 너무 짧아 숫제 무슨 구령 같다. 검문소를 통과할 때마다 하도 즐거워 어느 날엔가 일부러 왔다갔다해 본 적이 있다. 아니나 다를까,

"뭣 땜에 왔다갔다하나?"

이럴 때 함부로 웃어도 걸린다.

"뭣 땜에 웃나?"

내 대답이 끝날 때까지는 절대 웃지 않으셨다.

덕배 아저씨가 돌아가신 지 십 년도 넘었다. 주인이 사라지고 난 뒤에도 5년 이상 그 의자는 그 자리에서 눈비에 젖고 낙엽에 쌓여 고요히 삭아가고 있었다. 누가 치웠을까, 그 낡은 의자를. 한때 평평했던 그 자리에도 흙이 조금씩 흘러내려 이제는 의자 하나 놓기

도 힘들 정도로 경사가 생겼다. 모든 건 세월에 묻히고 흙에 묻히고 언젠가는 사라지기 마련인가 보다. 이젠 슬퍼하지 않고도 그런 걸 받아들일 나이가 되었다. 그러나 낙엽 수북한 그 선선한 나무그늘 밑에는 여전히 뭔기가 남아 있다. 세월에도 흙에도 묻히지 않는 뭔가가 아직도 그 자리에서 완강하게 빛나고 있다.

내가 왜 우두커니 서서 그 플라타너스 그늘 아래를 한참씩 바라보다 가는지 사람들은 모를 것이다. 혼자 슬며시 미소 짓는 이유는 더더욱 모를 테고.

"어데 가나?"

지금도 가을바람 속에 흩어지는 그 카랑카랑한 목소리.

작고 푸른 궁둥이

✳

주말이라 안동고등학교 기숙사에서 돌아온 아이를 데리고 목욕탕엘 갔다.

제일 미지근한 소위 한방 탕이라는 데는 무슨 약초를 넣어선지 물색은 진하지만 온도가 만만해 꼬마들이 바글바글하다. 조그만 머리통 여러 개가 물 위에 수박처럼 동동 떠 있다. 그런데 요 놈 꼬마들이 개구리 떼 마냥 모여서 얼마나 장난들을 치는지 어떤 녀석은 아예 작정하고 물안경까지 갖고 왔다. 물속에서 퐁당거리고 꼴깍거리며 잠수연습을 한답시고 코를 잡고 가라앉았다가 엉뚱한 데서 불쑥 솟아올라 서로 놀라질 않나, 물속에서 내 무르팍에 머릴 부딪히는 놈이 없나, 일어서면서 숨 조절이 잘못돼 엉겁결에 물을 몇 모금 마신 녀석도 있었다.

물거품이 보글보글 일더니 갑자기 지독한 구린내가 떠올라 다들 비명을 지르며 코를 잡고 피했다. 탕 중간에서 혼자 머쓱하니 웃는 저 녀석 짓이다! 삶은 계란을 먹고 체했는지 독한 냄새에 눈알이 빠진다. 공격개시. 사방에서 그 녀석한테 물세례가 쏟아졌다. 코로 물이 들어갔는지 녀석은 코를 쥐고 울먹인다. 게다가 머리를 처박고 헤엄쳐가던 놈이 가서 또 부딪혔다. 물장구치던 녀석은 결국 새로 탕에 들어온 붉은 대머리 아저씨한테 혼났다. 잠시 서로 눈치만 살살 보고 조용조용 물만 떠밀다가 무서운 아저씨가 나가자마자 곧바로 다이빙이 시작됐다. 내가 하도 기가 막혀 몇 번 웃었더니 나 같은 건 안중에도 없나보다.

그러다가 내 바로 옆으로 몽고반점이 있는 작고 푸른 궁둥이 하나가 떠올랐는데, 순간

ⓒ 오병욱

한 대 찰싹 갈기지 않을 수 없었다. 녀석이 허우적거리며 부리나케 일어나 두 손으로 얼굴을 씻어 내리곤 누가 때렸을까 엉덩이를 만지작거리며 사방을 두리번거리는 동안, 아들과 나는 딴 데 보는 척하며 터져 나오는 웃음을 참느라 입가에 경련이 일었다.

어른들은 아이들 등쌀에 못 이겨 옆에 있는 뜨거운 탕으로 옮겨갔다. 다들 빙긋거리며 즐거운 난장판을 지켜보기만 할 뿐, 내가 있어서 그런지 좀 전의 붉은 대머리 아저씨 외엔 아무도 아이들을 나무라는 사람이 없다. 웬만한 어른들이 잔소리를 하려다가도 낄낄거리며 튀는 물을 모조리 맞고 있는 나를 보고 입을 다물었을지도 모른다. 꼬마들한테는 안 통해도 어른들한테는 넓은 이마에 짙은 콧수염이 압력으로 작용하는 것인지, 개구리 떼를 몰고 온 미치광이 대장개구리로 보고 아예 포기했는지 알 길이 없다.

애들 엉망으로 키운다고, 공중도덕이 어쩌고저쩌고 할지도 모르지만, 저 물안경 낀 개구쟁이 녀석이 깔깔거리고 웃는 소리는 하도 맑고 높아 웃음이 절로 나온다. 실컷 따라 웃다가 이제 와서 갑자기 화난 척할 수는 없는 일이고, 또 그럴 마음도 없다.

나는 답답해서 탕 속에 오래 앉아 있질 못하는데 오늘은 제법 오래 있었다. 아들 녀석이 어릴 때는 품에 안고 머리를 감기고, 혹시 아플까 손으로 온몸을 씻겼지만 나보다 10cm 이상 커진 요즘은 그저 등만 밀어 주는 정도로 그친다. 처음 목욕탕에 안고 들어 왔을 때는 말릴 틈도 없이 발깍발깍 물맛을 보던 영준이었지만, 오늘은 탕 속에 나란히 앉아 장난꾸러기 꼬마들을 지켜보며 한참을 같이 웃었다.

견지낚시

자형이 청평에서 군의관으로 근무하던 80년대 후반에 자형과 동생이랑 팔당댐에서 배를 빌려 견지낚시를 한 적이 있었다.

물살이 센 곳을 골라 배가 떠내려가지 않도록 닻을 내리고 난 다음, 깻묵을 넣은 설망에 추를 달아 적당히 가라앉히면 물살 따라 깻묵부스러기가 흘러가게 되는데, 그 속에 미끼를 끼운 바늘을 흘려보내어 피라미나 누치, 잉어들을 낚아 올리는 게 배 견지의 요점이다. 가느다란 낚싯줄 끝에 달린 작은 바늘에 미끼를 살짝 꿴 다음(그래야 미끼가 오래 살아 남는다), 물살 따라 줄을 조금씩 풀어가며 끊임없이 톡톡 채 주어야 하는 까닭에 보통 낚시보다 다소 번거로운 점도 없진 않지만, 호리호리한 견지를 타고 전해지는 짜릿한 손맛은 그 모든 번거로움을 상쇄하고도 남는다.

아침부터 가랑비가 내려 싸구려 비옷을 하나씩 사 입고 그 위에 구명조끼를 걸치고 모자를 썼으니 다들 폼이 별로라 서로 보고 웃었다. 그날의 미끼는 구더기였다. 깻묵으로 키워서 깨끗하다는 낚시가게 주인 말을 믿는 수밖에 없었다. 미끼 담을 통이 마땅찮아 세숫대야보다 큰 고무다라에 미끼를 그냥 담아갔다.

너른 강 푸른 물 작은 배에 오도카니 둘러앉아 물살 따라 출렁이고 바람 따라 흔들리며, 언제 올까 큰 고기를 기다리는 호젓함을 처음으로 알게 되었다. 강물 위로 자욱이 굵은 빗방울이 떨어지다가도 금세 햇빛이 나는 변덕스런 날씨 탓에 시시각각으로 변하는 풍경에 한눈을 팔아야지 챔질해야지 나름대로 바빴다. 바람에 날아갈까봐 잔뜩 눌러 쓴 모자 끝에서 굵은 물방울이 뚝뚝 떨어지다가도 잠깐 해가 나면 젖은 모자에서 김이 무럭무럭 올라왔다.

한 시간도 못 돼 싸구려 비옷은 넝마조각으로 변했다. 팔을 들면 겨드랑이가 찢어지고, 앉으면 등짝이 벌어졌다. 움직일 때마다 여기저기 터지고 시간이 갈수록 벌어져 빗물이 스며들기 시작했으나 달리 대책이 없었다.

대책 없는 일은 또 있었다. 뚜껑 없는 고무다라에 조금씩 물이 들어차면서 깻묵가루가 뜨는가 싶더니 구더기들이 사방으로 기어나오기 시작한 것이다. 처음엔 다라의 물을 따라 내고 구더기를 몇 번 다시 쓸어 담았으나, 비가 점점 더 오자 구더기가 더 많이 기어나왔다. 가진 거라곤 찢어진 비옷밖에 없으니 다라는 덮으나 마나였다. 좁은 배 위에서 도망갈 수도 없고, 그렇다고 낚시미끼를 몽땅 버릴 수도 없었다. 낚시를 그만두기에는 분위기가 너무 좋았다. 결국 구더기 쓸어 담기를 포기하고 순순히 상황을 받아들이게 되었다.

그러자 구더기가 온 배에 하얗게 퍼져 사방에서 기어 올라오기 시작했다. 처음엔 기겁을 하며 떼어냈으나 그나마도 금세 지쳐 나중엔 온몸으로 하얗게 기어오르는 구더기를 그저 멀뚱멀뚱 바라보게 되었다. 얼굴로 기어 올라오는 건 어쩔 수 없이 털어냈다. 더러 훅 불기도 했다. 그래도 구더기가 배에서 더 이상 도망칠 수 없다는 사실에 우린 안도감을 느꼈다. 어쨌건 그놈들은 우리와 같이 배 위에 있어야 했던 것이다. 그야말로 '한 배'를 탄 것이다. 온 배가 허옇게 덮였는데 점심을 어떻게 먹었는지 모르겠다. 덕분에 미끼 끼우기는 무지 수월했다.

어둑어둑해질 무렵이라 배를 돌려주기로 했다. 가장 센 물살 위에 있었던지라 닻을 올리자마자 배가(또 대책 없이!) 마구 떠내려갔다. 저문 강을 거슬러 서툰 노를 젓느라 진땀을 흘렸다. 하루 종일 배를 탔더니 집에 와서 저녁을 먹는데 온 방바닥이 물결처럼 일렁거렸다.

턴다고 털었지만 집에 가서도 몸 어디선가 구더기가 한두 마리씩 기어나왔을지도 모른다. 차 안에도 몇 마리 흘렸을지도 모르고. 구더기가 구석구석 허옇게 숨어 있는 그 배를 누가 모르고 빌렸으면 어떡하지. 미안한 일이지만 역시 대책이 없었다.

짧은 무전여행

*

대학 2학년 때였으니까 1979년 4월이다.

미술대학 전체가 같이 가는 스케치 여행을 안 가고 혼자 빠져나왔다. 난 혼자 다니는 게 편하다. 그리고 그렇게 적응을 해나가야 한다고 일찌감치 마음을 굳혔다. 유화도구를 잔뜩 챙겨들고 서울역 앞으로 갔다. 일단은 교외의 낯선 동네로 가는 시내버스를 탈 작정이었다.

나는 돌아올 차비도 없고 점심 값도 없었다. 내 딴엔 작은 무전여행을 떠나는 셈이었다. 떠나기도 전부터 무슨 일이 생길지 궁금해 죽을 판이었다. 난 학교생활이 따분해서 견디기 힘들었다. 미술대학은 생각보다 답답했고 수업은 재미없었고 기숙사는 지겨웠다. 수업은 거의 안 들어가고 주로 잔디밭에서 뒹굴며 스케치를 하거나 책을 읽고 기타를 치고 연애편지를 썼다.

구파발행 버스를 탔지만 나는 사실 구파발이 어딘지도 몰랐다. 다만 구파발이란 이름에서 교외의 희미한 풀냄새가 났기 때문이다. 무조건 종점까지 갔다. 종점에 내려서 잠시 두리번거리다 부근에 흐르는 제법 큼직한 시내를 따라 거슬러 올라갔다. 예쁘장한 징검다리를 건너 탁 트인 개울가에 자리를 잡았다. 이젤을 펼치고 캔버스를 세우니 한낮이라 벌써 시장기가 돈다. 팔레트에 물감을 짜놓고 몇 줄 그었을까. 곱상한 할머니 한 분이 징검다리를 건너 옆으로 다가오셨다.

ⓒ 오병욱

"어딜 그리려구 그러시우?"

"저쪽 마을이랑 언덕과 숲을 그리려고요."

"아, 그래요."

"……."

"우리 집이 바로 저긴데 가서 밥이라도 한 술 뜨고 가시우."

나는 내 귀를 의심했다. 그리곤 어쩔 줄 모르고 황망히 서서 할머니를 쳐다보았다. 환한 얼굴에 미소가 부드럽다.

"자, 챙깁시다. 내가 뭘 하나 들어줄까요?"

그러고 보니 아까부터 시장하던 참이었다. 갑자기 어마어마한 시장기가 한꺼번에 밀려왔다. 그림이고 뭐고 갑자기 맥이 탁 풀리면서, 에라 모르겠다 주섬주섬 보따리를 챙겼다. 할머니를 따라 마을로 가면서도 이게 다 꿈이 아닐까 어리둥절한 느낌이 사라지질 않았다. 인생이란 전혀 예상치 못한 방향으로 꺾어져 반짝이며 흘러가는 변화무쌍한 물결 같다는 생각이 들었다. 하기야 바로 그런 변화를 기대하고 시작한 여행이긴 하지만.

할머니 댁은 아담하고 깨끗했다. 강아지 여러 마리가 달려나와 할머니를 마중했다. 마당가에 가지런히 놓인 작은 화분들 옆에서 고양이가 봄볕을 쬐고 있었다. 할머니는 혼자 사시는 듯했다.

"우선 들어와 땀 좀 식히시우."

할머니가 오렌지 주스와 바나나를 꺼내 오셨다.

'아니, 이렇게 외진 시골에 웬 바나나가 다 있을까?'

"밥을 금방 지을 테니 집안 여기저기를 좀 둘러보시우. 혹 뭐 그릴 만한 게 있나."

이젠 더 이상 사양할 입장도 아니다. 멀리 가기도 그렇고 해서 마당가의 화분선반을 그리기로 했다. 강아지들이 장난을 치고 나비들이 반짝이며 날고 할머니는 자그마한 부엌에서 혼자 분주하셨다. 찬란한 햇살 속으로 퍼지는 은은한 꽃향기 속에 구수한 밥냄새가 섞여들었다. 저절로 침이 꼴깍 넘어갔다.

이윽고 깔끔하고 맛깔난 밥상을 받고 보니 눈물이 핑 돌았다. 꼼짝없이 땡볕에서 굶을 판이었는데 내가 무슨 일을 했다고 이렇게 고마운 대접을 다 받는가 싶었다. 내 스스로를 거칠고 낯선 길로 몰아가자고 모진 마음을 먹고 기숙사를 나섰지만, 뜻밖에도 이런 부드럽고 따뜻한 대접을 받고 보니 나는 그저 배고픈 소년으로 돌아가고 말았던 것이다. 그림 그리는 일이며, 부모님, 학교, 기숙사 생활 등을 묻고 답하며 커피까지 마시고 나니 시간이 꽤나 흘렀다.

대충 그림을 마무리하고 다시 짐을 챙겨 가겠다는 인사를 드렸다. 할머니께서 나오시더니 구태여 여비를 따로 챙겨주셨다(돈 한 푼 없이 길을 나섰다는 말은 한 마디도 하지 않았다. 나는 못 이기는 척 받았다). 강아지 하나하나에게 다 인사를 하고 작은 비탈을 내려오는 동안 할머니는 계속 손을 흔들고 계셨다. 내가 다시 징검다리를 건널 때까지도 할머니의 모습이 보였다.

구파발 어느 이름 모를 언덕 위의 그 작고 예쁜 집은 어떻게 되었을까? 다시 찾아갈 수 있을까? 그 징검다리가 아직도 남아 있을까? 그 할머니는 지금도 살아 계실까? 아니면 하늘나라 선녀님이 되셨을까?

물웅덩이

장마철에 비포장도로를 달릴 때면 길에 깔린 크고 작은 물웅덩이를 수도 없이 만난다. 차가 지나갈 때마다 그 작은 물웅덩이는 새로 생긴 누런 흙탕물로 가득 찬다. 그래도 얼마 안 되는 물인지라 흙탕물은 금방 가라앉고 언제 그랬냐는 듯이 다시 맑아진다. 그 수십만 개도 넘는 작은 물웅덩이 중의 한 개가 지구 반대편까지 뚫려 있다는 생각을 해본 적이 있다.

그 구멍에 늘 흐린 물이 찰랑찰랑한다면 누가 그 깊이를 알 수 있을까?

그 구멍은 금방 차가 지나간 것처럼 언제나 흙탕물로 가득 차 있다. 때문에 비 오는 날이나 자동차 왕래가 빈번한 날에는 다른 물웅덩이랑 전혀 구별이 안 되는지라 절대로 그 구멍을 찾을 수가 없다. 그 구멍은 오직 비가 개고 자동차 왕래가 없는 한가한 시간에만 찾을 수 있다. 비가 그치고 모든 물웅덩이가 맑은 물로 고요할 때에도 오직 그 구멍 하나에만 흙탕물이 가득하기 때문에, 누군가 열심히 찾고 운까지 많이 따른다면 그 구멍을 찾을 수 있을지도 모르겠다.

장마철에는 수십만 개도 넘는 흐린 물웅덩이가 생기다 말다, 물이 고이다 말다 하는지라 그 구멍을 찾기란 사실상 거의 불가능하다. 누군가 한 사람이 물웅덩이가 마르기 전에 모든 물웅덩이를 모조리 짚어보지 않는 한, 결코 그 구멍을 발견할 수는 없다. 왜 한 사람이 짚어야 하느냐고? 여러 명이 짚으면 반드시 앞장서고 싶은 사람이 나오는데 그렇게 되면 물이 흔들릴뿐더러 아예 짚어보지도 않고 빠뜨린 웅덩이를 도저히 찾아낼 수가 없기 때문이다. 하지만 그렇게 할 일 없는 사람이 어디 있겠는가. (바로 그 때문에 이 세계가 위태로워지는 것이지만.)

차를 타고 가도 역시 진동 때문에 물이 흔들리는지라 오직 걸어다니는 사람만이 그 구멍을 찾을 수 있다. 그래서 맑은 날, 우연히(혹은 어쩔 수 없이) 수많은 물웅덩이를 지나가는(지나가야 하는) 사람은 물웅덩이의 맑고 흐림을 눈여겨보아야 한다. 만약 모든 물웅덩이가 다 맑은데 오직 하나 흐린 물이 가득한 물웅덩이를 만난다면 절대로 발을 담가선 안 된다. 발을 담그면 그대로 빨려 들어가 지구 반대편으로 튀어나오게 될지 모른다. 절대로 발을 담그지 말고, 쿵쿵 울리지도 말고 다만 그 웅덩이 가에 고요히 앉아서 그 물이 과연 맑아지는지 아닌지를 일단 기다려 보아야 한다. 그런데 보통 그렇게 단독으로 흐린 물웅덩이는 금방 새가 목욕을 했거나 뱀들끼리 싸웠거나 별똥이 떨어져 그런 것일 수가 있다.

하여튼 잠시 후에 맑아진다면 그건 우리가 찾는 그 구멍이 아니다. 다시 한번 밝혀두지만 그 구멍에 가득 찬 흐린 물은 결코, 무슨 일이 있어도, 절대로 맑아지지 않는다. 지구 반대편까지 뚫려 있는 그 구멍은 또 웬만한 사람들 눈에는(이것이야말로 진짜 중요한 것들의 한결같은 공통점이지만) 띄지도 않고 알아보지도 못한다. 다만 술에 취한 시인이 눈물을 닦으려고 안경을 벗었을 때만, 그것도 비 갠 오전 중에만, 하늘에 무지개가 걸려 있을 때만, 그 흐린 물웅덩이가 보인다.

언젠가 우연히, 그야말로 우연히 그 웅덩이를 발견한 시인이 있었는데 그 웅덩이에 발을 담갔는지 그 길로 바로 소식이 끊기고 말았다고 한다. 혹시 그 물을 맛보고 그 웅덩이에 대한 모든 기억이 사라진 것일까? 아니면 무서운 침묵의 맹세라도 했단 말인가? 지구 반대편을 살펴봐야 되나? 남미 쪽 어디라던데? 그런 일이야 물론 없겠지만, 혹시라도 비 온 뒤에 시인이 갑자기 사라졌다는 신고가 접수되면 일단 연고지에 형사대를 급파, 인근 비포장도로의 물웅덩이를 하나도 빠짐없이 모조리 짚어보게 해야 한다. 통행차단? 당연하지.

그래서 그런지 나는 아직 그 웅덩이를 보았다는 시인을 못 만났다. 아마 앞으로도 만날 수 없을 것이다. 일단 본 사람은 그대로 사라지거나 부분적인 기억상실증에 걸리거나 절대로 입을 열지 못하게 되어 있기 때문이다. 수십 년 전에 그 웅덩이를 보고 난 뒤 도저히 입이 근지러워 못 견디던 어느 시인이 있었는데 얼마나 근지러웠던지 잠꼬대로 그 웅덩이 이야기를 하다 말고, 놀란 시인의 아내가 지켜보는 앞에서 머리에서부터 발끝까지 돌로 변하고 말았다니, 발설(잠꼬대라도!) 즉시 천기누설의 천벌이 가해지는 것이다. (시인의 아내가 지금까지 살아 있는데 그날 이후 지금까지 제정신이 아니라고 한다.) 돌로 변한 그 시인의 전신상을 그의 시비와 함께 인근 초등학교 교정에 세워놓고 일벌백계의 가르침으로 삼았으나, 수년 전 백 년 만의 큰 장마에 계곡 옆의 초등학교가 쓸려나가면서 그 석상도 시비도 흙탕물에 휩쓸려 사라지고 말았다. 그러니 누가 그 웅덩이에 대해서 함부로 이렇다 저렇다 이야기할 수 있겠는가. 그저 삼가 두려울 따름이다.

그 물웅덩이는 다른 물웅덩이가 서서히 말라가면서 크기가 줄어드는 것만큼씩 스스로 줄어들어 다른 웅덩이와 보조를 맞춘다. 수많은 웅덩이 사이에 몸을 숨긴다고나 할까. 장마가 끝나고 모든 웅덩이가 바짝 마른 얇은 진흙으로 덮이고 나면 그 웅덩이는 다음 장마까지 긴 휴면기에 들어간다. 마른 진흙이 갈라진 모양을 보고 드디어 그 웅덩이를 찾아냈다는 늙은 미치광이 시인이 있었으나 다음 장마가 오기 전에, 그러니까 자신의 발견을 증명하기도 전에 저승사자가 먼저 와서 시인을 데려갔다.
하필이면 그 해에 가뭄이 극심하여 논바닥이 쩍쩍 갈라지고 온 나라가 기우제를 지낸다고 난리였으니, 흥분을 참지 못해 식음을 전폐하고 일심정기로 장마를 기다리던 그 노시인이 유난히 늦었던 그 해 장마보다 먼저 미라처럼 바짝 말라 죽었던 것이다. 그 웅덩이 자리에 자기만 아는 어떤 표시를 해두었다는 이야기도 있었으나, 어떤 표시인지는 몰라도 늙은 시인은 철저히 침묵을 지켰고 그의 죽음과 함께 표시의 비밀 또한 땅 속으로 묻히고 말았다.
그 뒤로 시인들은 비 온 뒤의 물웅덩이를 더욱 유심히 보게 되었고, 마른 웅덩이의 갈라진 진흙을 조심스레 들여다보게 되었으며, 혹시라도 이상한 표시라도 있을까 주변을 두리번거리게 되었다.

그러므로 비 갠 오전에 어느 물웅덩이를 고요히 들여다보는 사람은 틀림없이 시인이다. 마른 물웅덩이의 갈라진 진흙을 하염없이 들여다보는 사람도 역시 마찬가지이다. 그러나 주변을 쉼없이 두리번거리는 사람은 대개 시인이 아닌 경우가 더 많다. 시인은 여기저기를 두리번거리기보다는 그저 한 곳을 오랫동안 물끄러미 바라보기를 즐길 따름이다.

그 옛날 시냇가에서

✳

돌아가신 나의 할아버지께서는 우리랑 같이 천렵 다니는 걸 좋아하셨다. 할아버지가 족대를 잡고 내가 위에서 고기를 몰아 내려오면 동생들은 옆에서 따라 뛰거나 물장난을 치며 놀았다. 그러나 대학 3학년 때 할아버지가 돌아가시고 난 뒤에는 천렵도 그만 옛날이야기가 되었다. 나는 이리저리 방황하고 있었고 동생들은 어느새 훌쩍 커버렸다. 세월이 지난 지금도 가랑비 속에 봇도랑에서 비옷 바람으로 족대 들고 왔다갔다하는 사람들을 보면 반갑기 그지없다. 그 자리에 차를 세우고 무슨 고기를 얼마나 잡았는지 물어보고 살림망까지 확인해야 직성이 풀린다. 비옷이고 뭐고 신경 안 쓰고 그저 바지만 둘둘 걷어 올리고 같이 퐁당거리며 어울리고 싶은 생각이 굴뚝같지만 참는다. 어린 시절 정도가 아니라 아예 왕창 거슬러 올라가 원시 수렵생활에 대한 어떤 근원적인 향수 같은 게 남아 있는 걸까?

우리 동네 앞을 흐르는 병성천은 평야지대를 흐르다 보니 기슭에는 전부 모래뿐이다. 장마가 지나가면 모래밭 군데군데 얇고 고운 진흙층이 생기기도 하지만 흐르는 물밑에는 오로지 모래뿐이다. 발밑은 전혀 걱정할 필요가 없다. 바다든 강이든 시냇물이든 사람들은 맨발로 걸을 수 있는 깨끗하고 촉촉한 모래밭을 좋아하는 모양이다. 지금도 어딜 가다 하얀 모래밭을 끼고 흐르는 구불구불한 시냇물을 보면, 방금 떠나온 우리 동네 그 하얀 시냇가가 걷잡을 수 없이 그리워진다.

그 얕은 시냇물에 발을 처음 담근 게 언젠지 모르겠다. 다리를 둥둥 걷고 맑고 차가운 물속에 들어서면, 발목을 휘감아 도는 잔물결을 거슬러 피라미 떼가 반짝이고 가슬가슬한 발밑의 모래가 물살에 살살 파여나가면서 뒤꿈치가 간질간질해지고 몸이 조금씩 기우뚱해져 입을 다물고 있기가 힘들다.

족대로 피라미를 잡는 방법이 있다. 피라미는 워낙 빨라서 번번이 족대를 피해나가거나, 족대에 들어와도 미처 들어 올릴 틈도 없이 빠져나간다. 발목에서 정강이 정도 되는 좁은 물길에서 피라미 떼를 따라 상류로 급히 달리다 말고 문득 족대를 탁 펼쳐 세우며 멈춘다. 그러면 물살을 거슬러 팔딱팔딱 뛰며 도망치던 피라미들이 갑자기 몸을 휘익 돌려 물살을 따라 쏜살같이 내려오는데, 이때 가장 중요한 것은 들어올리는 타이밍이다. '들어왔다' 싶으면 이미 늦고, '들어온다' 싶은 순간에 '꽉' 들어올리면 반짝이는 보석을 몇 개 건질 수 있다. 바쁠 때는 모래밭에다 족대를 확 뒤집어놓고 다시 나간다. 그러면 물놀이하던 동생들이 퐁당거리며 달려와 뜨거운 모래밭에서 파닥이는 피라미들을 주워 담는다.

맑은 물이 아닌 흐린 물에서 족대를 건져 올릴 때는 언제나 짜릿한 긴장과 설레는 기대가 있기 마련이다. 뭔가 들어왔다 싶은 그 순간부터 번쩍 들어올려 확인하기까지의 그 짧은 시간이 번번이 견디기 힘들었다. 동생들한테 족대를 맡기면 시도 때도 없이 들어

올리는 바람에 일이 되질 않는다. 매번 기대에 가득 찬 눈길로 빨리 들어 올리지 않고 뭐 하고 있느냐는, 그 안타까운 성화 끝에 드디어 족대가 물방울을 튀기며 좌악 펼쳐지면, '뭐야 뭐야' 참지 못하고 후다닥 몰려들어 '히야' 탄성을 질러댔던 것이니.

그래도 어두침침한 나무 그늘 밑에 들어가 고기를 몰아내는 일은 늘 꺼림칙했다. 얼굴에는 거미줄이 걸리고 발밑에는 나뭇가지가 걸리고 수시로 물뱀이 나무에 감겨 있었다. 그러나 그런 데에서 메기가 잡히는 경우가 많아 피할 수가 없었다. 천렵이라면 침침한 나무그늘 말고 그저 탁 트인 작은 물풀 사이로 냅다 뛰어들어 물가 흙벽을 마음놓고 내지르며 와장창 풍덩 거침없이 휘저어 내려오는 일, 그게 제일 신난다.

해가 뉘엿해지고 고기를 웬만큼 잡으면 철수다. 보통 물을 거슬러 올라가며 천렵을 하는지라 신발을 벗어놓은 데까지는 시냇물을 따라 한참을 내려가야 했다. 둑이 생기기 전에는 구불구불한 논길을 따라가며 노래를 불렀다. 아이들 노랫소리에 밀리지 않으려고 미루나무 그늘에서 말매미가 목청을 돋우었다.

꼬부랑 할머니가 지나가신다

대구에서 중학교 다닐 무렵까지도 나는 꼬부랑 할머니를 유난히 무서워했다.

요즘이야 웬만한 시골동네에도 가로등이 환하지만 30여 년 전에는 대도시의 주택가에도 가로등 없는 컴컴한 골목길이 많았다. 어두침침한 골목길 저쪽 끝에서 하얀 옷을 입은 백발의 꼬부랑 할머니가 지팡이를 짚고 흔들흔들 걸어나오면 왠지 나는 멀찌감치서부터 뒷골이 당기고 오금이 저렸다.

그런 할머니들은 아예 처음부터 땅만 보고 걷는다. 절대로 고개 들어 앞을 바라보는 일 따위는 없다. 실제로 그렇게 볼 수도 없다. 오로지 땅바닥만 보고 다니게끔 90도 이상 앞으로 꼬부라져 허리 자체가 이미 굳어버렸으니.

그런데도 갑자기 할머니가 고개를 들지도 모른다는 엉뚱한 생각이 꼬리를 물고 일어나는 것이었다. 일단 상상의 날개가 펼쳐지기만 하면 그 새가 어디에 내려앉을지는 나도 모른다. 하필이면 바로 내 앞에서 갑자기 고갤 번쩍 들면 어떡하지. 이유도 없이 날 노려보는 건 아니겠지. 한쪽 눈에 백태라도 끼었다면 일찌감치 뻗어버리자. 가까이 다가올수록 할머니한테서 눈을 뗄 수가 없다. 눈에선 불똥이 튀고 심장 뛰는 소리가 들린다. 호흡이 가빠오고 머리는 폭발직전이다. 내 앞으로 지팡이를 쓰러뜨리는 건 아니겠지. 땅으로 돌아갈 날이 멀지 않아 저렇게 땅바닥만 보고 다니는 걸지도 몰라. 설마 내 앞에서 쓰러지기야 하실라고. 일으켜 세운다고 부축을 하는데 몸은 푸석푸석 먼지처럼 바스러지고 허연 치맛자락만 풀썩 주저앉는다면? 치마 밑에 하얀 코고무신이 한 짝만 남아

286~287

있다면? 나머지 한 짝은 어디 갔을까 두리번거리다 보니 나도 모르는 사이에 흰 머리칼 한 줌을 쥐고 있다면?

할머니가 내 옆으로 스쳐 지나간 바로 다음 순간이 사실은 제일 오싹하다. 바람에 날리는 흰 머리칼 몇 올이 내 팔에 스친 것도 같고, 지팡이를 휘어잡은 앙상한 손등 위에 얼기설기한 푸른 정맥이 내 쪽으로 터질 것 같기도 하다. 온몸을 달달 떨면서 한걸음 한걸음 발을 옮길 때마다 뼈마디 부딪히는 소리며 희미한 신음소리가 들리는 것도 같고, 내 바로 뒤에선 언제 그랬냐는 듯이 벌떡 일어서면서 꼬부라진 지팡이로 내 목을 걸어 당길 것 같아 저절로 목이 움츠러들기도 했다. 뭐라고 말이라도 걸면 언제든지 난 기절할 준비가 되어 있었다. 날 부르는 건 아닐 거야. 혹시? 부르는 소리를 들은 것 같아 '뭐라고요' 허리를 굽히면, 기다렸다는 듯이 내 목덜미를 찍어 누르는 차갑고 거친 막대기 같은 손가락. 그 끝에 달린 길고 두껍고 누런 손톱. 새끼손톱이 갈고리처럼 길게 휘어졌겠지.

하도 꼬부라져서 얼굴이 전혀 안 보이니까 더 무서운 것일지도 모른다. 동네에서 아무도 그 할머니 얼굴을 본 적이 없다면? 과연 얼굴이 있기나 한 걸까?

뒤돌아보기도 무섭다. 금방 지나쳤는데도 뒤돌아보면 아무도 없을까봐. 흐릿한 아궁이 냄새 같은 게 아직 코끝에 남아 있는데도 어두운 골목 저쪽 끝까지는 거짓말처럼 텅 비어 있을까봐. 아니, 사람들은 여기저기서 초저녁의 일상을 수군거리는데 방금 지나친 하얀 할머니만 연기처럼 사라졌을까봐. 그런데 나 말고는 아무도 할머니를 본 사람이 없다고?

전깃줄에 걸린 종이연이 가랑비에 우는 소리인가? 간간이 지팡이 끄는 소리가 들리는 것 같은데? 귓가에 와 닿는 이 입김은? 바로 가까이서 한숨소리를 들은 것 같아 문득 뒤돌아보니 얼굴에 웬 거미줄.

하늘나라에서 당구 한 게임

＊

1989년 봄, 청담동 갤러리 「서미」에서 큐레이터로 있을 때다.

여류 조각가 강은엽 선생의 개인전을 준비하던 중, 두께 3cm에 가로세로 1m가 넘는 두 꺼운 철판이 내 발등 위로 떨어졌다. 놀라지 마시라, 높이 10cm의 낮은 손수레에서 떨어졌으니까. 철판을 나르던 주물공장 사장 쪽으로 철판이 비스듬히 넘어가기에 철판을 잡으려 팔을 뻗는 순간 수레가 바닥 턱에 덜컹 기울어지면서 내 발등에 철판을 내려놓았던 것이다. 덕분에 철판과 전시장 바닥은 무사했지만(큐레이터로서 작품과 화랑을 지켰다) 내 발등은 무사하지 못했다. 발등 뼈에 금이 가 한 달 동안 깁스를 하게 되었다. 근무 중에 입은 부상이라 치료비는 화랑에서 냈다. 그래도 강 선생님 전시 오프닝 때는 깁스를 한 채로 2차까지 따라갔다. 여러 사람이 번갈아가며 부축을 하고 안부를 물어와 실컷 엄살을 떨었다. 어영부영 한 달이 지나 깁스를 풀었지만 한참을 절룩거리며 다녀야 했다. 깁스 푼 후유증인지 한동안 발이 붓고 아프고 몸도 무겁고 피곤했다.

그러던 어느 날, 후배 정안수 군이 퇴근 무렵에 나타나 당구를 한 게임 치잔다. 복수전을 펼치겠다나? 난 아직도 발이 불편하고 몸도 피곤하니 다음에 치자고 했다. 내 발이 다 낫고 나면 그땐 실컷 상대해주마고. 그러나 내가 아무리 여러 번 이야기해도 말이 통하지 않았다. 끝까지 당구를 치자고 집요하게 달라붙는 통에 참다못해 화를 벌컥 내며 욕설을 퍼붓고 말았다. 안수는 그 길로 도망쳤지만 나는 큰 충격을 받았다. '아니 내가 지금 무슨 짓을 한 거야? 일부러 먼 길을 찾아온 후배한테 이럴 수가 있나? 아하, 내가

몸이 약해 성격이 비뚤어지나 보다.' 그 자리에서 라이터와 담배를 쓰레기통에 처넣고 담배를 끊었다. 상주에 내려올 때까지 대략 일 년 남짓 담배를 끊었던 셈이다. 그 뒤로 안수를 볼 때마다 사과했다. 오죽했으면 나 같은 골초가 담배를 다 끊었겠느냐고 넉살을 떨었다. 이런저런 전시회나 오프닝 술자리가 많은 큐레이터 업무상 담배 끊기는 힘든 일이었으나 담배생각이 날 때마다 안수를 생각했다. 선배들이나 선생님들이 술자리에서 담배를 권하면 여러 말하기 거북해 그냥 받아 피웠지만 절대 내 손으로 먼저 담배를 피우는 일은 없었다. 독하다는 말을 여러 번 들었다.

그러던 것이 시골 내려와서 마당을 가로지르는 지하수 파이프를 묻으며 동네 아저씨랑 새참 막걸리를 마시다가, 담배를 권하기에 에라 공기도 좋은데 좀 피면 어떠랴 주는 대로 몽땅 받아 피우고 말았다. 또 뱀을 유난히 무서워하는 아내가 나더러 예방차원에서 담배를 피우고 꽁초를 사방 여기저기에 버려달란다. 그러지 뭐. 그 후 12년 동안 죽어라고(?) 피우다가 3년 전에 나도 남들처럼 담배를 끊었다. 자형이 담배 끊으면 나도 끊겠다고 장난삼아 약속을 했다가 꼼짝없이 걸려들었다. 자형이 먼저 담배를 끊고 뒤에서 쑤시는 바람에 할 수 없이 떠밀려서 끊었다. 어쨌든 약속은 약속이니까.

정안수 군이 작년 여름에 갑자기 세상을 떠났다. 간암이란다. 정군과 가까이 지내던 안기천 군한테서 슬픈 소식을 듣는 순간, "아이고, 당구라도 한번 실컷 쳐줄걸" 하는 말이 저절로 튀어나왔다. 안타깝고 허망하여 울었다. 작년 5월에 있었던 「스타타워갤러리」

개인전에 왔기에 또 사과하고 용서를 빌었지만 서로 바빠 당구를 못 친 게 한이다. 정군은 원래 몸이 약한 데다가 수년 간 미국서 늦은 공부를 하느라 몸을 마구 혹사했다고 한다. 귀국해서는 팔 수도 없고, 팔리지도 않는 설치 위주의 개인전을 하고 여러 대학에 강의를 나가느라 매일 녹초가 됐으면서도 통 내색을 안 했다고 한다. 그러던 어느 날 갑자기 쓰러졌다고 하니……. 젊은 부인과 어린 아이를 남겨두고 떠나는 심정이 오죽했으랴. 다가오는 여름에 동문들이 1주기 유작전을 열어 미망인과 어린 아들을 도울 궁리를 한다는 말을 들었다. 찔리는 데도 있고 해서 전시 서문을 쓰고 작품을 내겠다고 자청했다.

언젠가는 안수와 다시 만나 당구 한 게임 칠 날이 올 것이다. 하늘나라에도 당구장이 있는지 모르겠다. 어디 물어볼 데도 없고……. 안수가 초크 칠 하는 소리가 들린다. 안수야, 50년만 기다려라. 내 화끈한 초구 끌어치기를 다시 보여줄 테니.

기차를 기다리며

✳

동쪽으로 벗어날 무렵에 철도 건널목이 하나 있다.

교통량이 그리 많지 않은 왕복 2차선 도로지만, 지금도 '땡땡땡땡' 하는 종소리와 함께 알록달록한 차단기가 내려오고 푸른색 정복을 입은 간수가 깃발을 흔들며 길 복판으로 걸어 나온다. 그러면 차들이 천천히 한 대, 두 대, 멈추기 시작해 제법 행렬을 이룬다.

차가 완전히 멈춘 뒤에 할 일이란 온 신경을 귀에 모으고 기차를 기다리는 일이다. 옛날이나 지금이나, 플랫폼에서나 건널목에서나, 우산을 쓰고 있거나 핸들에 엎드려 있거나, 기차를 기다리는 동안에는 늘 가슴이 설렌다. 내가 저 기차를 타고 떠날 것도 아니고, 누군가 저 기차를 타고 나를 찾아오는 것도 아닌데, 처음으로 기차를 타게 되는 섬마을 소년처럼 나는 아직도 가슴이 설렌다. 햇살이 눈부신 플랫폼에서 아른거리는 아지랑이 사이로 기차가 나타나기를 기다리던 그 때가 몇 살이었을까? 나는 누군가의 옷자락 사이에 서 있었는데, 엄마의 치맛자락이었을까? 아버지 코트자락이었을까?

곧 이어 천둥 같은 소리에 흙먼지가 날리고 불을 환히 밝힌 객차가 줄줄이 눈앞을 지나면, 하나, 둘, 셋… 얼핏 차창에 기댄 채 멀어지는 여행자의 우수와 낭만 같은 걸 본 듯도 하였다. 철 계단 끝에서 손잡이를 잡고 옷자락을 펄럭이는 저 사람. 어디로 가는 기차일까? 다들 어디로 가고 있을까? 먼 데까지 가는 기차였으면 좋겠다. 남쪽 바닷가나 원산이나 블라디보스톡, 시베리아 같은……

기차가 올 때와는 달리, 지나가고 나면 즉시 차단기가 올라가는 까닭에, 운이 좋으면 푸르스름한 봄날 저녁 속으로 사라지는 기차의 꽁무니를 볼 수도 있다. 기차를 기다릴 때마다 늘 가슴이 두근거렸던 것처럼, 막상 기차가 지나가고 나면 속이 시원하면서도 어딘가 살짝 쓸쓸한 여운이 남는다. 그리고 모든 것은 지나간다는 것을 금세 받아들이게 된다. 설렘도 잠시, 쓸쓸한 여운도 잠시, 이렇게 푸른 봄밤도 잠시. 기차도, 사랑도, 인생도 잠시?

그래서 사람들은 오늘도 기차를 기다리는 것인가.